"中国现当代名家散文典藏"编辑委员会

主　任：阎晶明
副主任：丁　帆
委　员（以姓氏笔画为序）：
　　　　止　庵　孔令燕　何　平　何向阳
　　　　李红强　张　莉　周立民　施战军
　　　　贺绍俊　臧永清

史铁生散文

人民文学出版社

图书在版编目（CIP）数据

史铁生散文/史铁生著. —北京：人民文学出版社，2022（2025.10重印）
（中国现当代名家散文典藏）
ISBN 978-7-02-016502-5

Ⅰ.①史… Ⅱ.①史… Ⅲ.①散文集—中国—当代 Ⅳ.①I267

中国版本图书馆CIP数据核字（2022）第044210号

责任编辑　杜　丽
装帧设计　陶　雷
责任印制　张　娜

出版发行　人民文学出版社
社　　址　北京市朝内大街166号
邮政编码　100705

印　　刷　河北环京美印刷有限公司
经　　销　全国新华书店等

字　　数　238千字
开　　本　880毫米×1230毫米　1/32
印　　张　11.125　插页4
印　　数　48001-51000
版　　次　2007年3月北京第1版
印　　次　2025年10月第15次印刷

书　　号　978-7-02-016502-5
定　　价　39.00元

如有印装质量问题，请与本社图书销售中心调换。电话：010-59905336

作者像

瘸子拐杖或多一根盲杖之外，再不比别人少什么和多什么，再没有什么特殊于别人的地方。我们不因为残疾就忍受歧视，也不因为残疾去摘取殊荣。如果我们干得好别人称赞我们，那仅仅是因为我们干得好，而不是因为我们事先已经有了被称赞的优势。我们需凭真价实的工作赢得光荣。当然，我们也不能没有别人的帮助，自尊不意味着拒绝别人的好意。只想帮助别人而一概拒绝别人的帮助，那不是强者，那其实是一种心理的残疾，因为事实上，世界上没有任何人不需要别人的帮助。

我们既不能忘记残疾朋友，又应该如走出残疾人的小圈子，怀着博大的爱心，自由自主地走进全世界，这是克服残疾、超越局限的最要紧的一步。

史铁生
二〇〇六年四月十二日

作者手迹

20 岁在陕北喂牛

地坛一景

出版缘起

中国现代文学开启自一百多年前的一场文学革命。从此，与社会现实密切相关，普通大众可以接受、可以欣赏、可以从中得到思想启蒙和艺术享受的新文学，就如雨后春笋般生长，涌现出一篇又一篇、一部又一部影响当时、传之久远的经典作品。自"五四"新文学以来的中国现当代文学发展进程中，散文无疑是耀人眼目的明星。

散文既能直抒胸臆，又能描摹万物，因此被视为自由多样的文体；散文语言贴近日常，最易触动人们的情感，可以直接地陶冶人们的心灵。这也是经典散文被誉为美文、拥有广泛读者、历经岁月更迭仍让人捧读的原因。百余年来的中国现当代散文创作云蒸霞蔚，已莽莽如浩瀚的文学森林，人们若贸然闯入这片森林之中，时有乱花迷眼、茫然难辨之困扰。为了让广大喜爱散文的读者能够更迅捷地读到中国现当代散文的经典性作品，我们精心编选了这套"中国现当代名家散文典藏"丛书。本丛书编选过程中，我们邀请了文学界的专家学者组成编委会，在认真商讨的基础上，汇集、编选了20世纪以来中国现当代散文史上的名家、名作。目的就是方便广大读者感受散文经典的艺术魅力，有利于集中欣赏、比较阅读、收藏，以及进行相关研究。

在研究、讨论过程中，编委会形成了经典性的编选宗旨。卷帙浩繁的现当代散文作品中，以经典作家、经典作品的筛选为编选原则，是为读者提供阅读便利的需要，也是为百余年散文创作所做的某种回顾和总结。我们深知，任何一部文学经典都并非一蹴而就，也非任由某个权威命名而成，文学经典是经过时间的淘洗，经受了社会和读者等各个方面的考验，自然形成的。这个淘洗和考验的过程就是一部文学作品被经典化的过程。经典，是经典化过程的结晶。中国现代文学是中国当代文学的前身，当代文学是活在我们身边的文学，这是一件非常有趣的事，因为这样一来，我们也许就能亲眼看到一部文学作品是如何诞生的，又是如何引起社会的热议、得到不断深入阐释的，我们对一部当代散文的喜爱，往往也是在这一过程中不断地得以强化。经典便是在这样不断被阅读、被热议、被阐释的过程中得到人们的广泛肯定从而成为大家公认的经典。当我们要编选一套现当代散文经典的丛书时，就应该考虑到当代文学的这一特点，要意识到当代文学的经典并不是凝固不变的，它仍处在不断丰富和不断成熟的经典化过程之中。这就确定了我们的基本编辑思路，即我们自觉地将"中国现当代名家散文典藏"的编选和出版，视为参与到现当代散文的经典化过程的一次积极行动。经典化，为我们的编选打通了一条通往经典性的最佳通道。我们从经典化的角度来审视现当代散文，就要更强调发展和辩证的眼光，更需要发现和辨析那些正在茁壮生长中的新现象和新作品；这也提醒我们，在经典标准的确认上不能墨守成规。我们既要关注作为文学史的经典，同时又要更看重历经岁月变幻始终在广大读者中拥有良好口碑的作品。我们认为，读者是经典化过程中不可忽视的参与者，因此也希望这次"中国现当代名家散文典藏"的编选和出版，能够为广大读者参与到现当代散文经典化进程中来提供一次良好的机会。

经典化的编选思路，自然决定了这套丛书有另一特征：开放性。中国现当代文学作为活在我们身边的文学，这就意味着它是一种具有旺盛生命力的，仍在茁壮生长的文学。回望过去的一百余年，现当代散文已经产生了不少的经典性作品；凝视当下的现实，仍有许多正行走在经典化道路上的优秀作品；放眼未来，我们相信，将会有更多的经典脱颖而出。我们这套散文典藏丛书不光要"回望"，而且还要有"凝视"和"放眼"，也就是说，我们不光要推出已有定论的经典性作品，而且还要把那些正行走在经典化道路上的，以及刚刚萌芽即将脱颖而出的优秀作品也纳入丛书的视野，因此我们必须采取开放性的编选方针。我们不是一次性地编选数十本书就宣布大功告成了，我们还要在此基础上继续延伸下去，把在经典化进程中逐渐成熟了的作家和作品吸纳进来，作为系列丛书、长期工作、"长河"计划而接连不断地出版下去。

本丛书编辑过程中，坚持优中选优原则，同时也充分尊重作家意愿和相关版权要求。在编辑"中国现当代名家散文典藏"过程中，由于版权限制等因素，使得一些名家名作还没有如期纳入丛书当中，我们也将努力创造条件，争取将更多的优秀散文佳作奉献给读者，以呈现中国现当代散文创作的整体成就和总体风貌。

感谢广大作家的支持，感谢广大读者的厚爱。

人民文学出版社
"中国现当代名家散文典藏"编辑委员会

目 录

- *1* 导读
- *1* 秋天的怀念
- *3* 我的梦想
- *7* 我与地坛
- *28* 好运设计
- *49* 随笔十三
- *69* 爱情问题
- *81* 记忆迷宫
- *89* 墙下短记
- *98* "足球"内外
- *111* 私人大事排行榜
- *125* 说死说活
- *132* 病隙碎笔1
- *172* 病隙碎笔5
- *212* 轻轻地走与轻轻地来
- *217* 消逝的钟声

221　二姥姥

225　叛逆者

231　老家

239　合欢树

242　我的幼儿园

249　我二十一岁那年

263　故乡的胡同

266　庙的回忆

277　八子

287　看电影

295　比如摇滚与写作

308　给小水的三封信

317　想念地坛

323　归去来

导　读

　　20世纪70年代后期，史铁生走上文学之路。最初主要致力于小说创作，自90年代始，他逐渐将重心转移到散文写作中。这一方面或是受90年代散文热潮的激励，但根本原因还在于散文这一自由、偏于内省的文体天然地契合于他自由化写作的理念，也符合他乐思善思的天性。在他看来，散文是"游历于内心世界的一驾好马车"。史铁生留下的散文数量较为丰厚，其艺术性、思想性及精神品质令人惊叹。以《秋天的怀念》《我与地坛》及"病隙碎笔"系列为代表的散文作品为史铁生赢得了广泛而热烈的赞誉。

　　史铁生散文从题材、风格看，大体分为两类：一类是叙事写人抒怀之作。又大致分为三种：一为忆念故人，最有代表性的是怀念母亲的《秋天的怀念》(1984)、《合欢树》(1985)，以及怀念奶奶的《老海棠树》(2002)等；一是叙事抒怀，如《"文革"记愧》(1988)、《我二十一岁那年》(1990)，以及回忆插队经历的《相逢何必曾相识》(1991)等；还有一种是状物寓意之作，如《故乡的胡同》(1994)、《墙下短记》(1994)、《消逝的钟声》(2001)等。史铁生这类作品大多集记叙、描写、议论、抒情为一体，事实上有些作品很难具体区分是写人、叙事还是状物。如最具经典性的散文《我与地坛》便是情、景、事、理完美交融的作品。

第二类是哲思型散文或称思想随笔。根据思想对象的不同,也分为三种:第一种是对文学艺术的思考。如《熟练与陌生》(1995)、《文学的位置或语言的胜利》(1996)、《写作与越界》(2006)等。史铁生一些书信及为自己和他人作品所写的二十余篇序跋应归入其中。史铁生所作序跋的独特之处在于,他很少评述作品,而主要是阐发自己的文学艺术观点。第二种是有关社会现象或政治问题的探讨。如《康复本义断想》(1989)、《"安乐死"断想》(1989)、《"足球"内外》(1995)、《"自由平等"与"终极价值"》(2008)等。相对来说,这类作品数量较少。史铁生投入最大热情的是对有关生命根本问题的思考。如《好运设计》(1990)、《爱情问题》(1993)、《说死说活》(1996),到"病隙碎笔"系列(1997—2001)的绝大多数篇章,及至遗作《昼信基督夜信佛》(2010)、未竟稿《回忆与随想:我在史铁生》,假若不是猝然离世,史铁生对生命之根本困境及如何超越的沉思还会继续。

回顾史铁生的散文创作历程,除了写于2001年、2002年,意在回顾梳理人生,看清自己来路与去向的"记忆与印象"系列,注重形象性、情感性的叙事写人抒怀之作主要集中在20世纪80年代和90年代早期;

自90年代中期始,史铁生逐渐倾向于哲理思辨。由形象性、情感性写作转向哲思型写作,对史铁生来说并不突兀。从其早期《我与地坛》等叙事抒情性作品中,已然能看到哲思的微光闪烁。

史铁生的叙事抒情散文有极强的艺术感染力。这类作品有两点尤为卓越,让人印象深刻:一是节制之美;一是他杰出的创造哲思意象的能力。其节制主要体现在选材、语言及情感抒发三方面。节制的美学在史铁生书写母亲的《秋天的怀念》《合欢树》及《我与地坛》的第二节中表现最是鲜明。选材上,史铁生没有遵循以往大多数亲情类散文的固有模式,以所忆对象为中心,追述生平往事,对事件人物作细腻描写,而主要选取自己瘫痪后,母亲与自己相处的一些片断、细节;文中对母亲的描写犹如简笔画,语言朴素,但"善于适要",善于抓住最能表现母亲内在心理和情感的最富表现力的动作。如《秋天的怀念》和《我与地坛》写到母亲时多次用到一个词:"悄悄地"。平淡的语词,读来却震撼人心:一位坚忍、善良的母亲跃然纸上,其对儿子毫不张扬的爱让人内心悲怆。对于母亲,史铁生心怀深悲剧痛,却不作热烈的抒情或宣泄,只以一种平和内敛近乎压抑的语调娓娓诉说他对母亲的爱、愧疚和思念。然而,愈节制愈见深情。这些散文可以说是对"崇简尚淡"的中国古典美学最好的诠释。

史铁生散文中有诸多意象：合欢树、海棠树、浪与水、音乐与音符、老人、孩子、鸽子、墙、地坛等。可贵的是其笔下意象的生成或许有迹可循，但往往无工可见。客观形象与主体心灵、抽象观念和哲理随着主体意识的流动契合交融、浑然无间，毫无一些托物言志或抒情论理之作主题先行、穿凿附会之嫌。"墙"和"地坛"是史铁生笔下具有代表性的两个意象。"墙"在史铁生作品中多次出现。对这一意象最集中的塑造是1994年的《墙下短记》。文中随着作者流动的心绪，"墙"这一具体的客观实体，逐渐具有了多层次的抽象理性内核，随着思想深入，"墙"的所指又进一步穿越时空，由个体内心的隔阂、孤独、恐惧，指向了更为广阔的宇宙空间，山、水、天地，时间、空间及命运的限制、上帝的旨意等无一不是"墙"，无一不是人的限制和永难猜透的秘密所在。"地坛"是史铁生笔下最成功的意象。它不只是指那个虽荒芜却四季充满生机的古园，在《我与地坛》这部万字长文中，与地坛有关的人、事、情、思、自然与历史融为一体，形成了一个宏大的意象群落。"地坛"成为一个包蕴丰富的象征性所在。仔细品味史铁生散文对诸多意象的塑造，可见其杰出的想象力、感悟力及突出的在具象中进行抽象思考的能力。

相对前期叙事抒怀之作，史铁生后期的思想性随笔因过于纯粹的冥想和形而上的玄思，阅读性有所减弱。

同时在长久冥思中，史铁生内心所获得的令人感佩的安宁和超脱也使其思想的表达失去了原有的情感和思想张力。但瑕不掩瑜，其后期的思想性写作无疑成就了一个独特的写作者形象。所触及问题的根本性、重要性，其思辨的严谨、思维的开阔、思想的深刻及精神境界的博大，让他当之无愧成为中国当代文学家中最杰出的思想者。史铁生思想性作品的可贵之处还在于从不说教，只是开启。他为读者打开一扇窗，告诉读者思的重要、思的乐趣。他启示读者只有通过思才能找到真正的救赎之路，那是一条通往善与美的道路。

在《我与地坛》《病隙碎笔》等作品或这些作品的一些片段中，我们是否在其语言中还感受到一种陌生或新异的诗意？这些语言已不是单纯的工具性存在，它与思与诗相关联。这样的语言既有思辨性，又蕴涵着生命的灌注和心灵的感悟。这样的语言应该正是海德格尔一再提倡的"诗化的语言"。经由这样的语言，我们有望抵达或接近存在的澄明之域。

"自由"是史铁生写作最重要的关键词。他说："文学（和艺术）是一种自由，自由的思想，自由的灵魂。"而散文更是一种自由的文体。史铁生在散文中确实表现出足够的自由。比如他表现出"破体"的自由，他的散文有时写得像小说，当然他的小说也常常很像散文；其次总是意到笔随，由此让人感觉谋篇布局似乎不在他考虑之列；再加上叙述、描写、议论、抒情在文中的"随意"穿插；而在思想性随笔尤其是长篇随笔中，其思维的触角无限延伸扩张，给人一种心游万仞、思接千载之感。但史铁生的自由并非任性而为，他的自由是以真诚和谦恭为底色的。他的作品看似随性洒脱，实际上都经过审慎的考虑和精心构思。应该说，是史铁生敏锐细腻的艺术感受力、高超的艺术表现力及惊人的思辨力成就了他"随心所欲而不逾矩"的自由境界。

客观而言，史铁生的散文创作给中国当代文学以巨大启示，他的作品改变了中国当代散文的美学面貌，提升了中国当代散文的精神境界，提示了散文写作所能达到的思想与艺术高度。正如诸多评论家所言，史铁生的散文是真正意义上的大散文。

顾　林
2022 年 1 月 14 日

秋天的怀念

双腿瘫痪后,我的脾气变得暴怒无常。望着望着天上北归的雁阵,我会突然把面前的玻璃砸碎;听着听着李谷一甜美的歌声,我会猛地把手边的东西摔向四周的墙壁。母亲就悄悄地躲出去,在我看不见的地方偷偷地听着我的动静。当一切恢复沉寂,她又悄悄地进来,眼边红红的,看着我。"听说北海的花儿都开了,我推着你去走走。"她总是这么说。母亲喜欢花,可自从我的腿瘫痪后,她侍弄的那些花都死了。"不,我不去!"我狠命地捶打这两条可恨的腿,喊着:"我可活什么劲!"母亲扑过来抓住我的手,忍住哭声说:"咱娘儿俩在一块儿,好好儿活,好好儿活……"

可我却一直都不知道,她的病已经到了那步田地。后来妹妹告诉我,她常常肝疼得整宿整宿翻来覆去地睡不了觉。

那天我又独自坐在屋里,看着窗外的树叶"唰唰啦啦"地飘落。母亲进来了,挡在窗前:"北海的菊花开了,我推着你去看看吧。"她憔悴的脸上现出央求般的神色。"什么时候?""你要是愿意,就明天?"她说。我的回答已经让她喜出望外了。"好吧,就明天。"我说。她高兴得一会儿坐下,一会儿站起:"那就赶紧准备准备。""唉呀,烦不烦?几步路,有什么好准备的!"她也笑了,坐在我身边,絮絮叨叨地说着:"看完菊花,咱们就去'仿膳',你小时候最爱吃那儿的豌豆黄儿。还记得那回我带你去北海吗?你偏说那杨树花是毛毛虫,跑着,一脚踩扁一个……"她忽然不说了。对于"跑"和"踩"一类的字眼儿,她比我还敏感。

她又悄悄地出去了。

她出去了,就再也没回来。

邻居们把她抬上车时,她还在大口大口地吐着鲜血。我没想到她已经病成那样。看着三轮车远去,也绝没有想到那竟是永远的诀别。

邻居的小伙子背着我去看她的时候,她正艰难地呼吸着,像她那一生艰难的生活。别人告诉我,她昏迷前的最后一句话是:"我那个有病的儿子和我那个还未成年的女儿……"

又是秋天,妹妹推我去北海看了菊花。黄色的花淡雅,白色的花高洁,紫红色的花热烈而深沉,泼泼洒洒,秋风中正开得烂漫。我懂得母亲没有说完的话。妹妹也懂。我俩在一块儿,要好好儿活……

1984 年 11 月

我的梦想

也许是因为人缺了什么就更喜欢什么吧,我的两条腿一动不能动,却是个体育迷。我不光喜欢看足球、篮球以及各种球类比赛,也喜欢看田径、游泳、拳击、滑冰、滑雪、自行车和汽车比赛,总之我是个全能体育迷。当然都是从电视里看,体育馆场门前都有很高的台阶,我上不去。如果这一天电视里有精彩的体育节目,好了,我早晨一睁眼就觉得像过节一般,一天当中无论干什么心里都想着它,一分一秒都过得愉快。有时我也怕很多重大比赛集中在一天或几天(譬如刚刚闭幕的奥运会),那样我会把其他要紧的事都耽误掉。

其实我是第二喜欢足球,第三喜欢文学,第一喜欢田径。我能说出所有田径项目的世界记录是多少,是由谁保持的,保持的时间长还是短。譬如说男子跳远记录是由比蒙保持的,二十年了还没有人能破,不过这事不大公平,比蒙是在地处高原的墨西哥城跳出这八米九〇的,而刘易斯在平原跳出的八米七二事实上比前者还要伟大,但却不能算世界记录。这些记录是我顺便记住的,田径运动的魅力不在于记录,人反正是干不过上帝;但人的力量、意志和优美却能从那奔跑与跳跃中得以充分展现,这才是它的魅力所在,它比任何舞蹈都好看,任何舞蹈跟它比起来都显得矫揉造作甚至故弄玄虚。也许是我见过的舞蹈太少了。而你看刘易斯或者摩西跑起来,你会觉得他们是从人的原始中跑来,跑向无休止的人的未来,全身如风似水般滚动的肌肤就是最自然的舞蹈和最自由的歌。

我最喜欢并且羡慕的人就是刘易斯。他身高一米八八，肩宽腿长，像一头黑色的猎豹，随便一跑就是十秒以内，随便一跳就在八米开外，而且在最重要的比赛中他的动作也是那么舒展、轻捷、富于韵律，绝不像流行歌星们的唱歌，唱到最后总让人怀疑这到底是要干什么。不怕读者诸君笑话，我常暗自祈祷上苍，假若人真能有来世，我不要求别的，只要求有刘易斯那样一副身体就好。我还设想，那时的人又会普遍比现在高了，因此我至少要有一米九以上的身材；那时的百米速度也会普遍比现在快，所以我不能只跑九秒九几。做小说的人多是白日梦患者。好在这白日梦并不令我沮丧，我是因为现实的这个史铁生太令人沮丧，才想出这法子来给他宽慰与向往。我对刘易斯的喜爱和崇拜与日俱增。相信他是世界上最幸福的人。我想若是有什么办法能使我变成他，我肯定不惜一切代价；如果我来世能有那样一个健美的躯体，今生这一身残病的折磨也就得了足够的报偿。

奥运会上，约翰逊战胜刘易斯的那个中午我难过极了，心里别别扭扭别别扭扭的一直到晚上，夜里也没睡好觉。眼前老翻腾着中午的场面：所有的人都在向约翰逊欢呼，所有的旗帜与鲜花都向约翰逊挥舞，浪潮般的记者们簇拥着约翰逊走出比赛场，而刘易斯被冷落在一旁。刘易斯当时那茫然若失的目光就像个可怜的孩子，让我一阵阵的心疼。一连几天我都闷闷不乐，总想着刘易斯此刻会怎样痛苦；不愿意再看电视里重播那个中午的比赛，不愿意听别人谈论这件事，甚至替刘易斯嫉妒着约翰逊，在心里找很多理由向自己说明还是刘易斯最棒；自然这全无济于事，我竟似比刘易斯还败得惨，还迷失得深重。这岂不是怪事么？在外人看来这岂不是精神病么？我慢慢去想其中的原因。是因为一个美的偶像被打破了么？如果仅仅是这样,我完全可以惋惜一阵再去竖立起约翰逊嘛,约翰逊的雄姿并不比刘易斯逊色。是因为我这人太恋旧,骨子里太保守吗?可是我非常明白,后来者居上是最应该庆祝的事。或者是刘易斯没跑好让我遗憾?可是九秒九二是他最好的成绩,到底为什么呢?最后我知道了:我看见了所谓"最幸福的人"的不幸,刘易斯那茫然的目光使我的"最幸福"的定义动摇了继而粉碎了。上帝从来不对任何人施舍"最幸福"这三个字,他在所有人的欲望前面设下永恒的距离,公平地给每一个人以局限。如果不能在超越自我局限的无尽路途上去理解幸福,那么史铁生的不能跑与刘易斯的不能跑得更快就完全等同,都是沮丧与痛苦的根源。假若刘易斯不能懂得这些事,我相信,在前述那个中午,他一定是世界上最不幸的人。

在百米决赛后的第二天,刘易斯在跳远决赛中跳出了八米七二,他是个好样的。看来他懂,他知道奥林匹斯山上的神火为何而燃烧,那不是为了一个人把另一个人战败,而是为了有机会向诸神炫耀人类的不屈,命定的局限尽可永在,不屈的挑战却不可须臾或缺。我不敢说刘易斯就是这样,但我希望刘易斯是这样,我一往情深地喜爱并崇拜这样一个刘易斯。

这样,我的白日梦就需要重新设计一番了。至少我不再愿意用我领悟到的这一切,仅仅去换一个健美的躯体,去换一米九以上的身高和九秒七九乃至九秒六九的速度,原因很简单,我不想在来世的某一个中午成为最不幸的人;即使人可以跑出九秒五九,也仍然意味着局限。我希望既有一个健美的躯体又有一个了悟了人生意义的灵魂,我希望二者兼得。但是,前者可以祈望上帝的恩赐,后者却必须在千难万苦中靠自己去获取——我的白日梦到底该怎样设计呢？千万不要说，倘若二者不可兼得你要哪一个？不要这样说，因为人活着必要有一个最美的梦想。

后来得知，约翰逊跑出了九秒七九是因为服用了兴奋剂。对此我们该说什么呢？我在报纸上见了这样一个消息，他的牙买加故乡的人们说，"约翰逊什么时候愿意回来，我们都会欢迎他，不管他做错了什么事，他都是牙买加的儿子。"这几句话让我感动至深。难道我们不该对灵魂有了残疾的人，比对肢体有了残疾的人，给予更多的同情和爱吗？

1988 年

我与地坛

一

我在好几篇小说中都提到过一座废弃的古园,实际就是地坛。许多年前旅游业还没有开展,园子荒芜冷落得如同一片野地,很少被人记起。

地坛离我家很近。或者说我家离地坛很近。总之,只好认为这是缘分。地坛在我出生前四百多年就坐落在那儿了,而自从我的祖母年轻时带着我父亲来到北京,就一直住在离它不远的地方——五十多年间搬过几次家,可搬来搬去总是在它周围,而且是越搬离它越近了。我常觉得这中间有着宿命的味道:仿佛这古园就是为了等我,而历尽沧桑在那儿等待了四百多年。

它等待我出生,然后又等待我活到最狂妄的年龄上忽地残废了双腿。四百多年里,它一面剥蚀了古殿檐头浮夸的琉璃,淡褪了门壁上炫耀的朱红,坍圮了一段段高墙又散落了玉砌雕栏,祭坛四周的老柏树愈见苍幽,到处的野草荒藤也都茂盛得自在坦荡。这时候想必我是该来了。十五年前的一个下午,我摇着轮椅进入园中,它为一个失魂落魄的人把一切都准备好了。那时,太阳循着亘古不变的路途正越来越大,也越红。在满园弥漫的沉静光芒中,一个人更容易看到时间,并看见自己的身影。

自从那个下午我无意中进了这园子,就再没长久地离开过它。我一下子就理解了它的意图。正如我在一篇小说中所说的:"在人口密聚的城市里,有这样一个宁静的去处,像是上帝的苦心安排。"

两条腿残废后的最初几年,我找不到工作,找不到去路,忽然间几乎什么都找不到了,我就摇了轮椅总是到它那儿去,仅为着那儿是可以逃避一个世界的另一个世界。我在那篇小说中写道:"没处可去我便一天到晚耗在这园子里。跟上班下班一样,别人去上班我就摇了轮椅到这儿来。""园子无人看管,上下班时间有些抄近路的人们从园中穿过,园子里活跃一阵,过后便沉寂下来。""园墙在金晃晃的空气中斜切下一溜阴凉,我把轮椅开进去,把椅背放倒,坐着或是躺着,看书或者想事,撅一杈树枝左右拍打,驱赶那些和我一样不明白为什么要来这世上的小昆虫。""蜂儿如一朵小雾稳稳地停在半空;蚂蚁摇头晃脑捋着触须,猛然间想透了什么,转身疾行而去;瓢虫爬得不耐烦了,累了,祈祷一回便支开翅膀,忽悠一下升空了;树干上留着一只蝉蜕,寂寞如一间空屋;露水在草叶上滚动,聚集,压弯了草叶轰然坠地摔开万道金光。""满园子都是草木竞相生长弄出的响动,窸窸窣窣窸窸窣窣片刻不息。"这都是真实的记录,园子荒芜但并不衰败。

除去几座殿堂我无法进去,除去那座祭坛我不能上去而只能从各个角度张望它,地坛的每一棵树下我都去过,差不多它的每一米草地上都有过我的车轮印。无论是什么季节,什么天气,什么时间,我都在这园子里呆过。有时候呆一会儿就回家,有时候就呆到满地上都亮起月光。记不清都是在它的哪些角落里了,我一连几小时专心致志地想关于死的事,也以同样的耐心和方式想过我为什么要出生。这样想了好几年,最后事情终于弄明白了:一个人,出生了,这就不再是一个可以辩论的问题,而只是上帝交给他的一个事实；上帝在交给我们这件事实的时候，已经顺便保证了它的结果，所以死是一件不必急于求成的事，死是一个必然会降临的节日。这样想过之后我安心多了，眼前的一切不再那么可怕。比如你起早熬夜准备考试的时候，忽然想起有一个长长的假期在前面等待你，你会不会觉得轻松一点？并且庆幸并且感激这样的安排？

剩下的就是怎样活的问题了。这却不是在某一个瞬间就能完全想透的，不是能够一次性解决的事，怕是活多久就要想它多久了，就像是伴你终生的魔鬼或恋人。所以，十五年了，我还是总得到那古园里去，去它的老树下或荒草边或颓墙旁，去默坐，去呆想，去推开耳边的嘈杂理一理纷乱的思绪，去窥看自己的心魂。十五年中，这古园的形体被不能理解它的人肆意雕琢，幸好有些东西是任谁也不能改变它的。譬如祭坛石门中的落日，寂静的光辉平铺的一刻，地上的每一个坎坷都被映照得灿烂；譬如在园中最为落寞的时间，一群雨燕便出来高歌，把天地都叫喊得苍凉；譬如冬天雪地上孩子的脚印，总让人猜想他们是谁，曾在哪儿做过些什么，然后又都到哪儿去了；譬如那些苍黑的古柏，你忧郁的时候它们镇静地站在那儿，你欣喜的时候它们依然镇静地站在那儿，它们没日没夜地站在那儿从你没有出生一直站到这个世界上又没了你的时候；譬如暴雨骤临园中，激起一阵阵灼烈而清纯的草木和泥土的气味，让人想起无数个夏天的事件；譬如秋风忽至，再有一场早霜，落叶或飘摇歌舞或坦然安卧，满园中播散着熨帖而微苦的味道。味道是最说不清楚的，味道不能写只能闻，要你身临其境去闻才能明了。味道甚至是难于记忆的，只有你又闻到它你才能记起它的全部情感和意蕴。所以我常常要到那园子里去。

二

现在我才想到,当年我总是独自跑到地坛去,曾经给母亲出了一个怎样的难题。

她不是那种光会疼爱儿子而不懂得理解儿子的母亲。她知道我心里的苦闷,知道不该阻止我出去走走,知道我要是老呆在家里结果会更糟,但她又担心我一个人在那荒僻的园子里整天都想些什么。我那时脾气坏到极点,经常是发了疯一样地离开家,从那园子里回来又中了魔似的什么话都不说。母亲知道有些事不宜问,便犹犹豫豫地想问而终于不敢问,因为她自己心里也没有答案。她料想我不会愿意她跟我一同去,所以她从未这样要求过,她知道得给我一点独处的时间,得有这样一段过程。她只是不知道这过程得要多久,和这过程的尽头究竟是什么。每次我要动身时,她便无言地帮我准备,帮助我上了轮椅车,看着我摇车拐出小院;这以后她会怎样,当年我不曾想过。

有一回我摇车出了小院,想起一件什么事又返身回来,看见母亲仍站在原地,还是送我走时的姿势,望着我拐出小院去的那处墙角,对我的回来竟一时没有反应。待她再次送我出门的时候,她说:"出去活动活动,去地坛看看书,我说这挺好。"许多年以后我才渐渐听出,母亲这话实际上是自我安慰,是暗自的祷告,是给我的提示,是恳求与嘱咐。只是在她猝然去世之后,我才有余暇设想。当我不在家里的那些漫长的时间,她是怎样心神不定坐卧难宁,兼着痛苦与惊恐与一个母亲最低限度的祈求。现在我可以断定,以她的聪慧的坚忍,在那些空落的白天后的黑夜,在那不眠的黑夜后的白天，她思来想去最后准是对自己说："反正我不能不让他出去，未来的日子是他自己的，如果他真的要在那园子里出了什么事，这苦难也只好我来承担。"在那段日子里——那是好几年前的一段日子，我想我一定使母亲做过最坏的准备了，但她从来没有对我说过："你为我想想。"事实上我也真的没为她想过。那时她的儿子还太年轻，还来不及为母亲想，他被命运击昏了头，一心以为自己是世上最不幸的一个，不知道儿子的不幸在母亲那儿总是要加倍。她有一个长到二十岁上忽然截瘫了的儿子，这是她惟一的儿子；她情愿截瘫的是自己而不是儿子，可这事无法代替；她想，只要儿子能活下去哪怕自己去死呢也行，可她又确信一个人不能仅仅是活着，儿子得有一条路走向自己的幸福；而这条路呢，没有谁能保证她的儿子终于能找到。——这样一个母亲，注定是活得最苦的母亲。

　　有一次与一个作家朋友聊天，我问他学写作的最初动机是什么？他想了一会儿说："为我母亲。为了让她骄傲。"我心里一惊，良久无言。回想自己最初写小说的动机，虽不似这位朋友的那般单纯，但如他一样的愿望我也有，且一经细想，发现这愿望也在全部动机中占了很大比重。这位朋友说："我的动机太低俗了吧？"我光是摇头，心想低俗并不见得低俗，只怕是这愿望过于天真了。他又说："我那时真就是想出名，出了名让别人羡慕我母亲。"我想，他比我坦率。我想，他又比我幸福，因为他的母亲还活着。而且我想，他的母亲也比我的母亲运气好，他的母亲没有一个双腿残废的儿子，否则事情就不这么简单。

　　在我的头一篇小说发表的时候，在我的小说第一次获奖的那些日子里，我真是多么希望我的母亲还活着。我便又不能在家里呆了,又整天整天独自跑到地坛去,心里是没头没尾的沉郁和哀怨,走遍整个园子却怎么也想不通:母亲为什么就不能再多活两年?为什么在她儿子就快要碰撞开一条路的时候,她却忽然熬不住了?莫非她来此世上只是为了替儿子担忧,却不该分享我的一点点快乐?她匆匆离我去时才只有四十九呀!有那么一会儿,我甚至对世界对上帝充满了仇恨和厌恶。后来我在一篇题为《合欢树》的文章中写道:"我坐在小公园安静的树林里,闭上眼睛,想,上帝为什么早早地召母亲回去呢?很久很久,迷迷糊糊的我听见了回答:'她心里太苦了,上帝看她受不住了,就召她回去。'我似乎得了一点安慰,睁开眼睛,看见风正从树林里穿过。"小公园,指的也是地坛。

只是到了这时候,纷纭的往事才在我眼前幻现得清晰,母亲的苦难与伟大才在我心中渗透得深彻。上帝的考虑,也许是对的。

摇着轮椅在园中慢慢走,又是雾罩的清晨,又是骄阳高悬的白昼,我只想着一件事:母亲已经不在了。在老柏树旁停下,在草地上在颓墙边停下,又是处处虫鸣的午后,又是鸟儿归巢的傍晚,我心里只默念着一句话:可是母亲已经不在了。把椅背放倒,躺下,似睡非睡挨到日没,坐起来,心神恍惚,呆呆地直坐到古祭坛上落满黑暗然后再渐渐浮起月光,心里才有点明白,母亲不能再来这园中找我了。

曾有过好多回,我在这园子里呆得太久了,母亲就来找我。她来找我又不想让我发觉,只要见我还好好地在这园子里,她就悄悄转身回去,我看见过几次她的背影。我也看见过几回她四处张望的情景,她视力不好,端着眼镜像在寻找海上的一条船,她没看见我时我已经看见她了,待我看见她也看见我了我就不去看她,过一会儿我再抬头看她就又看见她缓缓离去的背影。我更是无法知道有多少回她没有找到我。有一回我坐在矮树丛中，树丛很密，我看见她没有找到我；她一个人在园子里走，走过我的身旁，走过我经常呆的一些地方，步履茫然又急迫。我不知道她已经找了多久还要找多久，我不知道为什么我决意不喊她——但这绝不是小时候的捉迷藏，这也许是出于长大了的男孩子的倔强或羞涩？但这倔强只留给我痛悔，丝毫也没有骄傲。我真想告诫所有长大了的男孩子，千万不要跟母亲来这套倔强，羞涩就更不必，我已经懂了可我已经来不及了。

儿子想使母亲骄傲，这心情毕竟是太真实了，以致使"想出名"这一声名狼藉的念头也多少改变了一点形象。这是个复杂的问题，且不去管它了罢。随着小说获奖的激动逐日暗淡，我开始相信，至少有一点我是想错了：我用纸笔在报刊上碰撞开的一条路，并不就是母亲盼望我找到的那条路。年年月月我都到这园子里来，年年月月我都要想，母亲盼望我找到的那条路到底是什么。母亲生前没给我留下过什么隽永的哲言，或要我恪守的教诲，只是在她去世之后，她艰难的命运，坚忍的意志和毫不张扬的爱，随光阴流转，在我的印象中愈加鲜明深刻。

有一年，十月的风又翻动起安详的落叶，我在园中读书，听见两个散步的老人说："没想到这园子有这么大。"我放下书，想，这么大一座园子，要在其中找到她的儿子，母亲走过了多少焦灼的路。多年来我头一次意识到，这园中不单是处处都有过我的车辙，有过我的车辙的地方也都有过母亲的脚印。

三

如果以一天中的时间来对应四季,当然春天是早晨,夏天是中午,秋天是黄昏,冬天是夜晚。如果以乐器来对应四季,我想春天应该是小号,夏天是定音鼓,秋天是大提琴,冬天是圆号和长笛。要是以这园子里的声响来对应四季呢?那么,春天是祭坛上空飘浮着的鸽子的哨音,夏天是冗长的蝉歌和杨树叶子哗啦啦地对蝉歌的取笑,秋天是古殿檐头的风铃响,冬天是啄木鸟随意而空旷的啄木声。以园中的景物对应四季,春天是一径时而苍白时而黑润的小路,时而明朗时而阴晦的天上摇荡着串串杨花;夏天是一条条耀眼而灼人的石凳,或阴凉而爬满了青苔的石阶,阶下有果皮,阶上有半张被坐皱的报纸;秋天是一座青铜的大钟,在园子的西北角上曾丢弃着一座很大的铜钟,铜钟与这园子一般年纪,浑身挂满绿锈,文字已不清晰;冬天,是林中空地上几只羽毛蓬松的老麻雀。以心绪对应四季呢?春天是卧病的季节,否则人们不易发觉春天的残忍与渴望;夏天,情人们应该在这个季节里失恋,不然就似乎对不起爱情;秋天是从外面买一棵盆花回家的时候,把花搁在阔别了的家中,并且打开窗户把阳光也放进屋里,慢慢回忆慢慢整理一些发过霉的东西;冬天伴着火炉和书,一遍遍坚定不死的决心,写一些并不发出的信。还可以用艺术形式对应四季,这样春天就是一幅画,夏天是一部长篇小说,秋天是一首短歌或诗,冬天是一群雕塑。以梦呢?以梦对应四季呢?春天是树尖上的呼喊,夏天是呼喊中的细雨,秋天是细雨中的土地,冬天是干净的土地上的一只孤零的烟斗。

因为这园子，我常感恩于自己的命运。

我甚至现在就能清楚地看见，一旦有一天我不得不长久地离开它，我会怎样想念它，我会怎样想念它并且梦见它，我会怎样因为不敢想念它而梦也梦不到它。

四

现在让我想想，十五年中坚持到这园子来的人都是谁呢？好像只剩了我和一对老人。

十五年前，这对老人还只能算是中年夫妇，我则货真价实还是个青年。他们总是在薄暮时分来园中散步，我不大弄得清他们是从哪边的园门进来，一般来说他们是逆时针绕这园子走。男人个子很高，肩宽腿长，走起路来目不斜视，胯以上直至脖颈挺直不动；他的妻子攀了他一条胳膊走，也不能使他的上身稍有松懈。女人个子却矮，也不算漂亮，我无端地相信她必出身于家道中衰的名门富族；她攀在丈夫胳膊上像个娇弱的孩子，她向四周观望似总含着恐惧，她轻声与丈夫谈话，见有人走近就立刻怯怯地收住话头。我有时因为他们而想起冉阿让与柯赛特，但这想法并不巩固，他们一望即知是老夫老妻。两个人的穿着都算得上考究，但由于时代的演进，他们的服饰又可以称为古朴了。他们和我一样，到这园子里来几乎是风雨无阻，不过他们比我守时。我什么时间都可能来，他们则一定是在暮色初临的时候。刮风时他们穿了米色风衣，下雨时他们打了黑色的雨伞，夏天他们的衬衫是白色的裤子是黑色的或米色的，冬天他们的呢子大衣又都是黑色的，想必他们只喜欢这三种颜色。他们逆时针绕这园子一周，然后离去。他们走过我身旁时只有男人的脚步响，女人像是贴在高大的丈夫身上跟着飘移。我相信他们一定对我有印象，但是我们没有说过话，我们互相都没有想要接近的表示。十五年中，他们或许注意到一个小伙子进入了中年，我则看着一对令人羡慕的中年情侣不觉中成了两个老人。

　　曾有过一个热爱唱歌的小伙子，他也是每天都到这园中来，来唱歌，唱了好多年，后来不见了。他的年纪与我相仿，他多半是早晨来，唱半小时或整整唱一个上午，估计在另外的时间里他还得上班。我们经常在祭坛东侧的小路上相遇，我知道他是到东南角的高墙下去唱歌，他一定猜想我去东北角的树林里做什么。我找到我的地方，抽几口烟，便听见他谨慎地整理歌喉了。他反反复复唱那么几首歌。"文化革命"没过去的时候，他唱"蓝蓝的天上白云飘，白云下面马儿跑……"我老也记不住这歌的名字。"文革"后，他唱《货郎与小姐》中那首最为流传的咏叹调。"卖布——卖布嘞，卖布——卖布嘞！"我记得这开头的一句他唱得很有声势，在早晨清澈的空气中，货郎跑遍园中的每一个角落去恭维小姐。"我交了好运气，我交了好运气，我为幸福唱歌曲……"然后他就一遍一遍地唱，不让货郎的激情稍减。依我听来，他的技术不算精到，在关键的地方常出差错，但他的嗓子是相当不坏的，而且唱一个上午也听不出一点疲惫。太阳也不疲惫，把大树的影子缩小成一团，把疏忽大意的蚯蚓晒干在小路上。将近中午，我们又在祭坛东侧相遇，他看一看我，我看一看他，他往北去，我往南去。日子久了，我感到我们都有结识的愿望，但似乎都不知如何开口，于是互相注视一下终又都移开目光擦身而过。这样的次数一多，便更不知如何开口了。终于有一天——一个丝毫没有特点的日子，我们互相点了一下头，他说："你好。"我说："你好。"他说："回去啦？"我说：

"是，你呢？"他说："我也该回去了。"我们都放慢脚步（其实我是放慢车速），想再多说几句，但仍然是不知从何说起，这样我们就都走过了对方，又都扭转身子面向对方。他说："那就再见吧。"我说："好，再见。"便互相笑笑各走各的路了。但是我们没有再见，那以后，园中再没了他的歌声，我才想到，那天他或许是有意与我道别的，也许他考上了哪家专业的文工团或歌舞团了吧？真希望他如他歌里所唱的那样，交了好运气。

还有一些人，我还能想起一些常到这园子里来的人。有一个老头，算得一个真正的饮者；他在腰间挂一个扁瓷瓶，瓶里当然装满了酒，常来这园中消磨午后的时光。他在园中四处游逛，如果你不注意你会以为园中有好几个这样的老头，等你看过了他卓尔不群的饮酒情状，你就会相信这是个独一无二的老头。他的衣着过分随便，走路的姿态也不慎重，走上五六十米路便选定一处地方，一只脚踏在石凳上或土埂上或树墩上，解下腰间的酒瓶，解酒瓶的当儿眯起眼睛把一百八十度视角内的景物细细看一遭，然后以迅雷不及掩耳之势倒一大口酒入肚，把酒瓶摇一摇再挂向腰间，平心静气地想一会儿什么，便走下一个五六十米去。还有一个捕鸟的汉子，那岁月园中人少，鸟却多，他在西北角的树丛中拉一张网，鸟撞在上面，羽毛钑在网眼里便不能自拔。他单等一种过去很多而现在非常罕见的鸟，其他的鸟撞在网上他就把它们摘下来放掉，他说已经有好多年没等到那种罕见的鸟了，他说他再等一年看看到底还有没有那种鸟，结果他又等了好多年。早晨和傍晚，在这园子里可以看见一个中年女工程师，早晨她从北向南穿过这园子去上班，傍晚她从南向北穿过这园子回家，事实上我并不了解她的职业或者学历，但我以为她必是学理工的知识分子，别样的人很难有她那般的素朴并优雅。当她在园中穿行的时刻，四周的树林也仿佛更加幽静，清淡的日光中竟似有悠远的琴声，比如说是那曲《献给艾丽丝》才好。我没有见过她的丈夫，没有见过那个幸运的男人是什么样子，我想象过却想象不出，后来忽然懂了想象不出才好，那男人最好不要出现。她走出北门回家去，我竟有点担心，担心她会落入厨房，不过，也许她在厨房里劳作的情景更有另外的美吧，当然不能再是《献给艾丽丝》，是个什么曲子呢？还有一个人，是我的朋友，他是个最有天赋的长跑家，但他被埋没了。他因为在"文革"中出言不慎而坐了几年牢，出来后好不容易找了个拉板车的工作，样样待遇都不能与别人平等，苦闷极了便练习长跑。那时他总来这园子里跑，我用手表为他计时，他每跑一圈向我招一下手，我就记下一个时间。每次他要环绕这园子跑二十圈，大约两万米。他盼望以他的长跑成绩来获得政治上真正的解放，他以为记者的镜头和文字可以帮他做到这一点。第一年他在春节环城赛上跑了第十五名，他看见前十名的照片都挂在了长安街的新闻橱窗里，于是有了信心。第二年他跑了第四名，可是新闻橱窗里只挂了前三名的照片，他没灰心。第三年他跑了第七名，橱窗里挂前六名的照片，他有点怨自己。第四年他跑了第三名，橱窗里却只挂了第一名的照片。第五年他跑了第一名——他几乎绝望了，橱窗里只有一幅环城赛群众场面的照片。那些年我们俩常一起在这园子里呆到天黑，开怀痛骂，骂完沉默着回家，分手时再互相叮嘱：先别去死，再试着活一活看。现在他已经不跑了，年岁太大了，跑不了那么快了。最后一次参加环城赛，他以三十八岁之龄又得了第一名并破了纪录，有一位专业队的教练对他说："我要是十年前发现你就好了。"他苦笑一下什么也没说，只在傍晚又来这园中找到我，把这事平静地向我叙说一遍。不见他已有好几年了，现在他和妻子和儿子住在很远的地方。

　　这些人现在都不到园子里来了，园子里差不多完全换了一批新人。十五年前的旧人，现在就剩我和那对老夫老妻了。有那么一段时间，这老夫老妻中的一个也忽然不来，薄暮时分惟男人独自来散步，步态也明显迟缓了许多，我悬心了很久，怕是那女人出了什么事。幸好过了一个冬天那女人又来了，两个人仍是逆时针绕着园子走，一长一短两个身影恰似钟表的两支指针；女人的头发白了许多，但依旧攀着丈夫的胳膊走得像个孩子。"攀"这个字用得不恰当了，或许可以用"搀"吧，不知有没有兼具这两个意思的字。

五

　　我也没有忘记一个孩子——一个漂亮而不幸的小姑娘。十五年前的那个下午，我第一次到这园子里来就看见了她，那时她大约三岁，蹲在斋宫西边的小路上捡树上掉落的"小灯笼"。那儿有几棵大栾树，春天开一簇簇细小而稠密的黄花，花落了便结出无数如同三片叶子合抱的小灯笼，小灯笼先是绿色，继而转白，再变黄，成熟了掉落得满地都是。小灯笼精巧得令人爱惜，成年人也不免捡了一个还要捡一个。小姑娘咿咿呀呀地跟自己说着话，一边捡小灯笼；她的嗓音很好，不是她那个年龄所常有的那般尖细，而是很圆润甚或是厚重，也许是因为那个下午园子里太安静了。我奇怪这么小的孩子怎么一个人跑来这园子里？我问她住在哪儿？她随指一下，就喊她哥哥，沿墙根一带的茂草之中便站起一个七八岁的男孩，朝我望望，看我不像坏人便对他的妹妹说："我在这儿呢"，又伏下身去，他在捉什么虫子。他捉到螳螂、蚂蚱、知了和蜻蜓，来取悦他的妹妹。有那么两三年，我经常在那几棵大栾树下见到他们，兄妹俩总是在一起玩，玩得和睦融洽，都渐渐长大了些。之后有很多年没见到他们。我想他们都在学校里吧，小姑娘也到了上学的年龄，必是告别了孩提时光，没有很多机会来这儿玩了。这事很正常，没理由太搁在心上，若不是有一年我又在园中见到他们，肯定就会慢慢把他们忘记。

那是个礼拜日的上午。那是个晴朗而令人心碎的上午，时隔多年，我竟发现那个漂亮的小姑娘原来是个弱智的孩子。我摇着车到那几棵大栾树下去，恰又是遍地落满了小灯笼的季节；当时我正为一篇小说的结尾所苦，既不知为什么要给它那样一个结尾，又不知何以忽然不想让它有那样一个结尾，于是从家里跑出来，想依靠着园中的镇静，看看是否应该把那篇小说放弃。我刚刚把车停下，就见前面不远处有几个人在戏耍一个少女，做出怪样子来吓她，又喊又笑地追逐她拦截她，少女在几棵大树间惊惶地东跑西躲，却不松手揪卷在怀里的裙裾，两条腿袒露着也似毫无察觉。我看出少女的智力是有些缺陷，却还没看出她是谁。我正要驱车上前为少女解围，就见远处飞快地骑车来了个小伙子，于是那几个戏耍少女的家伙望风而逃。小伙子把自行车支在少女近旁，怒目望着那几个四散逃窜的家伙，一声不吭喘着粗气，脸色如暴雨前的天空一样一会儿比一会儿苍白。这时我认出了他们，小伙子和少女就是当年那对小兄妹。我几乎是在心里惊叫了一声，或者是哀号。世上的事常常使上帝的居心变得可疑。小伙子向他的妹妹走去。少女松开了手，裙裾随之垂落了下来，很多很多她捡的小灯笼便洒落了一地，铺散在她脚下。她仍然算得漂亮，但双眸迟滞没有光彩。她呆呆地望着那群跑散的家伙，望着极目之处的空寂，凭她的智力绝不可能把这个世界想明白吧？大树下，破碎的阳光星星点点，风把遍地的小灯笼吹得滚动，仿佛喑哑地响着无数小铃铛。哥哥把妹妹扶上自行车后座，带着她无言地回家去了。

无言是对的。要是上帝把漂亮和弱智这两样东西都给了这个小姑娘，就只有无言和回家去是对的。

谁又能把这世界想个明白呢？世上的很多事是不堪说的。你可以抱怨上帝何以要降诸多苦难给这人间，你也可以为消灭种种苦难而奋斗，并为此享有崇高与骄傲，但只要你再多想一步你就会坠入深深的迷茫了：假如世界上没有了苦难，世界还能够存在么？要是没有愚钝，机智还有什么光荣呢？要是没了丑陋，漂亮又怎么维系自己的幸运？要是没有了恶劣和卑下，善良与高尚又将如何界定自己又如何成为美德呢？要是没有了残疾，健全会否因其司空见惯而变得腻烦和乏味呢？我常梦想着在人间彻底消灭残疾，但可以相信，那时将由患病者代替残疾人去承担同样的苦难。如果能够把疾病也全数消灭，那么这份苦难又将由（比如说）相貌丑陋的人去承担了。就算我们连丑陋，连愚昧和卑鄙和一切我们所不喜欢的事物和行为，也都可以统统消灭掉，所有的人都一样健康、漂亮、聪慧、高尚，结果会怎样呢？怕是人间的剧目就全要收场了，一个失去差别的世界将是一条死水，是一块没有感觉没有肥力的沙漠。

看来差别永远是要有的。看来就只好接受苦难——人类的全部剧目需要它，存在的本身需要它。看来上帝又一次对了。

于是就有一个最令人绝望的结论等在这里：由谁去充任那些苦难的角色？又由谁去体现这世间的幸福、骄傲和快乐？只好听凭偶然，是没有道理好讲的。

就命运而言，休论公道。

那么，一切不幸命运的救赎之路在哪里呢？

设若智慧或悟性可以引领我们去找到救赎之路，难道所有的人都能够获得这样的智慧和悟性吗？

我常以为是丑女造就了美人。我常以为是愚氓举出了智者。我常以为是懦夫衬照了英雄。我常以为是众生度化了佛祖。

六

设若有一位园神，他一定早已注意到了，这么多年我在这园里坐着，有时候是轻松快乐的，有时候是沉郁苦闷的，有时候优哉游哉，有时候恓惶落寞，有时候平静而且自信，有时候又软弱，又迷茫。其实总共只有三个问题交替着来骚扰我，来陪伴我。第一个是要不要去死？第二个是为什么活？第三个，我干吗要写作？

现在让我看看，它们迄今都是怎样编织在一起的吧。

你说，你看穿了死是一件无需乎着急去做的事，是一件无论怎样耽搁也不会错过的事，便决定活下去试试？是的，至少这是很关键的因素。为什么要活下去试试呢？好像仅仅是因为不甘心，机会难得，不试白不试，腿反正是完了，一切仿佛都要完了，但死神很守信用，试一试不会额外再有什么损失。说不定倒有额外的好处呢是不是？我说过，这一来我轻松多了，自由多了。为什么要写作呢？作家是两个被人看重的字，这谁都知道。为了让那个躲在园子深处坐轮椅的人，有朝一日在别人眼里也稍微有点光彩，在众人眼里也能有个位置，哪怕那时再去死呢也就多少说得过去了。开始的时候就是这样想，这不用保密，这些现在不用保密了。

我带着本子和笔，到园中找一个最不为人打扰的角落，偷偷地写。那个爱唱歌的小伙子在不远的地方一直唱。要是有人走过来，我就把本子合上把笔叼在嘴里。我怕写不成反落得尴尬。我很要面子。可是你写成了，而且发表了。人家说我写得还不坏，他们甚至说：真没想到你写得这么好。我心说你们没想到的事还多着呢。我确实有整整一宿高兴得没合眼。我很想让那个唱歌的小伙子知道，因为他的歌也毕竟是唱得不错。我告诉我的长跑家朋友的时候，那个中年女工程师正优雅地在园中穿行；长跑家很激动，他说好吧，我玩命跑，你玩命写。这一来你中了魔了，整天都在想哪一件事可以写，哪一个人可以让你写成小说。是中了魔了，我走到哪儿想到哪儿，在人山人海里只寻找小说，要是有一种小说试剂就好了，见人就滴两滴看他是不是一篇小说，要是有一种小说显影液就好了，把它泼满全世界看看都是哪儿有小说，中了魔了，那时我完全是为了写作活着。结果你又发表了几篇，并且出了一点小名，可这时你越来越感到恐慌。我忽然觉得自己活得像个人质，刚刚有点像个人了却又过了头，像个人质，被一个什么阴谋抓了来当人质，不定哪天被处决，不定哪天就完蛋。你担心要不了多久你就会文思枯竭，那样你就又完了。凭什么我总能写出小说来呢？凭什么那些适合作小说的生活素材就总能送到一个截瘫者跟前来呢？人家满世界跑都有枯竭的危险，而我坐在这园子里凭什么可以一篇接一篇地写呢？你又想到死了。我想见好就收吧。当一名人质实在是太累了太紧张了，太朝不保夕了。我为写作而活下来，要是写作到底不是我应该干的事，我想我再活下去是不是太冒傻气了？你这么想着你却还在绞尽脑汁地想写。我好歹又拧出点水来，从一条快要晒干的毛巾上。恐慌日甚一日，随时可能完蛋的感觉比完蛋本身可怕多了，所谓不怕贼偷就怕贼惦记，我想人不如死了好，不如不出生的好，不如压根儿没有这个世界的好。可你并没有去死。我又想到那是一件不必着急的事。可是不必着急的事并不证明是一件必要拖延的事呀？你总是决定活下来，这说明什么？是的，我还是想活。人为什么活着？因为人想活着，说到底是这么回事，人真正的名字叫作：欲望。可我不怕死，有时候我真的不怕死。有时候，——说对了。不怕死和想去死是两回事，有时候不怕死的人是有的，一生下来就不怕死的人是没有的。我有时候倒是怕活。可是怕活不等于不想活呀！可我为什么还想活呢？因为你还想得到点什么，你觉得你还是可以得到点什么的，比如说爱情，比如说，价值感之类，人真正的名字叫欲望。这不对吗？我不该得到点什么吗？没说不该。可我为什么活得恐慌，就像个人质？后来你明白了，你明白你错了，活着不是为了写作，而写作是为了活着。你明白了这一点是在一个挺滑稽的时刻。那天你又说你不如死了好，你的一个朋友劝你：你不能死，你还得写呢，还有好多好作品等着你去写呢。这时候你忽然明白了，你说：只是因为我活着，我才不得不写作。或者说只是因为你还想活下去，你才不得不写作。是的，这样说过之后我竟然不那么恐慌了。就像你看穿了死之后所得的那份轻松？一个人质报复一场阴谋的最有效的办法是把自己杀死。我看出我得先把我杀死在市场上，那样我就不用参加抢购题材的风潮了。你还写吗？还写。你真的不得不写吗？人都忍不住要为生存找一些牢靠的理由。你不担心你会枯竭了？我不知道，不过我想，活着的问题在死前是完不了的。

这下好了，您不再恐慌了不再是个人质了，您自由了。算了吧你，我怎么可能自由呢？别忘了人真正的名字是：欲望。所以您得知道，消灭恐慌的最有效的办法就是消灭欲望。可是我还知道，消灭人性的最有效的办法也是消灭欲望。那么,是消灭欲望同时也消灭恐慌呢?还是保留欲望同时也保留人性?

我在这园子里坐着,我听见园神告诉我:每一个有激情的演员都难免是一个人质。每一个懂得欣赏的观众都巧妙地粉碎了一场阴谋。每一个乏味的演员都是因为他老以为这戏剧与自己无关。每一个倒霉的观众都是因为他总是坐得离舞台太近了。

我在这园子里坐着,园神成年累月地对我说:孩子,这不是别的,这是你的罪孽和福祉。

七

要是有些事我没说,地坛,你别以为是我忘了,我什么也没忘,但是有些事只适合收藏。不能说,也不能想,却又不能忘。它们不能变成语言,它们无法变成语言,一旦变成语言就不再是它们了。它们是一片朦胧的温馨与寂寥,是一片成熟的希望与绝望,它们的领地只有两处:心与坟墓。比如说邮票,有些是用于寄信的,有些仅仅是为了收藏。

如今我摇着车在这园子里慢慢走,常常有一种感觉,觉得我一个人跑出来已经玩得太久了。有一天我整理我的旧相册,看见一张十几年前我在这园子里照的照片——那个年轻人坐在轮椅上,背后是一棵老柏树,再远处就是那座古祭坛。我便到园子里去找那棵树。我按着照片上的背景找很快就找到了它,按着照片上它枝干的形状找,肯定那就是它。但是它已经死了,而且在它身上缠绕着一条碗口粗的藤萝。有一天我在这园子里碰见一个老太太,她说:"哟,你还在这儿哪?"她问我:"你母亲还好吗?""您是谁?"

"你不记得我,我可记得你。有一回你母亲来这儿找你,她问我您看没看见一个摇轮椅的孩子?……"我忽然觉得,我一个人跑到这世界上来玩真是玩得太久了。有一天夜晚,我独自坐在祭坛边的路灯下看书,忽然从那漆黑的祭坛里传出一阵阵唢呐声;四周都是参天古树,方形祭坛占地几百平方米空旷坦荡独对苍天,我看不见那个吹唢呐的人,惟唢呐声在星光寥寥的夜空里低吟高唱,时而悲怆时而欢快,时而缠绵时而苍凉,或许这几个词都不足以形容它,我清清醒醒地听出它响在过去,响在现在,响在未来,回旋飘转亘古不散。

必有一天,我会听见喊我回去。

那时您可以想象一个孩子,他玩累了可他还没玩够呢,心里好些新奇的念头甚至等不及到明天。也可以想象是一个老人,无可质置地走向他的安息地,走得任劳任怨。还可以想象一对热恋中的情人,互相一次次说"我一刻也不想离开你",又互相一次次说"时间已经不早了",时间不早了可我一刻也不想离开你,一刻也不想离开你可时间毕竟是不早了。

我说不好我想不想回去。我说不好是想还是不想,还是无所谓。我说不好我是像那个孩子,还是像那个老人,还是像一个热恋中的情人。很可能是这样:我同时是他们三个。我来的时候是个孩子,他有那么多孩子气的念头所以才哭着喊着闹着要来,他一来一见到这个世界便立刻成了不要命的情人,而对一个情人来说,不管多么漫长的时光也是稍纵即逝,那时他便明白,每一步每一步,其实一步步都是走在回去的路上。当牵牛花初开的时节,葬礼的号角就已吹响。

但是太阳,他每时每刻都是夕阳也都是旭日。当他熄灭着走下山去收尽苍凉残照之际,正是他在另一面燃烧着爬上山巅布散烈烈朝晖之时。有一天,我也将沉静着走下山去,扶着我的拐杖。那一天,在某一处山洼里,势必会跑上来一个欢蹦的孩子,抱着他的玩具。

当然,那不是我。

但是,那不是我吗?

宇宙以其不息的欲望将一个歌舞炼为永恒。这欲望有怎样一个人间的姓名,大可忽略不计。

1989 年 5 月 11 日
1990 年 1 月 7 日改

好运设计

要是今生遗憾太多,在背运的当儿,尤其在背运之后情绪渐渐平静了或麻木了,你独自呆一会儿,抽支烟,不妨想一想来世。你不妨随心所欲地设想一下(甚至是设计一下)自己的来世。你不妨试试。在背运的时候,至少我觉得这不失为一剂良药——先可以安神,尔后又可以振奋,就像输惯了的赌徒把屡屡的败绩置于脑后,输光了裤子也还是对下一局存着饱满的好奇和必赢的冲动,这没有什么不好。这有什么不好吗?无非是说迷信,好吧,你就迷信它一回。无非是说这不科学,行,况且对于走运和背运的事实,科学本来无能为力。无非说这是空想,这是自欺,这是做梦,没用。那么希望有用吗?希望是不是必得在被证明了是可以达到的之后才能成立?当然,这些差不多都是废话,背了运的时候哪想得起来这么多废话?背了运的时候只是想走运有多么好,要是能走运有多好。到底会有多好呢?想想吧,想想没什么坏处,干吗不想一想呢?我就常常这样去想,我常常浪费很多时间去做这样的蠢事。

我想,倘有来世,我先要占住几项先天的优越:聪明、漂亮和一副好身体。命运从一开始就不公平,人一生下来就有走运的和不走运的。譬如说一个人很笨,这该怨他自己吗?然而由此所导致的一切后果却完全要由他自己负责——他可能因此在兄弟姐妹之中是最不被父母喜爱的一个,他可能因此常受老师的斥责和同学们的嘲笑,他于是便更加自卑、更加委顿,饱受了轻蔑终也不知这事到底该怨谁。再譬如说，一个人生来就丑，相当丑，再怎么想办法去美容都无济于事，这难道是他的错误是他的罪过？不是，好，不是。那为什么就该他难得姑娘们的喜欢呢？因而婚事就变得格外困难，一旦有个漂亮姑娘爱上他却又赢得多少人的惊诧和不解，终于有了孩子，不要说别人就连他自己都希望孩子千万别长得像他自己。为什么就该他是这样呢？为什么就该他常遭取笑，常遭哭笑不得的外号，或者常遭怜悯，常遭好心人小心翼翼地对待呢？再说身体，有的人生来就肩宽腿长潇洒英俊（或者婀娜妩媚娉娉婷婷），生来就有一身好筋骨，跑得也快跳得也高，气力足耐力又好，精力旺盛，而且很少生病，可有的人却与此相反生来就样样都不如人。对于身体，我的体会尤甚。譬如写文章，有的人写一整天都不觉得累，可我连续写上三四个钟头眼前就要发黑。譬如和朋友们一起去野游，满心欢喜妙想联翩地到了地方，大家的热情正高雅趣正浓，可我已经累得只剩了让大家扫兴的份儿了。所以我真希望来世能有一副好身体。今生就不去想它了，只盼下辈子能够谨慎投胎，有健壮优美如卡尔·刘易斯一般的身体和体质，有潇洒漂亮如周恩来一般的相貌和风度，有聪明智慧如阿尔伯特·爱因斯坦一般的大脑和灵感。

既然是梦想不妨就让它完美些吧。何必连梦想也那么拘谨那么谦虚呢？我便如醉如痴并且极端自私自利地梦想下去。

降生在什么地方也是件相当重要的事。二十年前插队的时候，我在偏远闭塞的陕北乡下，见过不少健康漂亮尤其聪慧超群的少年。当时我就想他们要是生在一个恰当的地方他们必都会大有作为，无论他们做什么他们都必定成就非凡。但在那穷乡僻壤，吃饱肚子尚且是一件颇为荣耀的成绩，哪还有余力去奢想什么文化呢？

所以他们没有机会上学,自然也没有书读,看不到报纸电视甚至很少看得到电影,他们完全不知道外面的世界是什么样子,便只可能遵循了祖祖辈辈的老路,日出而作日落而息,春种秋收夏忙冬闲,日复一日年复一年。光阴如常地流逝,然后他们长大了,娶妻生子成家立业,才华逐步耗尽变做纯朴而无梦想的汉子。然后,可以料到,他们也将如他们的父辈一样地老去,惟单调的岁月在他们身上留下注定的痕迹。而人为什么要活这一回呢?却仍未在他们苍老的心里成为问题。然后,他们恐惧着、祈祷着、惊慌着听命于死亡随意安排。再然后呢?再然后倘若那地方没有变化,他们的儿女们必定还是这样地长大、老去、磨钝了梦想,一代代去完成同样的过程。或许这倒是福气?或许他们比我少着梦想所以也比我少着痛苦?他们会不会也设想过自己的来世呢?没有梦想或梦想如此微薄的他们又是如何设想自己的来世呢?我不知道。我不知道。我只希望我的来世不要是他们这样,千万不要是这样。

那么降生在哪儿好呢?是不是生在大城市,生在个贵府名门就肯定好呢?父亲是政绩斐然的总统,要不是个家藏万贯的大亨,再不就是位声名赫赫的学者,或者父母都是不同寻常的人物,你从小就在一个备受宠爱备受恭维的环境中长大,呈现在你面前的是无忧无虑的现实,绚烂辉煌的前景,左右逢源的机遇,一帆风顺的坦途……不过这样是不是就好呢?一般来说这样的境遇也是一种残疾,也是一种牢笼。这样的境遇经常造就着蠢材,不蠢的概率很小,有所作为的比例很低,而且大凡有点水平的姑娘都不肯高攀这样的人;固然他们之中也有智能超群的天才,也有过大有作为的人物,也出过明心见性的悟者,但毕竟概率很小比例很低。这就有相当大的风险,下辈子务必慎重从事,不可疏忽大意不可掉以轻心,今生多舛来生再受不住是个蠢材了。

生在穷乡僻壤，有孤陋寡闻之虞，不好；生在贵府名门，又有骄狂愚妄之险，也不好。

生在一个介于此二者之间的位置上怎么样？嗯，可能不错。

既知晓人类文明的丰富璀璨，又懂得生命路途的坎坷艰难，这样的位置怎么样？嗯，不错。

既了解达官显贵奢华而危惧的生活，又体会平民百姓清贫而深情的岁月，这位置如何？嗯！不错，好！

既有博览群书并入学府深造的机缘，又有浪迹天涯独自在社会上闯荡的经历；既能在关键时刻得良师指点如有神助，又时时事事都要靠自己努力奋斗绝非平步青云；既饱尝过人情友爱的美好，又深知了世态炎凉的正常，故而能如罗曼·罗兰所说"看清了这个世界，而后爱它"。——这样的位置可好？好。确实不错。好虽好，不过这样的位置在哪儿呢？

在下辈子。在来世。只要是好，咱可以设计。咱不慌不忙仔仔细细地设计一下吧。我看没理由不这样设计一下。甭灰心，也甭沮丧，真与假的说道不属于梦想和希望的范畴，还是随心所欲地来一回"好运设计"吧。

你最好生在一个普通知识分子的家庭。

也就是说，你父亲是知识分子但千万不要是那种炙手可热过于风云的知识分子，否则，"贵府名门"式的危险和不幸仍可能落在你头上：你将可能没有一个健全、质朴的童年，你将可能没有一群浪漫无猜的伙伴，你将会错过惟一可能享受到纯粹的友情、感受到圣洁的忧伤的机会，而那才是童年，才是真正的童年。一个人长大了若不能怀恋自己童年的痴拙,若不能默然长思或仍耿耿于怀孩提时光的往事,当是莫大的缺憾,对于我们的"好运设计",则是个后患无穷的错误。你应该有一大群来自不同家庭的男孩儿和女孩儿做你的朋友,你跟他们一块儿认真地吵架并且翻脸,然后一块儿哭着和好如初。把你的秘密告诉他们,把他们告诉给你的秘密对任何人也不说,你们订一个暗号,这暗号一经发出你们一个个无论正在干什么也得从家里溜出来,密谋一桩令大人们哭笑不得的事件。当你父母不在家的时候,随便找个理由把你的好朋友都叫来——比如说为了你的生日或为了离你的生日还差一个多月,你们痛痛快快随心所欲地折腾一天,折腾饿了就把冰箱里能吃的东西都吃光,然后继续载歌载舞地庆祝,直到不小心把你父亲的一件贵重艺术品摔成分文不值,你们的汗水于是被冻僵了一会儿,但这是个机会是你为朋友们献身的时刻,你脸色煞白但拍拍胸脯说这怕什么这没啥了不起,随后把朋友们都送走,你独自胆战心惊地策划一篇谎言(要是你家没有猫,你记住:邻居家不一定都没有猫)。你还可以跟你的朋友们一起去冒险,到一个据说最可怕的地方,比如离家很远的一片野地、一幢空屋、一座孤岛、孤岛上废弃的古刹、古刹四周阴森零落的荒冢……都是可供选择的地方,你从自己家的抽屉里而不要从别人家的抽屉里拿点钱,以备不时之需;你们瞒过父母,必要的话还得瞒过姐姐或弟弟;你们可以不带那些女孩子去,但如果她们执意要跟着也就别无选择,然后出发,义无反顾。把你的新帽子扯破了新鞋弄丢了一只这没关系,把膝盖碰出了血把白衬衫上洒了一瓶紫药水这没关系,作业忘记做了还在书包里装了两只活蛤蟆一只死乌鸦这都毫无关系,你母亲不会怪你,因为当晚霞越来越淡继而夜色越来越浓的时候,你父亲也沉不住气了,他正要动身去报案,你们突然都回来了，累得一塌糊涂但毕竟完整无缺地回来了，你母亲庆幸还庆幸不过来呢还会再存什么别的奢望吗？"他们回来啦，他们回来啦！"仿佛全世界都和平解放了，一群群平素威严的父亲都乖乖地跑出来迎接你们，同样多的一群母亲此刻转忧为喜光顾得摩挲你们的脸蛋和亲吻你们的脑门儿："你们这是上哪儿去了呀，哎哟天哪，你们还知道回来吗！"你就大模大样地躺在沙发上呼咻唤喝，"累死了，哎呀真是累死了！"你就这样，没问题，再讲点莫须有的惊险故事既吓唬他们也陶醉自己，你就得这样。只要这样，一切帽子、裤子、鞋、作业和书包、活蛤蟆以及死乌鸦，就都微不足道了。（等你长到我这样的年龄时，你再告诉他们那些惊险的故事都是你为了逃避挨揍而获得的灵感，那时你年老的父母肯定不会再补揍你一顿，而仍可能摩挲你的脸甚至吻你的脑门儿了。）但重要的是，这次冒险你无论如何得安全地回来——就像所有的戏剧还没打算结束时所需要的那样，否则接下去的好运就无法展开了。不错，你的童年应该是这样的，就应该按照这样的思路去设计，一个幸运者的童年就得是这样。我的纸写不下了，待实施的时候应该比这更丰富多彩。比如你还可颇具分寸地惹一点小祸，一个幸运的孩子理应惹过一点小祸，而且理应遇到过一些困难，遇到过一两个骗子、一两个坏人、一两个蠢货和一两个不会发愁而很会说笑话的人。一个幸运的孩子应该有点野性。当然你的父亲是个地地道道的知识分子，因为一个幸运的人必需从小受到文化的熏陶，野到什么份上都不必忧虑但要有机会使你崇尚知识，之所以把你父亲设计为知识分子，全部的理由就在于此。

你的母亲也要有知识，但不要像你父亲那样关心书胜过关心你。也不要像某些愚蠢的知识妇女，料想自己功名难就，便把一腔希望全赌在了儿女身上，生了个女孩就盼她将来是个居里夫人，养了个男娃就以为是养了个小贝多芬。这样的母亲千万别落到咱头上，你不听她的话你觉得对不起她，你听了她的话你会发现她对不起你。她把你像幅名画似的挂在墙上后退三步眯起眼睛来观赏你，把你像颗话梅似的含在嘴里颠来倒去地品味你。你呢？站在那儿吱吱嘎嘎地折磨一把挺好的小提琴，长大了一想起小提琴就发抖，要不就是没日没夜地背单词背化学方程式，长大了不是傻瓜就是暴徒。你的母亲当然不是这样。有知识不是有文凭，你的母亲可以没有文凭。有知识不是被知识霸占，你的母亲不是知识的奴隶。有知识不能只是有对物的知识，而是得有对人的了悟。一个幸运者的母亲必然是一个幸运的母亲，一个明智的母亲，一个天才的母亲，她自打当了母亲她就得了灵感，她教育你的方法不是来自于教育学，而是来自她对一切生灵乃至天地万物由衷的爱，由衷的颤栗与祈祷，由衷的镇定和激情。在你幼小的时候她只是带着你走，走在家里，走在街上，走到市场，走到郊外，她难得给你什么命令，从不有目的地给你一个方向，走啊走啊你就会爱她，走啊走啊，你就会爱她所爱的这个世界。等你长大了，她就放你到你想要去的地方去，她深信你会爱这个世界，至于其他她不管，至于其他那是你的自由你自己负责。她只有一个愿望，就是你能常常回来，你能有时候回来一下。

在你两三岁的时候你就光是玩，成天就玩，别着急背诵《唐诗三百首》和弄通百位数以内的加减法，去玩一把没有钥匙的锁和一把没有锁的钥匙，去玩撒尿和泥，然后用不着洗手再去玩你爷爷的胡子。到你四五岁的时候你还是玩，但玩得要高明一点了，在你母亲的皮鞋上钻几个洞看看会有什么效果，往你父亲的录音机里撒把沙子听听声音会不会更奇妙。上小学的时候，我看你门门功课都得上三四分就够了，剩下的时间去做些别的事，以便让你父母有机会给人家赔几块玻璃。一上中学尤其一上高中，所有的熟人几乎都不认识你了，都得对你刮目相看：你在数学比赛上得奖，在物理比赛上得奖，在作文比赛上得奖，在外语比赛上你没得奖但事后发现那不过是老师的一个误判。但这都并不重要，这些奖啊奖啊奖啊并不足以构成你的好运，你的好运是说你其实并没花太多时间在功课上。你爱好广泛，多能多才，奇想迭出，别人说你不务正业你大不以为然，凡兴趣所至仍神魂聚注若癫若狂。

你热爱音乐，古典的交响乐，现代的摇滚乐，温文尔雅的歌剧清唱剧，粗犷豪放的民谣村歌，乃至悠婉凄长的叫卖，孤零萧瑟的风声，温馨闲适的节日的音讯，你都听得心醉神迷，听得怆然而沉寂，听出激越和威壮，听到玄妙与空冥，你真幸运，生存之神秘注入你的心中使你永不安规守矩。

你喜欢美术，喜欢画作，喜欢雕塑，喜欢异彩纷呈的烧陶，喜欢古朴稚拙的剪纸，喜欢在渺无人迹的原野上独行，在水阔天空的大海里驾舟，在山林荒莽中跋涉，看大漠孤烟，看长河落日，看鸥鸟纵情翱飞，看老象坦然赴死，你从色彩感受生命，由造型体味空间，在线条上嗅出时光的流动，在连接天地的方位发现生灵的呼喊。你是个幸运的人因为你真幸运，你于是匍匐在自然造化的脚下，奉上你的敬畏与感恩之心吧，同时上苍赐予你不屈不尽的创造情怀。

你幸运得简直令人嫉妒，因为体育也是你的擅长。九秒九一，懂吗？两小时五分五十九秒，懂吗？就是说，从一百米到马拉松不管多长的距离没有人能跑得过你；二米四五，八米九一，知道这是什么意思吗？就是说没人比你跳得高也没人比你跳得远；突破二十三米、八十米、一百米，就是说，铅球也好铁饼也好标枪也好，在投掷比赛中仍然没有你的对手。当然这还不够，好运气哪有个够呢？差不多所有的体育项目你都行：游泳、滑雪、溜冰、踢足球、打篮球，乃至击剑、马术、射击，乃至铁人三项……你样样都玩得精彩、洒脱、漂亮。你跑起来浑身的肌肤像波浪一样滚动，像旗帜一般飘展；你跳起来仿佛地上也有了弹性，空中也有着依托；你披波戏水，屈伸舒卷，鬼没神出；在冰原雪野，你翻转腾挪，如风驰电掣；生命在你那儿是一个节日，是一个庆典，是一场狂欢……那已不再是体育了，你把体育变得不仅仅是体育了，幸运的人，那是舞蹈，那是人间最自然最坦诚的舞蹈，那是艺术，是上帝选中的最朴实最辉煌的艺术形式。这时连你在内，连你的肉体你的心神，都是艺术了，你这个幸运的人，世界上最幸运的人，偏偏是你被上帝选做了美的化身。

接下来你到了恋爱的季节。你十八岁了，或者十九或者二十岁了。这时你正在一所名牌大学里读书，读一个最令人仰慕的系最令人敬畏的专业，你读得出色，各种奖啊奖啊又闹着找你。现在你的身高已经是一米八八，你的喉结开始突起，嘴唇上开始有了黑色但还柔软的胡须，就是在这时候你的嗓音开始变得浑厚迷人，就是在这时候你的百米成绩开始突破十秒，你的动静坐卧举手投足都流溢着男子汉的光彩……总之，由于我们已经设计过的诸项优点或者说优势，明显地追逐你的和不露声色地爱慕着你的姑娘们已是成群结队,你经常在教室里看见她们异样的目光,在食堂里听出她们对你喊喊喳喳的议论,在晚会上她们为你的歌声所倾倒,在运动会上她们被你的身姿所激动而忘情地欢呼雀跃,但你一向只是拒绝,拒绝,婉言而真诚地拒绝,善意而巧妙地逃避,弄得一些自命不凡的姑娘们委屈地流泪。但是有一天,你在运动场上正放松地慢跑,你忽然看见一个陌生的姑娘也在慢跑,她的健美一点不亚于你,她修长的双腿和矫捷的步伐一点不亚于你,生命对她的宠爱、青春对她的慷慨这些绝不亚于你,而她似乎根本没有发现你,她顾自跑着目不斜视,仿佛除了她和她的美丽这世界上并不存在其他东西,甚至连她和她的美丽她也不曾留意,只是任其随意流淌,任其自然地涌荡。而你却被她的美丽和自信震慑了,被她的优雅和茁壮惊呆了。你被她的倏然降临搞得心神恍惚手足无措。(我们同样可以为她也做一个"好运设计",她是上帝的一个完美的作品,为了一个幸运的男人这世界上显然该有一个完美的女人,当然反过来也是一样。)于是你不跑了,伏在跑道边的栏杆上忘记了一切,光是看她。她跑得那么轻柔,那么从容,那么飘逸,那样灿烂。你很想冲她微笑一下向她表示一点敬意,但她并不给你这样的机会,她跑了一圈又一圈却从来没有注意到你,然后她走了。简单极了,就是说她跑完了该走了,就走了。就是说她走了,走了很久而你还站在原地。就是说操场上空空旷旷只剩了你一个人,你头一回感到了惆怅和孤零——她不知道你是谁,你也不知道她从哪儿来。但你把她记在了心里。但幸运之神依然和你在一起。此后你又在图书馆里见到过她,你费尽心机总算弄清了她在哪个系。此后你又在游泳池里见到过她,你拐弯抹角从别人那儿获悉了她的名字。此后你又在滑冰场上见到过她,你在她周围不露声色地卖弄你的千般技巧万种本事,终于引起了她的注意。此后你又在朋友家里和她一起吃过一次午饭（你和你的朋友为此蓄谋已久），这下你们到底算认识了，你们谈了很多，谈得融洽而且热烈。此后不是你去找她，就是她来找你，春夏秋冬春夏秋冬，不是她来找你就是你去找她，春夏秋冬……总之，总而言之，你们终成眷属。你是一个幸运的人——至少我们的"好运设计"是这样说的——所以你万事如意。

也许你已经注意到了，我们的"好运设计"至此显得有些潦草了。是的。不过绝不是我们无能把它搞得更细致、更完善、更浪漫、更迷人，而是我忽然有了一点疑虑，感到了一点困惑，有一道淡淡的阴影出现了并正在向我们靠近，但愿我们能够摆脱它，能够把它消解掉。

阴影最初是这样露头的：你能在一场如此称心、如此顺利、如此圆满的爱情和婚姻中饱尝幸福吗？也就是说，没有挫折，没有坎坷，没有望眼欲穿的企盼，没有撕心裂肺的煎熬，没有痛不欲生的痴癫与疯狂，没有万死不悔的追求与等待，当成功到来之时你会有感慨万端的喜悦吗？在成功到来之后还会不会有刻骨铭心的幸福？或者，这喜悦能到什么程度？这幸福能被珍惜多久？会不会因为顺利而冲淡其魅力？会不会因为圆满而阻塞了渴望，而限制了想象，而丧失了激情，从而在以后漫长的岁月中只是遵从了一套经济规律、一种生理程序、一个物理时间，心路却已荒芜，然后是腻烦，然后靠流言蜚语排遣这腻烦，继而是麻木，继而用插科打诨加剧这麻木——会不会？会不会是这样？地球如此方便如此称心地把月亮搂进了自己的怀中，没有了阴晴圆缺，没有了潮汐涨落，没有了距离便没有了路程，没有了斥力也就没有了引力，那是什么呢？很明白，那是死亡。当然一切都在走向那里，当然那是一切的归宿，宇宙在走向热寂。但此刻宇宙正在旋转，正在飞驰，正在高歌狂舞，正借助了星汉迢迢，借助了光阴漫漫，享受着它的路途，享受着坍塌后不死的沉吟，享受着爆炸后辉煌的咏叹，享受着追寻与等待，这才是幸运，这才是真正的幸运，恰恰死亡之前这波澜壮阔的挥洒，这精彩纷呈的燃烧才是幸运者得天独厚的机会。你是一个幸运者，这一点你要牢记。所以你不能学那凡夫俗子的梦想，我们也不能满意这晴空朗日水静风平的设计。所谓好运，所谓幸福，显然不是一种客观的程度，而完全是心灵的感受，是强烈的幸福感罢了。幸福感，对了。没有痛苦和磨难你就不能强烈地感受到幸福，对了。那只是舒适只是平庸，不是好运不是幸福，这下对了。

现在来看看，得怎样调整一下我们的"设计"，才能甩掉那不祥的阴影，才能远远离开它。也许我们不得不给你加设一点小小的困难，不太大的坎坷和挫折，甚至是一些必要的痛苦和磨难，为了你的幸福不致贬值我们要这样做，当然，会很注意分寸。

仍以爱情为例。我们想是不是可以这样：一开始，让你未来的岳父岳母对你们的恋爱持反对态度，他们不大看得上你，包括你未来的大舅子、小姨子、大舅子的夫人和小姨子的男朋友等等一干人马都看不上你。岳父说要是这样他宁可去死。岳母说要是这样她情愿少活。大舅子于是奉命去找了你们单位的领导说你破坏了一个美满的家庭。小姨子流着泪劝她的姐姐三思再三思，爹有心脏病娘有高血压。岳父便说他死不瞑目。岳母说她死后做鬼也不饶过你们。你是个幸运的人你真没看错那个姑娘，她对你一往情深始终不渝，她说与其这样不如她先于他们去死，但在死前她有必要提个问题："请问他哪点儿不好呢？"不仅这姑娘的父母无言以对，就连咱们也无以做答，按照已有的设计，你好像没有哪点不好，你简直无懈可击，那两个老人倘不是疯子不是傻瓜不是心理变态，他们为什么会反对你成为他们的女婿呢？故对此得做一点修改，你不能再是一个完人，你得至少有一个弱点，甚至是一种很要紧的缺欠，一种大凡岳父母都难以接受的缺欠。然后你在爱情的鼓舞下，在那对蛮横老人颇合逻辑的蔑视的刺激下，痛下决心破釜沉舟发愤图强历尽艰辛终于大功告成终于光彩照人终于震撼了那对老人，令他们感动令他们愧悔于是心悦诚服地承认了你这个女婿，使你热泪盈眶欣喜若狂忽然发现天也是格外的蓝地球也是出奇的圆柔情似水佳期如梦幸福地久天长……是不是得这样呢？得这样。大概是得这样。

什么样的缺欠呢？你看给你设计什么样的缺欠比较适合？

笨？不不，这不行，笨很可能是一件终生的不幸，几乎不是努力可以根本克服的，此一点应坚决予以排除。

丑呢？不，丑也不行，丑也是无可挽回的局面，弄不好还会殃及后代，不行，这肯定不行。

无知呢？行不行？不，这比笨还不如，绝对的(或相当严重的)无知与白痴没有什么区别；而相对的无知又不是一项缺欠，我们每个人都是这样。

你总得做一点让步嘛。譬如说木讷一点，古板一点行吗？缺乏点活力，缺乏点朝气，缺乏点个性，缺乏点好奇心，譬如说这样，行吗？噢，你居然还在问"行吗"，再糟糕不过！接下来你会发现你还缺乏勇气，缺乏同情，缺乏感觉，遇事永远不会激动，美好不能使其赞叹，丑恶也不令其憎恶，你既不懂得感动也不懂得愤怒，你不怎么会哭又不大会笑，这怎么能行？你还是活的吗？你还能爱吗？你还会为了爱而痛苦而幸福吗？不行。

那么狡猾一点可以吗？狡猾，唉，其实人们都多多少少地有那么一点狡猾，这虽不是优点但也不必算作缺点，凡要在这世界上生存下去的种类，有点狡猾也是在所难免。不过有一点需要明确：若是存心算计别人、不惜坑害别人的狡猾可不行，那样的人我怕大半没什么好下场。那样的人同样也不会懂得爱(他可能了解性，但他不懂得爱，他可能很容易猎获性器的快感，但他很难体验性爱的陶醉，因为他依靠的不是美的创造而仅仅是对美的赚取)，况且这样的人一般来说都没有什么真正的才华和魅力，否则也无需选用了狡猾。不行。无论从哪个角度想，狡猾都不行。

要不，有一点病？噢老天爷，千万可别，您饶了我吧，无论如何帮帮忙，下辈子万万不能再有病了，绝对不能。咱们辛辛苦苦弄这个"好运设计"因为什么您知道不？是的您应该知道，那就请您再别提病，一个字也别提。

只是有一点小病呢？小病也不行，发烧感冒拉肚子？不不，这没用，有点小病不构成对什么人的威胁，也不能如我们所期望的那样最终使你的幸福加倍，有也是白有。但绝不是说你没病则已，有就有它一种大病，不不！绝没有这个意思；你必须要明白，在任何有期徒刑(注意：有期)和有一种大病之间，要是你非得做出选择不可的话，你要选择前者，前者！对对，没有商量的余地。

要是你得了一种大病，别急，听我说完，得了一种足以使你日后的幸福升值的大病，而这病后来好了，这怎么样？唔，这倒值得考虑。你在病榻上躺了好几年，看见任何一个健康的人你都羡慕，你想你是他们中间的任何一个你都知足，然后你的病好了，完好如初，这怎么样？说下去。你本来已经绝望了，你想即便不死未来的日子也是无比黯淡,你想与其这样倒不如死了痛快,就在这时你的病情突然有了转机。说下去。在那些绝望的白天和黑夜,你祷告许愿,你赌咒发誓,只要这病还能好,再有什么苦你都不会觉得苦再有什么难你都不会觉得难,默默无闻呀,一贫如洗呀,这都有什么关系呢?你将爱生活,爱这个世界,爱这个世界上所有的人……这时,就在这时奇迹发生了,一个奇迹使你完全恢复了健康,你又是那么精力旺盛健步如飞了。这样好不好?好极了,再往下说。你本来想只要还能走就行,可你现在又能以九秒九一的速度飞跑;你本来想只要再能跳就好了,可你现在又可以跳过二米四五了;你本来想只要还能独立生活就够了,可现在你的用武之地又跟地球一样大了;你本来想只要还能算个人不至于把谁吓跑就谢天谢地了,可现在喜欢你的好姑娘又是数不胜数铺天盖地而来了。往下说呀,别含糊,说下去。当然你痴心不改——这不是错误,大劫大难之后人不该失去锐气,不该失去热度,你镇定了但仍在燃烧,你平稳了却更加浩荡,你依然爱着那个姑娘爱得山高海深不可动摇,这时候你未来的老丈人老丈母娘自然也不会再反对你们的结合了,不仅不反对而且把你看作是他们的光彩是他们的荣耀是他们晚年的福气是他们九泉之下的安慰。此刻你是多么幸福,你同你所爱的人在一起,在蓝天阔野中跑,在碧波白浪中游,你会是怎样地幸福!现在就把前面为你设计的那些好运气都搬来吧,现在可以了,把它们统统搬来吧,劫难之后失而复得,现在你才真正是一个幸福的人了。苦尽甜来,对,这才是最为关键的好运道。

苦尽甜来,对,只要是苦尽甜来其实怎么都行,生生病呀,失失恋呀,要要饭呀,挨挨揍呀(别揍坏了),被抄抄家呀,坐坐冤狱呀，只要能苦尽甜来其实都不是坏事。怕只怕苦也不尽，甜也不来。其实都用不着甜得很厉害，只要苦尽也就够了。其实都用不着什么甜，苦尽了也就很甜了。让我们为此而祈祷吧。让我们把这作为一条基本原则，无论如何写进我们的"好运设计"中去吧，无论如何安排在头版头条。

　　问题是，苦尽甜来又怎样呢？苦尽甜来之后又当如何？哎哟，那道阴影好像又要露头。苦尽甜来之后要是你还没死，以后的日子继续怎样过呢？我们应当怎样继续为你设计好运呢？好像问题还是原来的问题，我们并没能把它解决。当然现在你可以不断地忆苦思甜，不断地知足常乐，我们也完全可以把你以后的生活设计得无比顺利，但这样下去我们是不是绕了一圈又回到那不祥的阴影中去了？你将再没有企盼了吗？再没有新的追求了吗？那么你的心路是不是又在荒芜，于是你的幸福感又要老化、萎缩、枯竭了呢？是的，肯定会是这样。幸福感不是能一次给够的，一次幸福感能维护多久这不好计算，但日子肯定比它长，比它长的日子却永远要依靠着它。所以你不能失去距离，不能没有新的企盼和追求，你一时失去了距离便一时没有了路途，一时没有了企盼和追求便一时失去了兴致和活力，那样我们势必要前功尽弃，那道阴影必不失时机地又用无聊、用乏味、用腻烦和麻木来纠缠你，来恶心你，同时葬送我们的"好运设计"。当然我们不会答应。所以我们仍要为你设计新的距离，设计不间断的企盼和追求。不过这样你就仍然要有痛苦，一直要有。是的是的，一时没有了痛苦的衬照便一时没有了幸福感。

　　真抱歉，我们没想到会是这样。我们一向都是好意，想使你幸福，想使你在来世频交好运，没想到竟还得不断地给你痛苦。那道讨厌的阴影真是把咱们整惨了。看看吧，看看是否还有办法摆脱它。真对不起，至少我先不吹牛了，要是您还有兴趣咱们就再试试看，反正事已至此，我想也不必草草率率地回心转意，看在来世的分上，就再试试吧。

看来，在此设计中不要痛苦是不大可能了。现在就只剩下了一条路：使痛苦尽量小些，小到什么程度并没有客观的尺度，总归小到你能不断地把它消灭就行了。就是说，你能够不断地克服困难，你能够不断地跨越距离，你能够不断地实现你的愿望，这就行了。痛苦可以让它不断地有，但你总是能把它消灭，这就行了，这样你就巧妙地利用了这些混账玩意儿而不断地得到幸福感了。只要这样行，接下来的事由我们负责。我们将根据以上要求为你设计必要的才能、必要的机运、必要的心理素质、意志品质，以及必要的资金、器械、设施、装备，乃至大夫护士、贤妻良母、孝子乖孙等等一系列优秀的后勤服务。总之，这些我们都能为你设计，只要一个人永远是个胜利者这件事是可能的，只要这样，我们的"好运设计"就算成了。只好也就这样了，这样也就算成了。

不过，这是不是可能的？你见没见过永远的胜利者？好吧，没见过并不说明这是不可能的，没见过的我们也可以设计。你，譬如说你就是一个永远的胜利者，那么最终你会碰见什么呢？死亡。对了，你就要碰见它，无论如何我们没法使你不碰见它，不感到它的存在，不意识到它的威胁。那么你对它有什么感想？你一生都在追求，一直都在胜利，一向都是幸福的，但当死亡来临的时候你想你终于追求到了什么呢？你的一切胜利到底都是为了什么呢？这时你不沮丧，不恐惧，不痛苦吗？你就像一个被上帝惯坏了的孩子，从来不知道什么叫失败，从来没遭遇过绝境，但死神终于驾到了，死神告诉你这一次你将和大家一样不能幸免，你的一切优势和特权（即那"好运设计"中所规定的）都已被废黜，你只可俯首帖耳听凭死神的处置。这时候你必定是一个最痛苦的人，你会比一生不幸的人更痛苦（他已经见到了的东西你却一直因为走运而没机会见到），命运在最后跟你算总账了（它的账目一向是收支平衡的），它以一个无可逃避的困境勾销你的一切胜利。它以一个不容置疑的判决报复你的一切好运，最终不仅没使你幸福反而给你一个你一直有幸不曾碰到的——绝望。绝望，当死亡到来之际这个绝望是如此的货真价实，你甚至没有机会考虑一下对付它的办法了。

怎么办？你怎么办？我们怎么办？你说事情不会是这样，你的胜利依旧还是胜利，它会造福于后人；你的追求并没有白费，它将为后人铺平道路；而这就是你的幸福，所以你不会沮丧不会痛苦你至死都会为此而感到幸福。这太好了，一个真正的幸运者就应该有这样的胸怀有如此高尚的情操——让我们暂时忘记我们只是在为自己设计好运吧，或者让我们暂时相信所有的人都能够享受有同样的好运吧——一个幸运者只有这样才能最终保住自己的好运，才能使自己最终得享平安和幸福。但是——但是！就算我们没有发现您的不诚实，一个如您这般聪明高尚的人总该知道您正在把后人的路铺向哪儿吧？铺到哪儿才算成功了呢？铺到所有的人都幸福都没了痛苦的地方？那么他们不是又将面对无聊了吗？当他们迎候死亡时不是就不能再像您这样，以"为后人铺路"而自豪而高尚而心安理得了吗？如果终于不能使所有的人都幸福都没了痛苦，您的高尚不就成了一场骗局您的胜利又怎么能胜得过阿Q呢？我们处在了两难的境地。如果您再诚实点，事情可能会更难办：人类是要消亡的，地球是要毁灭的，宇宙在走向热寂。我们的一切聪明和才智、奋斗和努力、好运和成功到底有什么价值？有什么意义？我们在走向哪儿？我们再朝哪儿走？我们的目的何在？我们的欢乐何在？我们的幸福何在？我们的救赎之路何在？我们真的已经无路可走真的已入绝境了吗？

是的，我们已入绝境。现在就是对此不感兴趣都不行了，你想糊弄都糊弄不过去了，你曾经不是傻瓜你如今再想是也晚了，傻瓜从一开始就不对我们这个设计感兴趣。而你上了贼船，这贼船已入绝境，你没处可退也没处可逃。情况就是这样。现在我们只占着一项便宜，那就是死神还没驾到，我们还有时间想想对付绝境的办法。当然不是逃跑，当然你也跑不了。其他的办法，看看，还有没有。

过程。对，过程，只剩了过程。对付绝境的办法只剩它了。不信你可以慢慢想一想，什么光荣呀，伟大呀，天才呀，壮烈呀，博学呀，这个呀那个呀，都不行，都不是绝境的对手，只要你最最关心的是目的而不是过程你无论怎样都得落入绝境，只要你仍然不从目的转向过程你就别想走出绝境。过程——只剩了它了。事实上你惟一具有的就是过程。一个只想(只想!)使过程精彩的人是无法被剥夺的，因为死神也无法将一个精彩的过程变成不精彩的过程，因为坏运也无法阻挡你去创造一个精彩的过程，相反你可以把死亡也变成一个精彩的过程，相反坏运更利于你去创造精彩的过程。于是绝境溃败了，它必然溃败。你立于目的的绝境却实现着、欣赏着、饱尝着过程的精彩，你便把绝境送上了绝境。梦想使你迷醉，距离就成了欢乐；追求使你充实，失败和成功都是伴奏；当生命以美的形式证明其价值的时候，幸福是享受，痛苦也是享受。现在你说你是一个幸福的人你想你会说得多么自信，现在你对一切神灵鬼怪说谢谢你们给我的好运，你看看谁还能说不。

  过程！对，生命的意义就在于你能创造这过程的美好与精彩，生命的价值就在于你能够镇静而又激动地欣赏这过程的美丽与悲壮。但是，除非你看到了目的的虚无你才能够进入这审美的境地，除非你看到了目的的绝望你才能找到这审美的救助。但这虚无与绝望难道不会使你痛苦吗？是的，除非你为此痛苦，除非这痛苦足够大，大得不可消灭大得不可动摇，除非这样你才能甘心从目的转向过程，从对目的的焦虑转向对过程的关注，除非这样的痛苦与你同在，永远与你同在，你才能够永远欣赏到人类的步伐和舞姿，赞美着生命的呼喊与歌唱，从不屈获得骄傲，从苦难提取幸福，从虚无中创造意义，直到死神和天使一起来接你回去，你依然没有玩够，但你却不惊慌，你知道过程怎么能有个完呢？过程在到处继续，在人间、在天堂、在地狱，过程都是上帝的巧妙设计。

  但是我们的设计呢？我们的设计是成功了呢还是失败了？如果为了使你幸福，我们不仅得给你小痛苦，还得给你大痛苦，不仅得给你一时的痛苦，还得给你永远的痛苦，我们到底帮了你什么忙呢？如果这就算好运，我，比如说我——我的名字叫史铁生，这个叫史铁生的人又有什么必要弄这么一份"好运设计"呢？也许我现在就是命运的宠儿？也许我的太多的遗憾正是很有分寸的遗憾？上帝让我终生截瘫就是为了让我从目的转向过程，所以有那么一天我终于要写一篇题为《好运设计》的散文，并且顺理成章地推出了我的好运？多谢多谢。可我不，可我不！我真是想来世别再有那么多遗憾，至少今生能做做好梦！

　　我看出来了——我又走回来了，又走到本文的开头去了。我看出来了，如果我再从头开始设计我必然还是要得到这样一个结尾。我看出来了，我们的设计只能就这样了。我不知道怎么办了，不知道还能怎么办。上帝爱我！——我们的设计只剩这一句话了，也许从来就只有这一句话吧。

1990 年 2 月 27 日

1975年在地坛门口

地坛一景

随笔十三

一

我曾想过当和尚，羡慕和尚可以住进幽然清静的寺庙里去。但对佛学不甚了了，又自知受不住佛门的种种戒律，想一想也就作罢。何况出家为僧的手续也不知如何办理，估计不会比出国留学容易。

那时我正度着最惶茫潦倒的时光。插队回来双腿残疾了，摇着轮椅去四处求职很像是无聊之徒的一场恶作剧，令一切正规单位的招工人员退避三舍。幸得一家街道小作坊不嫌弃，这才有一份口粮钱可挣。小作坊总共三间低矮歪斜的老屋，八九个老太太之外，几个小伙子都跟我差不多，腿上或轻或重各备一份残疾。我们的手可以劳作，嗓子年轻，梦想也都纷繁，每天不停地唱歌，和不停地在仿古家具上画下美丽的图案。在那儿一干七年。十几年后我偶然在一家星级饭店里见过我们的作品。

小作坊附近，曲曲弯弯的小巷深处有座小庙，废弃已久，僧人早都四散，被某个机关占据着。后来时代有所变迁，小庙修葺一新，又有老少几位僧徒出入了，且唱经之声隔墙可闻。傍晚，我常摇了轮椅到这小庙墙下闲坐，看着它，觉得很有一种安慰。单是那庙门、庙堂、庙院的建筑形式就很能让人镇定下来，忘记失学的怨愤，忘记失业的威胁，忘记失恋的折磨，似乎尘世的一切牵挂与烦恼都容易忘记了……晚风中，孩子们鸟儿一样地喊叫着游戏，在深巷里荡起回声，庙院中的老树沙啦沙啦摇动枝叶仿佛平静地看这人间，然后一轮孤月升起，挂在庙堂檐头，世界便像是在这小庙的抚慰下放心地安睡了。我想真不如出家为僧，粗茶淡饭暮鼓晨钟，与世无争地了此一生。

摇了轮椅回家，一路上却想，既然愿意与世无争地度此一生，又何必一定要在那庙里？在我那小作坊里不行么？好像不行，好像只有住进那庙里去这心才能落稳。为什么呢？又回头去看月下小庙的身影，忽有所悟：那庙的形式原就是一份渴望理解的申明，它的清疏简淡朴拙幽深恰是一种无声的宣告，告诉自己也告诉别人，这不是落荒而逃，这是自由的选择，因而才得坦然。我不知道那庙中的僧徒有几位没有说谎，单知道自己离佛境还差很遥远，我恰是落荒而逃，却又想披一件脱凡入圣的外衣。

而且从那小庙的宣告中，我也听出这样的意思：入圣当然可以，脱凡其实不能，无论僧俗，人可能舍弃一切，却无法舍弃被理解的渴望。

二

有一回我发烧到摄氏四十点三度，躺在急诊室里好几天，高烧不退。我一边呻吟并且似乎想了一下后事的安排，一边惊异地发现，周围的一切景物都蒙上了一层沉暗的绿色，幸而心里还不糊涂，知道这不过是四十点三度在捣鬼。几天后，烧退了，那层沉暗的绿色随之消失，世界又恢复了正常的色彩。那时我想，要是有一种动物它的正常体温就是四十点三度，那么它所相信的真实世界，会不会原就多着一层沉暗的绿色？这是一种猜测，站在人的位置永远无法证实的猜测。便是那种动物可以说话，它也不能向我们证实这一猜测的对还是错，因为它不认为那发绿的世界有什么不正常，因为它不可能知道我们所谓的正常到底是什么状态，因为它跟我们一样，无法把它和我们的两种世界做一番比较。

对于色盲者来说，世界上的色彩要少一些——比如说，不是七种而是五种。但为什么不可能是这样：世界上的色彩本不是七种而是九种，因为我们大家都是色盲呢？

我总猜想，在我们分析太阳的光谱时，是否因为眼睛的构造（还有体温呀，心率呀，血压呀等等因素）而事先已被一种颜色（比如沉暗的绿色）所蒙蔽所歪曲了？当然这猜想又是永远无法证实，因为我们不管借助什么高明的仪器，最终总归是要靠眼睛去做结论；而被眼睛所蒙蔽的眼睛，总也看不出眼睛对眼睛的蒙蔽。

那么听觉呢？那么嗅觉和味觉呢？那么人的一切知觉以及由之发展出来的理性呢？况且，人类的知觉说不定会像色盲一样有着盲点呢？我们凭什么说我们可以发现一个纯客观的世界呢？

三

一度，我曾屡屡地做一个大同小异的梦，梦见我的病好了，我的腿又能走了，能跑能跳而且腿上又有了知觉。因为这样的梦做得太多，有一回我在这梦里问这梦里的别人："这回我不是又在做梦吧？"别人说："不是，这怎么会是梦呢？当然不是。"我说："那怎么证明？你怎么能给我证明这一次不是梦呢？"别人于是就给我证明，"你看太阳，不是还在天上？""你看这树叶不是绿的么？你听，不是还有风？""你再看这河，水不是还在流着么？"……虽种种证明完全不合逻辑，但在梦中我却一一信服，于是激动得流泪，心想这一回到底不是梦了，到底是真的了。可这么一激动，就又醒了，看着四周的黑夜，心里无比懊恼。懊恼之余我想：要是在梦中可以怀疑是不是梦，那么醒了也该怀疑是不是醒吧？要是在梦中还可以做梦，为什么醒来就不可以再醒来呢？

我还常常做些离奇古怪的梦。有一次我梦见一个周身闪耀着灵光的人对我说："知道你的病因是什么吗？"我问："什么？"他说："你的脊髓里颠倒了八小时。"于是我相信我的病因可算找到了。有一次我梦见走进一片树林，或者有或者只是我感到有——一个声音在对我说："找找看，哪一棵树是你。"遍地的灌木葳蕤泼洒，高大的乔木蔽日遮天，我摸摸这一丛，敲敲那一棵，心想哪一棵回答说它是我，它就必定是我。有一次我梦见我放声高歌，歌声嘹亮响遏行云，而且是即兴的词曲，但低吟高唱无不抑扬成调。有一次，我梦见，我把右腿卸下来装在左胯上，再把左腿卸下来装在右胯上，于是我就能行走如初了。我也做过周游世界的梦，做过发财的梦，做过被称之为"春梦"的那种梦。我相信弗洛伊德们肯定能找到这些梦的原因，不过我对此没有多少兴趣。日有所思，夜有所梦，总归跑不出这个逻辑。让我感兴趣的是，梦中全不顾什么逻辑和规矩，单是跟着愿望大胆地走去。

你无论做什么样的离奇古怪的梦，你都不会在梦中感到这太奇怪，这太不可思议，这根本不可能，你会顺其自然地跟随着走下去。而这些事或这些念头要是放在白天，你就会羞愧不已、大惊失色、断然不信、踟蹰不前。这是为什么？很可能是这样：从人的本性来看，并无任何"奇怪"可言；就人的欲望来说，一切都是正当。所谓奇怪或不正当，只是在这个现实世界的各种规矩的衬照下才有的一种恐惧。

四

　　写作(这里主要指小说和散文)成为少数人的职业,我总感觉有点荒唐。因而我想"专业作家"可能是一种暂时现象。世界上那么多人,凭什么单要听你们几个人叨唠?人间那么多幸福快乐困苦忧伤,为什么单单你们几个人有诉说的机会?几十亿种生活,几十亿种智慧和迷惑,为什么单单选取你们的那一点点儿向大家公布?我觉得这事太离谱儿。

　　小说或散文若仅仅是一处商业性的娱乐场所倒也罢了,总归不能人人都开办游乐场。但文学更要紧的是生命感受的交流,是对存在状态的察看,是哀或美的观赏,是求一条生路似的期待,迷途的携手或孤寂的摆脱,有人说得干脆那甚至是情爱般的袒露、切近、以命相许、海誓山盟。这可是少数几个人承担得起的么?

　　作家都自信道出了世事众生的真相,即便夸张、变形、想象、虚构、拼接、间离……但他们必说那是真或是本质的真。虽对真的检查见仁见智,但有一条肯定:自命虚假的作品绝无。然而人间浩瀚复杂瞬息万变,几位职业作家能看见多少真呢?有一副旧对子:百行孝当先/万恶淫为首。据说有位闲人给上下联各添了十二个字:百行孝当先,论心不论迹,论迹贫家无孝子/万恶淫为首,论迹不论心,论心自古无完人。迹可察,但心可度么?我还听一位"文革"中遭拷打而英勇未屈者说过:要是他们再打我一会儿我可能就叛变了,我已经受不住了正要招认,偏这时他们打累了。我有时候猜测:那个打手一定是累了么?还是因为譬如说他与某个女人约会的时间到了？当然还可能是其他原因，无穷无尽的可能性，只要当事人不说，真相便永无大白之日。还是那句话，要是成千上万的人只听几个人说（且是小！说，是散！文），能听见多少真呢？充其量能听见他们几个人自己的真也就难能可贵。

　　扬言写尽人间真相，其实能看全自己的面目已属不易。其实敢于背地里毫不规避地看看自己，差不多就能算得圣人。记得某位先哲有话："语言，与其认为是在说明什么，不如说是在掩盖什么。"形单影只流落于千差万别的人山人海中，暴露着肉身尚且招来羞辱，还敢赤裸起心魂么？自亚当、夏娃走出伊甸园人类社会于是开始之日，衣服的作用便有两种：御寒和遮羞；语言的作用也便有两种：交流和欺瞒。孤独拓展开漫漫岁月，同时亲近与沟通成为永远的理想。在我想来，爱情与写作必也是自那时始，从繁衍种类和谋求温饱的活动中脱颖而出——单单脱去遮身的衣服还不够，还得脱去语言的甲胄让心魂融合让差别在那一瞬间熄灭，让危险的世界上存一处和平的场所。可能是罗兰·巴特说过，写作者即恋人。所以有人问我，你理想中的小说（或散文）是什么？我想了又想，发现我的理想中并没有具体的作品，只有一种姑妄名之的小说环境或曰创作气氛，就像年轻恋人的眼前还没有出现具体的情人却早有了焦撩着的爱的期待。于是我说，在我的理想中甚至是思念里，写小说（或写散文）应该是所有人的事，不是职业尤其不是几个人的职业，其实非常非常简单那是每一个人的心愿，是所有人自由真诚的诉说和倾听。所有人，如果不能一同到一个地方去，就一同到一种时间里去，在那儿，让心魂直接说话，在那儿没有指责和攻击当然也就无需防范和欺瞒，在那儿只立一个规矩：心魂有袒露的权利，有被了解的权利，惟欺瞒该受轻蔑。

所以我希望"职业作家"是暂时现象。我希望未来的写作是所有人的一期假日，原不必弄那么多技巧，几十亿种自由坦荡的声音是无论什么技巧也无法比拟的真实、深刻、新鲜。我希望写作是一块梦境般自由的时间，有限的技巧在那儿死去，无限的心思从那儿流露无限的欣赏角度在那儿生长。当然当然，良辰一过我们还得及时醒来，去种地，去打铁，上下班的路上要遵守交通规则。

五

喜欢起小说来，是因为《牛虻》。那时我大约十三四岁，某一天午睡醒来颇有些空虚无聊的感受，在家中藏书寥寥的书架上随意抽取一本来读，不想就从午后读到天黑，再读到半夜。那就是《牛虻》。这书我读了总有十几遍，仿佛与书中的几位主人公都成了故知，对他们的形象有了窃自的描画。后来听说苏联早拍摄了同名影片，费了周折怀着激动去看，结果大失所望。且不说最让我难忘的一些情节影片中保留太少，单是三位主要人物的形象就让我不能接受，让我感到无比陌生："琼玛"过于漂亮了，漂亮压倒了她高雅的气质；"蒙泰尼里"则太胖，太臃肿，目光也嫌太亮，不是一颗心撕开两半的情状；"牛虻"呢，更是糟，"亚瑟"既不像书中所说有着女孩儿般的腼腆纤秀，而"列瓦雷士"也不能让人想起书中所形容的"像一头美洲黑豹"。我把这不满说给其他的《牛虻》爱好者，他们也都说电影中这三个人的形象与他们的想象相去太远，但他们的想象又与我的想象完全不同。回家再读一遍原著，发现作者对其人物形象的描写很不全面，很朦胧，甚至很抽象。于是我明白了：正因为这样，才越能使读者发挥想象，越能使读者根据自己的经验去把各个人物写真，反之倒限制住读者的参与，越使读者与书中人物隔膜、陌生。"像一头美洲黑豹"，谁能说出到底是什么样呢？但这却调动了读者各自的经验，"牛虻"于是有了千姿百态的形象。这千姿百态的形象依然很朦胧，不具体，而且可以变化，但那头美洲黑豹是一曲鲜明的旋律，使你经常牵动于一种情绪，想起他，并不断地描画他。

在已有的众多艺术品类中，音乐是最朦胧的一种，对人们的想象最少限制的一种，因而是最能唤起人们的参与和创造的一种。求新的绘画、雕塑以及文学，可能都从音乐得了启发，也不再刻意写真写实，而是看重情绪、节奏、旋律，追求音乐似的效果了。过去我不大理解抽象派绘画，去年我搬进一套新居，挺宽绰，空空的白墙上觉得应该有一幅画，找了几幅看看觉得都太写实，太具体，心绪总被圈定在一处，料必挂在家里每天看它会有囚徒似的心情。于是想起以往看过的几幅抽象派画作，当时不大懂，现在竟很想念，我想在不同的日子里跟它们会面，它们会给我常新的感觉，心绪可以像一个囚徒的改过自新。

听觉原就比视觉朦胧，因而音响比形象更能唤起广阔的想象。比听觉更朦胧的，是什么？是嗅觉。将来可否有一种嗅觉交响乐呢？当然那不能叫交响乐，或许可以叫交味乐？把种种气味像音符一样地编排，幽渺或强烈地散发，会怎么样？准定更美妙，浮想联翩，味道好极了！

六

几年前美术馆有过一次别开生面的"现代艺术展"，我因行动不便,没能去看。听说最令人惊诧不解的一份作品是:一个人(作者本人),坐在小板凳上,双脚浸在水盆里,默默然旁若无人地洗脚。有看过的人回来说:"什么玩艺儿,越玩越邪乎了!早知这样不如上澡堂子看去。"

我却接受这份作品,心绪因之漫展得辽远,无以名状地感动。为什么会这样,连自己也一时猜不透,是不是也中了邪?慢慢想,似乎有一点儿明白。

我先是想到自己也有类似的时候,无论是生命中的什么滋味,一尝到极端便无以诉说,于是从繁杂的世界回到属于自己的一隅,做着必要的凡俗之事,思绪却东奔西走,但无以诉说的事恰恰指向了现实的绝境,思绪走投无路便可能开出一块艺术的心境,看见生命的危惧,看见不屈不死的渴望,于是看见上帝的恩赐和生活的原状,感动着但是镇定了,镇定了又不想麻木,种种滋味依然处在极端,但一改愤世嫉俗的故习,转而追随了审美的逻辑。

其次我想到这是为什么?——把几颗粗糙平凡随处可以捡到的石子,似乎排布随意地粘在一只素雅的瓷盘上,就使人有了艺术的感受;把几片凋零枯焦并不珍奇的落叶装在精美的镜框里,就产生了审美价值;把农舍门窗上的剪纸陈列在美术馆里,人们就更加看见它们的魅力。原因肯定很多。但我想,至关重要的是发现者的态度。在那石子、落叶、剪纸和瓷盘、镜框、美术馆之间,是发现者的态度,弥漫着发现者坎坷曲回的心路,充溢着发现者迷茫但固执的期盼,从而那里面有了从苦难到赞美的心灵历史。任何一种东西,原本并没有美在其中,万物之间也并没有美的关系,是人发现了美。美,其实是人对世界、对生命的一种态度。在那石子、落叶、剪纸和瓷盘、镜框、美术馆的关系中,便蕴藏了发现者的这类态度。而真正的欣赏也得是一种发现。基于欣赏者的态度而有的一种发现，或者基于这种发现而生长的一种态度。当我们看着这些作品，我们发现了什么呢？除了发现发现者所发现的，更重要的发现是，我们还发现了发现者与其作品的关系，我们感动的其实是发现者的态度，其实是再发现时我们所持的态度。于是我们也成为发现者，甚至成为有更多发现的发现者，思绪万千。要是你没能发现发现者的态度，没能发现一个孤独的洗脚者和周围高雅堂皇的建筑和各怀心事的人群之间的关系，那当然就不如去路边看石子，和到澡堂子里去看洗浴了。

有一种叫做"接受美学"的东西，我想没准儿就是这么回事。

其实什么叫艺术品呢？真是没有一定之规。莫扎特就一定是？但是听不懂他的人从中毫无所得。冬日北风中的一声叫卖就一定不是？但有人却从中听见人生辽阔的存在。常听说某种艺术被称为空间艺术，某种艺术被称为时间艺术，我想这说法不算恰当。艺术从来就不是发生在空间和时间，而是发生在更高的一维，发生于众生之精神寻觅的网脉一样的遭遇和联结之上，如何地遭遇联结恐怕专属于神的作为，人呢，借助了时空去接近她。但时空常又阻碍了这种接近，这才有无羁无绊的沉思默想跳出在时空之上，无中生有地开辟一条朝圣之路。

七

为什么往事，总在那儿强烈地呼唤着，要我把它们写出来呢？

为了欣赏。人需要欣赏，生命需要被欣赏。就像我们需要欣赏我们的爱人，就像我们又需要被爱人欣赏。

重现往事,并非只是为了从消失中把它们拯救出来,从而使那部分生命真正地存在;不,这是次要的,因为即便它们真正存在了终归又有什么意义呢?把它们从消失中拯救出来仅仅是一个办法,以便我们能够欣赏,以便它们能够被欣赏。在经历它们的时候,它们只是匆忙,只是焦虑,只是"以物喜,为己悲",它们一旦被重现你就有机会心平气和地欣赏它们了,一切一切不管是什么,都融化为美的流动,都凝聚为美的存在。

成为美,进入了欣赏的维度,一切才都有了价值和意义。说生命的终极价值和意义是美,仿佛有点无可奈何。我们可以把社会的价值和意义发现得很清晰,很具体,很实在或很实用。可是生命呢?如果一切清晰、具体、实在和实用的东西都必然要毁灭,生命的意义难道还可以系之于此吗?如果毁灭一向都在潜伏着一向都在瞄准着生命,那么,生命原本就是无用的热情,就是无目的的过程,就是无法求其真而只可求其美的游戏。

所以,不要这样审问小说——"到底要达到什么?""到底要说明什么?""到底要解决什么?""到底要完成什么?""到底要探明什么?""到底要判断什么?""到底怎么办?"小说只是让我们欣赏生命这一奇丽的现象,这奇丽的现象里包含了上述的"到底"和"什么",但小说不负责回答它。小说只给我们提供一个机会,一个摆脱真实的苦役,重返梦境的机会:欣赏如歌如舞如罪如罚的生命之旅吧。由一个亘古之梦所引发的这一生命之旅,只是纷纭的过程,只是斑斓的形式。这足够了。

我每每看见放映员摆弄着一盘盘电影胶片,便有一种神秘感,心想,某人的某一段生命就在其中,在那个蛋糕盒子一样的圆圆的铁盒子里,在那里面被卷作一盘。在那儿存在着,那一段生命的前因后果同时在那儿存在了，那些历程，那些焦虑、快乐、痛苦，早都制作好了，只等灯光暗下来放映机转起来，我们就知道是怎么回事了。于是我有时想，我的未来可能也已经制作好了，正装在一只铁盒子里，被卷作一盘，上帝正摆弄他，未及放映，随着时光流逝地转星移，我就一步步知道我的命运都是怎么回事了。于是我又想，有一天我死了，我一生的故事也已揭晓，那时我在天堂或在地狱看我自己的影片：哈！这不是我吗？哈，我知道我都将遇到什么，你们看吧，我过了二十一岁我就要一直坐在轮椅上，然后我在一家小作坊干了七年，然后我开始学写作……不信你们等着瞧。我常想，要是有那样的机会，能够那样地看自己的一生，我将会被自己感动，被我的每一种境遇所陶醉。

八

Y跟我说，有一回他和几个朋友慕名去见一位精通预测（或曰算命）的大师，大师的本领果然不凡，虽与Y和Y的几个朋友素昧平生，却把Y的几个朋友以往的际遇推算得准确之极。算对了以往再算未来，Y的几个朋友前途各异，因而有的喜形于色，有的掩饰不住忧虑。轮到Y时，Y退却，扭头溜掉。Y说，他原是想看个稀罕，并未认真，不料那大师真的名不虚传。Y说，这一下他倒害怕了。我问："怕什么？"Y说："因为他算得太准。把什么都算出来，我往下可还活的什么劲儿呢？就像下棋，每一步都已了然，再下还有什么趣味？"

Y对命运的态度，依我看，比那位大师更高明。

虽然多数的算命属骗钱糊口的勾当（其实这类勾当很多，不止于算命），但我相信有些算命或对命运的预测是有道理的，确凿灵验。是什么道理，我当然不知道。但对天气预报既然可以有所信赖，地震预报虽不灵验者多但仍在提倡，为什么不能尝试其他方面的预测呢，比如命运？

但我也有如 Y 的一种忧虑：倘终于未来的一切都了如指掌，人生就怕十分的乏味了。除此忧虑外，我还有一份顽固的糊涂：可预测，但可预防么？

如果单单是预测得准确而无法预防，是喜事便好，是祸事呢？岂不倒白白赔进去额外的惊吓与苦恼？所以碰上算命的，我总是请他报喜不报忧，真与不真我并不计较。常言道："笑比哭好"，有一份美梦可做，显见得不是坏事。这美梦越是做得长久，我便越是快慰得长久，假如这美梦在我死前一直不被揭穿，我岂不是落得了一生的好运道？揭穿了也不怕，还可以再为自己预算出一些好运，不断地为自己筹措虚渺的美景良辰，使自己总有美梦可做，至死方休。这么说，肯定会有人以为大谬不然，嗤之以鼻。换一个说法也许就好了：人活着，总是要心怀美丽的理想。人是最喜欢沉醉于虚渺的动物，而且这不是坏品质。

命运，要是不单可以预测，还可以预防，因而可以避祸，那当然最好不过。可是我想，预测仅仅是旁观因而不影响世界原有的结构，预防却是干预，预防之举必定会改变原有的世界，因之原有的预测也就不再准确。那么在这个已经掺进了预防已经改变了的世界中，还可以继续预测和预防么？也就是说，可以预测那些预测么？可以预防那些预防么？假定可以，那么肯定会出现对预测的预测，对预测的预测的预测……对预防的预防的预防……如此无穷地循环，结果必是谁也无从预测，谁也无法预防，或者是大家整日都在忙于预测和预防，再无其他事做。只有一个办法可以拯救预测和预防，那就是只给少数人以预测和预防的特权（人数越少，效果越好），就像只给少数人以高官厚禄的机缘。但少数的特权给谁——这可以预测和预防么？倘可预测，便说明命运的不可预防；若可预防，还不又是争权夺利似的争斗？

九

早听人说过特异功能的神奇，不敢不信，但未目睹，总还是心存疑忌。前不久终于有缘亲眼看了一回，一位赫赫有名的特异功能大师离我不足两米之距，只见他把我们刚刚吃饭时用过的两只不锈钢餐叉并在一起，握在掌心，吹一口气，揉捏片刻轻轻一拧，噹啷一声掷于桌面，两只餐叉已是麻花般缠绞在一起。在场的人或惊叫，或目瞪口呆。我定了定神，看看四周的世界，心中竟一阵阵恐惧。怕什么？世界原来藏着秘密，在被认为不可能藏着秘密的地方藏着秘密，世界就很是一个阴谋家似的可怕。我于是懂得，当"地球是圆的地球是围绕太阳转着"的消息第一次发布时，反对者绝不是出于嫉恨，而是出于恐惧。

对特异功能的神奇，还是不相信者居多，这情有可原，因为多数人没有机会亲眼看看。但听说，也有人对此取"不信、不听、不看"的态度，还自称是对科学的捍卫，是反迷信的义举，这真是更为特异的逻辑。不信，那是不信者的自由；不听，则已有盗铃之嫌；不看呢，才真是可怕的迷信了。有人说，现代最大的迷信是科学自己，说得痛快！任何思想、逻辑、认识世界的方法，要是醉在自己的成功上，自负得以至封闭，都有望愚昧蛮横成一头暴君。

对特异功能(还有气功)的神奇,又有人持另一种拜倒的态度:相信那是能使人类千古梦想终得实现的力量,是拯救众生脱离困苦的佛光,是最最最伟大的宗教。我真是不信,同时我相信又一头暴君正在发育成长。

我相信气功和特异功能的神奇力量的确凿。我相信它的效用越是确凿,就越说明它是科学,是潜科学;我相信它越是有神奇的力量,就说明它越不是宗教,宗教一向是在人力的绝境上诞生。我相信困苦的永在,所以才要宗教。我相信,人们不愿承认末日的必来,和不愿承认困苦的永在,乃是所有救世哲学难于自圆的病根。

譬如说佛的宏愿,那不可能是一种事实,那永远只是一个理想:佛以一个美丽的理想,帮助众生与困苦打交道罢了。因为:倘一人不能成佛,众生便未得度。众生都若成佛,世间便无差别和矛盾,也就同于死寂。若从死寂中再升华出一个更高明的世界,也只是有了更高明的差别和矛盾,于是又衍生出众生更为高明的困苦,和更为高明的佛。佛很可能一向就是位媒人,经他介绍,众生才得与困苦相识,并天荒地老永不分离。

十

我这样理解真善美:"有物混成,先天地生",自然,就是真,真得不可须臾违抗。知人之艰难但不退而为物,知神之伟大却不梦想成仙,让爱燃烧可别烧伤了别人,也无需让恨熄灭,惟望其走向理解和宽容;美,其实仅指完善自我,但自我永无完善。因而在无极的路上走,如果终于能够享受快慰也享受哀伤,就看见了美。

但我也发现荒诞:走在街上,坐在家中,或匆匆奔赴一个约会，或津津有味地作一篇文章……这样的时候我的眼睛常常跳到屋顶上、树梢上、天空的各种颜色里，俯看自己，觉得下面这个中年男子真是乖张。这家伙自以为是在奔赴约会，其实呢，不过是一步步去会见死亡；自以为献身一项有益的事业，其实很可能只是自寻烦恼和无事忙；自以为有一份使命，其实说不定正高歌猛进在歧途上。但这样想过却不能放弃，目光从天际回来，依然沉湎于既往的荒唐。

但什么是歧途和荒唐？谁能告诉我，怎样才不是歧途和荒唐？

也许，人，就是歧途。因为人是欲望的化身，没有欲望也就没有人。因为欲望不能停留，否则也就不是欲望。因为"地上本没有路，走的人多了也便成了路"。因为在无路之地举步，本无法保证那是正道。所以倒是歧途养育了我们这种动物。

人，未必就高于其他动物。见一头牛被奴役，便可想到人也在被命运奴役。见一匹鹿自由快乐地消磨光阴，便可想到，人的一切所为，也正是为了快乐地消磨由一生光阴铸成的歧途。就像坐着长途的列车，空洞的时间难熬，便玩着扑克牌，玩呀玩呀，那煎熬的时间就在快乐中过去了，注目再看时，好了，到了，大家散伙下车，扑克牌再无意义了。当然，把扑克牌换成书也行，换成沉思也行，换成辩论和正义的战斗也都行。

那么，比如鹿，比如鱼和鸟，它们"快乐地消磨"的方式，凭什么说一定低于人的方式呢？很怪。惟有想到自己是人这一无可争辩的事实时，才相信自己的方式的必要性。万物平等。人为自己留一颗骄傲的心，人为自己设置美丽的理想，只是更利于"快乐地消磨"罢了，绝不是说人可以傲视一只坦然而飞的鸟，或一条安然入梦的鱼。

也许上帝设计了这歧途是为了做一个试验：就像我们放飞一群鸽子，看看最后哪只能回来。或者是对他的孩子们的一次考验：把他们放进龌龊中去，看看谁回来的时候还干净。

十一

在电视中见过这样一个节目：数名影剧中的反角演员一起登台，向观众祝贺节日，和大家一起欢度佳节。主持人说：人们总是更关注正面角色的演员，但是别忘了他们（摄像机便逐一地对准这一群或"可怕"或"可憎"的面孔），没有他们的合作就没有戏，他们和正面角色的演员一样功不可没。台下鼓掌。然后他们中的一位说：在戏里我们都是坏蛋，在生活里（看看他的一群伙伴），其实咱们都是好人。台下又鼓掌，表达对他们的感谢。这时候我心里似乎惊喜，似乎温暖，似乎一切梦想都接近实现。

坐在电视机前，眼睛再看不见其他节目，我想象一个剧团因为没有了反角演员而面临散伙的窘境。我想，那时所有的正角演员一定都被发动起来，求贤似渴般地去寻找反角演员，就像刘玄德三顾茅庐，就像萧何月下追韩信，甚至就像一条要沉没的船上发出着求救信号，甚至就像一群迷途者在呼唤上帝的指引。据说，一个真正的英雄在打败了所有的敌人之后，忽然感到无比的恐慌，忽然看不见了生命的价值，因而倒成了一个真正的失败者。

世界大舞台，舞台小世界。设若世界上没有了歧途全剩下正道，设若世界上没有了反面角色单留无数英雄豪杰，人类大约也就是一个面临散伙的大剧团，想必我们也得呼唤救星一样地呼唤反面角色，久旱祈雨般地祈求天降歧途。幸好不是这样，幸好上帝深谙戏剧之要义，便是在小世界幕落之后，也还在大舞台上为我们准备了无路之地，待我们去踏出正道也踏出歧途。

有幸踏出正道的当然是好人。谁去踏出歧途呢？不幸踏住歧途的在这大舞台上便被称作坏蛋。（说明一下：歧途者，并不单指山野间的歧途，还指心理的和灵魂的歧途。）这就显得不大公平。步入歧途已然不幸，还要被大家轻蔑和唾骂；走上正道已经交了好运，还要追加恭维和赞美。但从戏剧的进展和效果考虑，非如此而不可，唾骂和赞美原是演出歧途和正道的方法。

当然法律还是法律，不可松懈，正如演员不可擅自篡改剧作的编排。我只希望，在世界大舞台上，也有正反角色共度佳节的机会。在坏蛋被惩处的地方，让我们记起角色后面的那个演员，从而在人的意义上，在灵魂的神殿前，呈上一份平等的追悼和理解，想起我们的大剧团所以没散伙的一个原因。

十二

我的一位朋友的儿子，小名儿叫老咪。老咪六七岁的时候，他的哥哥十二三岁。十二三岁的哥哥正处在好奇心强烈的年纪，奇思异想迭出不穷，有一个问题最吸引他：时间，时间是从什么时候开始的？他把这个问题去问他爹，他爹回答不出。他再把这问题去问老师，老师也摇头。于是哥哥把它当作一个难倒成年人的法宝，见哪个狂妄之徒胆敢卖弄学问，就把这问题问他，并窃笑那狂徒随即的尴尬。

但有一天老咪给这问题找到了精彩的答案。那天哥哥又向某人提问："时间，你知道吗，是从什么时候开始的？"这时老咪正睡眼矇眬地瞄准马桶撒尿，一条闪亮的尿线叮咚地激起浪花，老咪打个冷战，偷眼去望墙上的挂钟，随之一字一板泰然答道："从一上弦就开始了。"语惊四座。这老咪将来做得哲人。

我生于一九五一年。但在我，一九五一年却在一九五五年之后发生。一九五五年的某一天，我记得那天日历上的字是绿色的，时间，对我来说就始于这个周末。在此之前一九五一年是一片空白，一九五五年那个周末之后它才传来，渐渐有了意义，才存在。但一九五五年那个周末之后，却不是一九五五年的一个星期天，而是一九五一年冬天的某个凌晨——传说我在那个凌晨出生，我想象那个凌晨，于是一九五一年的那个凌晨抹杀了一九五五年的一个星期天。那个凌晨，五点五十七分我来到人间（有出生证为证），奶奶说那天下着大雪。但在我，那天却下着一九五六年的雪，我不得不用一九五六年的雪去理解一九五一年的雪，从而一九五一年的冬天有了形象，不再是空白。然后是一九五八年，这年我上了学，这一年我开始理解了一点儿太阳、月亮和星星的关系。而此前的一九五七年呢，则是一九六四年时才给了我突出的印象，那时我才知道一场反右运动大致的情况，因而一九五七年下着一九六四年的雨。再之后有了公元前，我知道了并设想着远古的某些历史，而公元前中又混含着对二〇〇一年的幻想，我站在今天设想远古又幻想未来，远古和未来在今天随意交叉，因而远古和未来都刮着现在的风。

我理解，博尔赫斯的"交叉小径的花园"是指一个人的感觉、思绪和印象，在一个人的感觉、思绪和印象里，时间成为错综交叉的小径。他强调的其实不是时间，而是作为主观的人的心灵，这才是一座迷宫的全部。

十三

有很多回,有很多事,我冥思苦想,似有所得,并为之欣喜,但忽一日却从书中发现,我所想到的前人早已想到了,不免为之沮丧。

我是不是白想了呢?

没有,我没有白想。

我想到了我才明白了前人的所想,前人的所想才真正存在。如果我没想到,即便我读到前人的所想我也不会理解,前人的所想也就等于无。

所以我知道了:凡我想到的前人都想到了,凡我没想到的也就等于没有前人的所想。

看来亘古至今,人们是在反复地问着和回答着同一个问题,不得不这样。人们轮班地来做同一个猜谜游戏。结束之后是开始。

1992 年 7 月 23 日

爱情问题

一、有人说，世界上，每分每秒都有贝多芬的乐曲在奏响在回荡，如果真有外星人的话，他们会把这声音认作地球的标志（就像土星有一道美丽的环），据此来辨认我们居于其上的这颗星星。这是个浪漫的想象。何妨再浪漫些呢？若真有外星人，外星人爷爷必定会告诉外星人孙子，这声音不过是近二百年来才出现的，而比这声音古老得多的声音是"爱情"。爱情，几千年来人类以各种发音说着、唱着、赞美着和向往着它，缠绵激荡片刻不息。因此，外星人爷爷必定会纠正外星人孙子：爱情——这声音，才是银河系中那颗美丽星星的标志呢。

二、但，爱情是什么？爱情，都是什么呢？
大约不会有人反对：美满的爱情必要包含美妙的性（注：本文中的"性"意指性吸引、性行为、性快乐），而美满的性当然要以爱情为前提。因为世上还有一种叫做"友爱"的情感，以及一种叫做"嫖娼"和一种叫做"施暴"的行为。因而大约也就不会有人反对：爱情不等于性，性也不能代替爱情。如同红灯区里的男人或女人都不能代替爱人。

这差不多能算一种常识。

问题是：那个不等同于性的爱情是什么？那个性所不能代替的爱情，是什么？包含性并且大于性的那个爱情，到底是怎么一种事？

三、也许爱情，就是友爱加性吸引？

就算这机械的加法并不可笑，但是，为什么你的异性朋友不止十个，而爱人却只有一个（或同时只有一个）呢？因为只有一个对你产生性吸引？是吗？

也许有人是。可我不是。我不是而且我相信，像我这样不止从一个异性那儿感受到吸引的人很多，像我这样不止被一个美丽女人惊呆了眼睛和惊动了心的男人很多，像我这样公开或暗自赞美过两个以上美妙异性的人肯定占着人类的多数。

证明其实简单：你还没有看见你的爱人之时你早已看见了异性的美妙，你被异性惊扰和吸引之后你才开始去寻找爱人。你在寻找一个事先并不确定的异性做你的爱人，这说明你在选择。你在选择，这说明对你有性吸引力的异性并不只有一个，那么，选择的根据是什么？若仅仅是性，便没有什么爱情发生，因而那是动物界司空见惯的事件与本文无关。你的根据当然是爱情。

但是爱情是什么眼下还不知道。

现在只知道了一件事：性吸引从来不是一对一的，从来是多向的，否则物种便要在无竞争中衰亡。

四、我读过一篇小说，写一对恋人（或夫妻）出门去，走在街上、走进商店、坐上公共汽车和坐进餐厅里，女人发现男人的目光常常投向另外的女人（一些漂亮或性感的女人），于是她从扫兴到愤怒终至离开了那男人。这篇小说明显是嘲讽那个男人，相信他不懂得爱情和不忠于爱情。

但该小说作者的这一判断只有一半的可能是对的，只有一半的可能是，那个男人尚未走出一般动物的行列。另外一半的可能是那个女人不懂爱情。首先她没弄清性与爱的分别，性是多指向的，而性的多指向未必不可以与爱的专一共存。其次她把自己仅仅放在了性的位置上，因为只有在这个位置上她与另外那些女人才是可比的。第三，那男人没有因为众多的性吸引而离开她，她可想过这是为什么吗？她显然没想过，因为倒是她仅仅为了性妒忌而离开了她的恋人或丈夫。

恋人们或夫妻们，应该承认性吸引的多向性，应该互相允许（公开或暗自）赞赏其他异性之魅力。但是！但是恋人们或夫妻们，可以承认和允许多向的性行为么？不，当然不，至少我不，至少当今绝对多数的人都——不！这，是为什么？这是一个最严重也最有价值的问题。

五、毫无疑问，是因为爱情，因为必须维护爱情的神圣与纯洁，因为专一的爱情才受到赞扬。但是，这就有点奇怪，这就必然引出两个不能含混过去的问题：

一是，爱情既然是一种美好的情感，为什么要专一？为什么只能对一个人？为什么必须如此吝啬？为什么这吝啬或自私倒要受到赞扬，和被誉为神圣与纯洁？

二是，性吸引既然是多向的，为什么性行为不应该也是多向的？为什么性行为要受到限制，而且是以爱情（神圣与纯洁）的名义来限制？为什么对性的态度，竟是对爱情忠贞与否的（一个很重要的）证明？为什么多向的性吸引可与爱情共存，而多向的性行为便被视为对爱情的不忠？

六、先说第二个问题。

这不忠的观念，可能是源于早先的把爱情与婚姻、家庭混为一谈，源于婚姻、家庭所关涉的财产继承。所以这不忠，曾经主要是一个经济问题，现在则不过是旧观念的遗留问题，这不无道理。但，这么简单么？那么在今天，爱情已不等同于婚姻、家庭，已常常与经济无涉，这不忠的观念是否就没有了基础就很快可以消逝了呢？或者这不忠的观念，仅仅是出于动物式的性争夺，在宽厚豁达和更为进步的人那儿已不存在？

我知道一位现代女性，她说只要她的丈夫是爱她的，她丈夫的性对象完全可以不限于她，她说她能理解，她说她自己并不喜欢这样但是她能理解她的丈夫，她说"只要他爱我，只要他仍然是爱我的，只要他对别人不是爱，他只爱我"。可是，当那男人真的有了另外的性对象而且这样的事情慢慢多起来时，这位现代女性还是陷入了痛苦。不，她并不推翻原来诺言，她的痛苦不是因为旧观念的遗留，更不是性忌妒，而是一个始料未及的问题："可我怎么能知道，他还是爱我的？"她说，虽然他对她一如既往，但是她忽然不知道为什么他还是爱她的。她不知道在他眼里和心中，她与另外那些女人有什么不同。她不知道为什么她不是与另外那些女人一样，也仅仅是他的一个性对象？她问："什么能证明爱情？"一如既往的关心、体贴、爱护、帮助……这些就是爱情的证明么？可这是母爱、父爱、友爱、兄弟姐妹之爱也可以做到的呀？但是爱情，需要证明，需要在诸多种爱的情感中独树一帜表明那不是别的那正是爱情！

什么，能证明爱情？

七、曾有某出版社的编辑，约我就爱情之题写一句话。我想了很久，写了：没有什么能够证明爱情，爱情是孤独的证明。

这句话很可能引出误解，以为就像一首旧民谣中所表达的愿望，爱情只是为了排遣寂寞(那首旧民谣这样说：小小子儿，坐门墩儿，哭着喊着要媳妇儿。要媳妇儿干吗呀？点灯说话儿，吹灯就伴儿，早上起来梳小辫儿)。不，孤独并不是寂寞。无所事事你会感到寂寞，那么日理万机如何呢？你不再寂寞了但你仍可能孤独。孤独也不是孤单。门可罗雀你会感到孤单，那么门庭若市怎样呢？你不再孤单了但你依然可能感到孤独。孤独更不是空虚和百无聊赖。孤独的心必是充盈的心，充盈得要流溢出来要冲涌出去，便渴望有人呼应他、收留他、理解他。孤独不是经济问题也不是生理问题，孤独是心灵问题，是心灵间的隔膜与歧视甚或心灵间的战争与戕害所致。那么摆脱孤独的途径就显然不能是日理万机或门庭若市之类，必须是心灵间戕害的停止、战争的结束、屏障的拆除，是心灵间和平的到来。心灵间的呼唤与呼应、投奔与收留、袒露与理解，那便是心灵解放的号音，是和平的盛典是爱的狂欢。那才是孤独的摆脱，是心灵享有自由的时刻。

但是这谈何容易，谈何容易！

让我们记起人类社会是怎样开始的吧。那是从亚当和夏娃偷吃了禁果于是知道了善恶之日开始的，是从他们各自用树叶遮挡起生殖器官以示他们懂得了羞耻之时开始的。善恶观(对与错、好与坏、伟大与平庸与渺小等等)，意味着价值和价值差别的出现。羞耻感(荣与辱、扬与贬、歌颂与指责与唾骂等等)，则宣告了心灵间战争的酿成。这便是人类社会的独有标记，这便是原罪吧。从那时起，每个人的心灵都要走进千万种价值的审视、评判、褒贬、乃至误解中去(枪林弹雨一般),每个人便都不得不遮挡起肉体和灵魂的羞处,于是走进隔膜与防范,走进了孤独。但从那时起所有的人就都生出了一个渴望:走出孤独,回归乐园。

那乐园就是,爱情。

八、寻找爱情,所以不仅仅是寻找性对象,而根本是寻找乐园,寻找心灵的自由之地。这样看来,爱情是可以证明的了。自由可以证明爱情。自由或不自由,将证明那是爱情或者不是爱情。

自由的降临要有一种语言来宣告。文字已经不够,声音已经不够,自由的语言是自由本身。解铃还需系铃人。孤独是从遮掩开始的,自由就要从放弃遮掩开始。孤独是从防御开始的,自由就要从拆除防御开始。孤独是从羞耻开始的,自由就要从废除羞耻开始。孤独是从衣服开始,从规矩开始,从小心谨慎开始,从距离和秘密开始,那么自由就要从脱去衣服开始,从破坏规矩开始,从放浪不羁开始,从消灭距离和泄露秘密开始……(我想,相视如仇一定是爱的结束,相敬如宾呢,则可能还不曾有爱。)

性行为是一种语言。在爱人们那儿,袒露肉体已不仅仅是生理行为的揭幕,更是心灵自由的象征;炽烈地贴近已不单单是性欲的催动,更是心灵的相互渴望;狂浪的交合已不只是繁殖的手段,而是爱的仪式。爱的仪式不能是自娱,而必得是心灵间的呼唤与应答。爱的仪式,并不发生在一个与世隔绝的孤岛,爱的仪式是百年孤独中的一炬自由之火。在充满心灵战争的人间,惟这儿享有自由与和平。这儿施行与外界不同甚或相反的规则,这儿赞美赤身裸体,这儿尊敬神魂颠倒,这儿崇尚礼崩乐坏,这儿信奉敞开心扉。这就是爱的仪式。爱的表达。爱的宣告。爱的倾诉。爱之祈祷或爱之祭祀。

九、君王与嫔妃、嫖客与娼妓、爱人与爱人，其性行为之方式的相同点想必很多，那是由于身体的限制。但其性行为之方式的不同点肯定更多，因为，就便是相同的行动也都流溢着不同的表达，那是源自心灵的创造。

譬如哭，是忧伤还是矫情，一望可知。譬如笑，是欢欣还是敷衍，一望可知。譬如西门庆和查泰莱夫人的情人，其境界的大不同一读可知。这很像是人们用着相同的文字，而说着不同的话语。相同的文字大家都认得，不同的话语甚至不能翻译。

顺便想到：什么是淫荡呢？在不赞成禁欲的人看来，并没有淫荡的肉身，只有淫荡的心计。只要是爱的表达（譬如查泰莱夫人与其情人），一切礼崩乐坏的作为都是真理，并无淫荡可言。而若有爱之外的指向（譬如西门庆），再规范再八股的行动也算流氓。

十、性是爱的仪式，爱情有多么珍重，性行为就要多么珍重。好比，总不能在婚礼上奏哀乐吧，总不能为了收取祭品就屡屡为亲娘老子行葬礼吧。仪式，大约有着图腾的意味，是要虔敬的。改变一种仪式，意味着改变一种信念，毁坏一种仪式就是放弃一种相应的信念。性行为，可以是爱的仪式，当然也可以是不爱的告白。

这就是为什么，对性的态度，是对爱情忠贞与否的一个重要证明。这就是为什么，性要受到限制，而且是以爱情的名义。

爱情，不是自然事件，不是荒野上交媾的季节。爱情是社会事件，在亚当夏娃走出伊甸园之后发生，爱情在相互隔膜的人群里爆发出一种理想，并非一种生理的分泌。所以性不能代替爱情。所以爱情包含性又大于性。

十一、再说第一个问题：爱情既然是美好的感情，为什么要专一为什么不该多向呢？为什么不该在三个以至一万个人之间实现这种感情呢？好东西难道不应该扩大倒应该缩小到只是一对一？多向的爱情，正可与多向的性吸引相和谐，多向的性行为何以不能仍然是爱的仪式呢？那岂不是在更大的范围里摆脱孤独么？岂不是在更大的范围里敞开心扉，实现心灵的自由与和平么？这难道不是更美好的局面？

不能说这不是一个美好的理想。这差不多与世界大同类似，而且不单是在物质享有上的大同。在我想来，这更具有理想的意味。至少，以抽象的逻辑而论，没有谁能说出这样的局面有什么不美和不好。若有不美和不好，则必是就具体的不能而言。问题就在这儿，不是不该，而是不能。不是理想的不该，不是逻辑的不通，也不是心性的不欲，而是现实的不能。

为什么不能？

非常奇妙：不能的原因，恰恰就是爱情的原因。简而言之：孤独创造了爱情，这孤独的背景，恰恰又是多向爱情之不能的原因。倘万众相爱可如情侣，孤独的背景就要消失，于是爱情的原因也将不在。孤独的背景即是我们生存的背景，这与悲观和乐观无涉，这是闭上眼睛也能感受到的事实，所以爱情应当珍重，爱情神圣。

倘有三人之恋，我看应当赞美，应当感动，应当颂扬。这与所谓第三者绝无相同，与群婚、滥交、纳妾、封妃更是天壤之别。惟其可能性微乎其微。更别说四。

十二、我知道有一位性解放人士，他公开宣称他爱着很多女人，不是友爱而是包含性且大于性的爱情，他的宣称不是清谈，他宣称并且实践。这实践很可能值得钦佩。但不幸，此公还有一个信条：诚实（这原不需特别指出，爱情嘛，没有诚实还算什么?）。于是苦恼就来了，他发现他走进了一个二律背反的处境：要保住众多爱情就保不住诚实，要保住诚实就保不住众多爱情。因为在他众多地诚实了之后，众多的爱人都冲他嚷：要么你别爱我，要么你只爱我一个！于是他好辛苦：对 A 瞒着 B，对 B 瞒着 C，对 C 瞒着 AB，对 B 瞒着 AC……于是他好荒唐：本意是寻找自由与和平，结果却得到了束缚和战争，本意要诚实结果却欺瞒，本意要爱结果他好孤独。他说他好孤独，我想他已开始成人。他或者是从动物进化成人了，或者是从神仙下凡成人了，总之他看见了人的处境。这处境是：心与心的自由难得，肉与肉的自由易取。这可能是因为，心与心的差别远远大于肉与肉的差别，生理的人只分男女，心灵的人千差万别。这处境中自由的出路在哪儿？我想无非两路：放弃爱情，在欺瞒中去满足多向的性欲，麻醉掉孤独中的心灵，和，做爱情的信徒，知道她非常有限，因而祈祷因而虔敬，不恶其少恶其不存，惟其存在，心灵才注满希望。

十三、不过真正的性解放人士，可能并不轻视爱，倒是轻视性。他们并不把性与爱联系在一起，不认为性有爱之仪式的意义，为什么吃不是爱的告白呢？性也不必是。性就是性如同吃就是吃，都只是生理的需要与满足，爱情嘛，是另一回事。这不失为一个聪明的主张。你可以有神圣的专注的爱情，同时也可以有随意的广泛的性行为，既然爱与性互不相等，何妨更明朗些，把二者彻底分割开来对待呢？真的，这不见得不是一个好主意，性不再有自身之外的意义，性就可以从爱情中解放出来，像吃饭一样随处可吃，不再引起其他纠葛了。但是，爱，还包含性么？当然包含，爱人，为什么不能也在一块吃顿饭呢？爱情的重要是敞开心扉不是吗，何须以敞开肉体作其宣布？敞开肉体不过是性行为一项难免的程序，在哪儿吃饭不得先有个碗呢？所以我看，这主张不是轻视了爱，而是轻视了性，倘其能够美满就真是人类的一次伟大转折。

但是这样，恐怕性又要失去光彩，被轻视的东西必会变得乏味，唾手可得的东西只能使人舒适不能令人激动，这道理相当简单，就像绝对的自由必会葬送自由的魅力。据说在性解放广泛开展的地方，同时广泛地出现着性冷漠，我信这是真的，这是必然。没有了心灵的相互渴望，再加上肉体的沉默（没有另外的表达），性行为肯定就像按时地服药了。假定这不重要，但是爱呢？爱情失去了什么没有？

爱情失去了一种最恰当的语言。这语言随处滥用，在爱的时候可还能表达什么呢？还怎么能表达这不同于吃饭和服药的爱情呢？正所谓"假作真时真亦假，无为有处有还无"了。爱情，必要有一种语言来表达，心灵靠它来认同，自由靠它来拓展，和平靠它来实现，没有它怎么行？而且它，必得是不同寻常的、为爱情专用的。这样的语言总是要有的，不是性就得是其他。不管具体是什么，也一样要受到限制，不可滥用，滥用的结果不是自由而是葬送自由。

既然这样，作为爱的语言或者仪式，就没有什么别的东西能够优于性。因为，性行为的方式，天生酷似爱。其呼唤和应答，其渴求和允许，其拆除防御和解除武装，其放弃装饰和袒露真实，其互相敞开与贴近，其互相依靠与收留，其随心所欲及轻蔑规矩，其携力创造共同享有，其极乐中忘记你我刹那间仿佛没有了差别，其一同赴死的感觉但又一起从死中回来，曾经分离但现在我们团聚，我们还要分离但我们还会重逢……这些形式都与爱同构。说到底，性之中原就埋着爱的种子，上帝把人分开成两半，原是为了让他们体会孤独并崇尚爱情吧。上帝把性和爱联系起来，那是为了，给爱一种语言或一个仪式，给性一个引导或一种理想。上帝让繁衍在这样的过程里面发生，不仅是为了让一个物种能够延续，更是为了让宇宙间保存住一个美丽的理想和美丽的行动。

十四、可为什么，性，常常被认为是羞耻的呢？我想了好久好久，现在才有点明白：禁忌是自由的背景，如同分离是团聚的前提。

这是一个永恒的悖论。

这是一切"有"的性质，否则是"无"。

我们无法谈论"无"，我们以"有"来谈论"无"。

我们无法谈论"死"，我们以"生"来谈论"死"。

我们无法谈论"爱情"，我们以"孤独"来谈论"爱情"。

一个永恒的悖论，就是一个永恒的距离，一个永恒孤独的现实。

永恒的距离，才能引导永恒的追寻。永恒孤独的现实，才能承载永恒爱情的理想。所以在爱的路途上，永恒的不是孤独也不是团聚，而是祈祷。

祈祷。

一切谈论都不免可笑，包括企图写一篇以"爱情问题"为题的文章。某一个企图写这样一篇文章的人,必会在其文章的结尾处发现:问题永远比答案多。除非他承认:爱情的问题即是爱情的答案。

1993 年 12 月 28 日

记忆迷宫

人们越来越多地使用电脑写作了。人们夸奖"386"比"286"好、"486"比"386"更好,那情形很像是在夸奖这个人比那个人更聪明。就像智力比赛,所谓"更聪明"即是说:运算(理解)的速度更快,存储(记忆)的信息更多,以及表达得更准确和联想的范围更宽广。于是有一个可笑的问题提出:用"486"写作,会比用"286"写得更好吗?这个可笑的问题甚至不用回答。但与这个问题同样可笑的逻辑却差不多通行,比如:要是我们写得不及某人,我们首先会怪罪我们的大脑不及某人。

如果作品的美妙和作者的智商不成正比,如果我们的文学止步不前而世界上仍在不断涌现出伟大的作家,我们主要应该怪罪什么呢?如果"486"并没有写出比"286"更有新意更有魅力的作品,大家都明白,是坐在"486"前面敲打键盘的那个人不行。如果一个智商很高的大脑却缺乏创造力,只能不断地临摹前人和复制生活,其原因何在呢?

我看过一位哲学家写的一篇谈"电脑与灵魂"的文章,其中有这样一段话:

> 躯体和灵魂之间的模糊分别通常是理解为躯体与心灵,或者大脑与心灵之间的分别。研究这分别的一个途径是问:大脑是否能够做到心灵所能做的一切……
>
> 当然,目前更受注目的一个问题是电子计算机(电脑)是

否有人……一样的能力……假如电子计算机能做到的跟人一样,则我们也只不过是电子计算机而已;也就是说,我们的存在也并不独特。从这个角度看,我们其实正在问"人是否存在"——一个与传统问题"神是否存在"有同样重要性的问题。

显然,大脑做不到心灵所能做到的一切,心灵比大脑广阔得多,深远得多,复杂得多。甚至所谓无限,我想其实也只是就心灵的浩渺无边而言。我们生存的空间有限,我们经历的时间有限,但我们心灵的维度是无限的。在电脑方兴未艾突飞猛进的时代,我们更容易发现,人的独特之处,究其根本不在于大脑,不在于运算得更快和记忆得更牢,而在于心灵的存在。浩渺无边的心灵,是任何大脑和电脑所无能比拟的。再高超的电脑也是人的造物,再聪明的大脑如果没有心灵隐于其后,也只近似传声筒或复印机。恰恰是心灵的浩渺无边,使人的大脑独具创造力,使文学成为必要,使创作能够永恒,使作家常常陷入迷茫也使作家不断走进惊喜。大脑不能穷尽心灵,因此我们永远为心灵所累不得彻底解脱,也因此,我们的创作才有了永无穷尽的前途。

所以,如果"486"写得不如"286",我们应该怀疑的是:在"486"前面,"人是否存在?"键盘噼噼啪啪地敲响着,当然不能怀疑一个血肉之躯的存在,也不能怀疑一个正常大脑的存在,但我们有理由怀疑心灵是否存在?就是说,聪明的电脑或者聪明的大脑是否联通了心灵,其运作是否听命于心灵?心灵不在,即是人的不在,一台聪明的电脑或大脑便是人或上帝的一次盲目投资。当然,并不否定聪明的作用,但写作如果仅仅是大脑对大脑的操作,则无

聊天瞬间

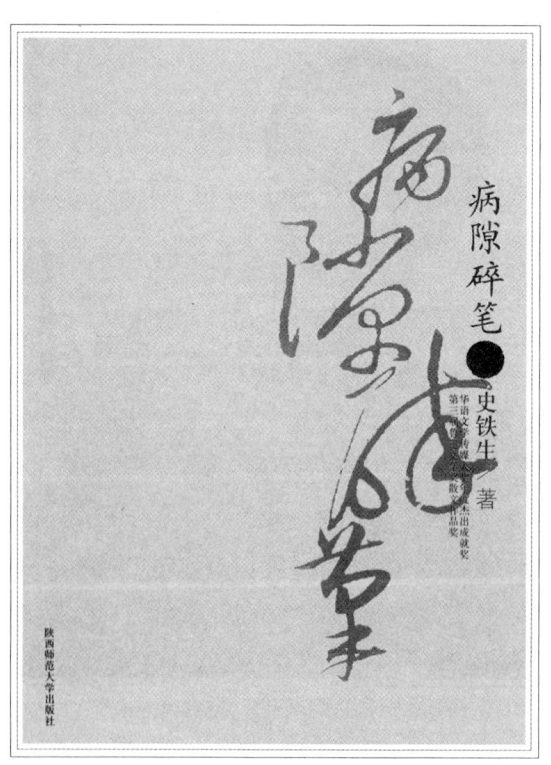

《病隙碎笔》书影

论是什么级别的大脑都难免走入文学的穷途。文学的无穷天地，我想可以描述为：大脑对心灵的巡察、搜捕和缉拿归案。聪明对于写作是一件好事，正如侦探的本事高超当然更利于破案，但侦察如果单单乐意走进市场而不屑于巡察心灵，我们就可能只有治安和新闻，而没有文学了。

　　心灵是什么呢？以及，心灵在哪儿？

　　我记得有一位哲学家（记不住他的名字）写过一本书（也记不住它的题目），书中问道："我在哪儿？"胳膊是我的，"我"在胳膊里么？但没有了胳膊，却依然故"我"。腿呢？也一样，"我"也不在腿里。那么"我"在心脏或大脑里了？但是把心脏或大脑解剖开来找吧，还是找不到"我"。虽然找不到，但若给心脏或大脑上加一个弹孔，"我"便消失。

　　"我"，看来是一个结构，心灵是一个结构，死亡即是结构的消散或者改组。那么这个结构都包含什么呢？设想把一个人所有不致命的器官都摘除，怎样呢？这个人很可能就像一棵树或者一株草了。健全的生理就能够产生心灵么？那么把一个生理健全的人与世隔绝起来，隔绝得完全彻底，他的心灵还能有什么呢？心灵并不像一个容器，内容没有了容器还可以存在，不，心灵是一个结构，是信息的组织，是与信息共生共灭的。所以，心灵的构成当然不等于生理的构成，心灵的构成正是"天人合一"，主观与客观的共同参与，心灵与这个世界同构。世界是什么？如果世界不能被我们认识穷尽，我们一向所说的世界到底是什么呢？我想，这世界，就重叠在我们的心灵上。虽然我们不能穷尽它，但是它就在那儿，以文学的名义无止无休地诱惑着我们，召唤着我们。

　　我在写一篇小说的时候，发现了一个悖论：

> 我是我的印象的一部分
>
> 而我的全部印象才是我

  我没有用"记忆",而是用了"印象"。因为往日并不都停留在我的记忆里,但往日的喧嚣与骚动永远都在我的印象中。因为记忆,只是阶段性的僵死记录,而印象是对全部生命变动不居的理解和感悟。记忆只是大脑被动的存储,印象则是心灵仰望神秘时,对记忆的激活、重组和创造。记忆可以丢失,但印象却可使丢失的生命重新显现。一个简单的例证是:我们会忘记一行诗句,但如果我们的心绪走进了那句诗的意境,我们就会丝毫不差地记起它;当然那得是真正的诗句。一个众所周知的例证是:普鲁斯特在吃玛德莱娜小点心时,一瞬间看遍了自己的一生。如普鲁斯特一样的感觉,几乎我们每个人都有过。

  但是,印象中的往事是否真实呢?这也许就先要问问"真实"是什么?当我们说"真实"的时候,这"真实"可能指的是什么?我想引用我正在写着的一部小说中的一段话:

> 当一个人像我这样,坐在桌前,沉入往事,想在变幻不住的历史中寻找真实,要在纷纷纭纭的生命中看出些真实,真实便成为一个严重的问题。真实便随着你的追寻在你的前面破碎、分解、融化、重组……如烟如尘,如幻如梦。
>
> 我走在树林里,那两个孩子已经回家。整整那个秋天,整整那个秋天的每个夜晚,我都在那片树林里踽踽独行。一盏和一盏路灯相距很远,一段段明亮与明亮之间是一段段黑暗与黑

暗，我的影子时而在明亮中显现，时而在黑暗中隐没。凭空而来的风一浪一浪地掀动斑斓的落叶，如同掀动着生命的印象。我感觉自己就像是这空空的来风，只在脱落下和旋卷起斑斓的落叶之时，才能捕捉到自己的存在。

往事，或者故人，就像那落叶一样，在我生命的秋风里，从黑暗中飘转进明亮，从明亮中逃遁进黑暗。在明亮中的，我看见他们，在黑暗里的我只有想象他们，依靠那些飘转进明亮中的去想象那些逃遁进黑暗里的。我无法看到黑暗里他们的真实，只能看到想象中他们的样子，随着我的想象他们飘转进另一种明亮。这另一种明亮，是不真实的么？当黑暗隐藏了某些落叶，你仍然能够想象它们，因为你的想象可以照亮黑暗可以照亮它们，但想象照亮的它们并不就是黑暗隐藏起的它们，可这是我所能得到的惟一的真实。即使是那些明亮中的，我看着它们，它们的真实又是什么呢？也只是我印象中的真实吧，或者说仅仅是我真实的印象。往事，和故人，也是这样，无论他们飘转进明亮还是逃遁进黑暗，他们都只能在我的印象里成为真实。

真实并不在我的心灵之外，在我的心灵之外并没有一种叫做真实的东西原原本本地呆在那儿，真实，有时候是一个传说甚至一个谣言，有时候是一种猜测，有时候是一片梦想，它们在心灵里鬼斧神工地雕铸我的印象。而且，它们在雕铸我的印象时，顺便雕铸了我。否则我的真实又是什么呢，又能是什么呢？这些印象的累积和编织，那便是我了。

所有的小说，也许都可以说是记忆的产物，因为没有记忆便不可能有小说。但这样类推的话，我们也可以说没有乐器便没有音乐，没有刀斧便没有雕塑，没有颜料便没有图画，没有地球便没有人类。如此逻辑不失为真理，但如此真理也不失为废话。有意义的问题是：记忆，在创作者那儿，发生了什么？相关的问题是：为什么会发生？相似的问题是：我们为什么要写作？

记忆，在创作者那儿已经面目全非，已经走进另一种存在。我又要引一段我曾写过的话：

> 我生于一九五一年。但在我，一九五一年却在一九五五年之后发生。一九五五年的某一天，我记得那天日历上的字是绿色的，时间，对我来说就始于这个周末。在此之前一九五一年是一片空白，一九五五年那个周末之后它才传来，渐渐有了意义，才存在。但一九五五年那个周末之后，却不是一九五五年的一个星期天，而是一九五一年冬天的某个凌晨——传说我在那个凌晨出生，我想象那个凌晨，于是一九五一年的那个凌晨抹杀了一九五五年的一个星期天。那个凌晨，我来到人间，奶奶说那天下着大雪。但在我，那天却下着一九五六年的雪，我不得不用一九五六年的雪去理解一九五一年的雪，从而一九五一年的冬天有了形象，不再是空白。然后是一九五八年，这年我上了学，这一年我开始理解了一点儿太阳、月亮和星星的关系。而此前的一九五七年呢，则是一九六四年时才给了我突出的印象，那时我才知道一场反右运动大致的情况，因而一九五七年下着一九六四年的雨。再之后有了公元前，我知道了并设想着远古的某些历史，而公元前中又混含着对二〇〇一年的幻想，我站在今天设想远古又幻想未来，远古和未来在今天随意

交叉，因而远古和未来都刮着现在的风。

　　我理解，博尔赫斯的"交叉小径的花园"是指一个人的感觉、思绪和印象，在一个人的感觉、思绪和印象里，时间成为错综交叉的小径。他强调的其实不是时间，而是作为主观的人的心灵，这才是那迷宫的全部。

　　这已经不能说是记忆了，这显然也不是大脑猎奇的企图所致。这样的重组或者混淆，以及重组和混淆的更多可能性，乃是大脑去巡察心灵的路径，去搜捕和缉拿心灵的行为。昆德拉说（大意）："没有发现，就不能算得好小说。"我想，写作肯定不是为了重现记忆中的往事，而是为了发现生命根本的处境，发现生命的种种状态，发现历史所不曾显现的奇异或者神秘的关联，从而，去看一个亘古不变的题目：我们心灵的前途，和我们生命的价值，终归是什么？

　　这样的发现，是对人独特存在的发现，同时是对神的独特存在的发现。

　　这样的发现肯定是永无终结的，因为，比如说我们的大脑永远巡察不尽我们的心灵，比如说我们的智力永远不能穷尽存在的神秘，比如说存在是一个无穷的运动我们永远都不能走到终点，比如说我们永远都在朝圣的途中但永远都不能走到神的位置。也就是说，我们对终极的发问，并不能赢得终极的解答和解决。就像存在是一个永恒的过程一样，生命的意义是一个永恒的问题。比如艺术，谁能给它一个终极的解答么？比如爱，谁能给它一个终极的解决，从而给我们一个真正自由和博爱的世界？自由和爱永远是一个问题。自由和爱，以问题的方式而不是以答案形态，叠入我们的心灵。要点在于：这样的问题，有，还是没有？有和没有，即是神的存在和不存在，即是心灵的醒悟或者迷途。这差不多就是我们为什么要写作的理由了。

记忆给了我们这样的方便。

1994 年 4 月 19 日

墙下短记

一些当时看去不太要紧的事却长久扎根在记忆里。它们一向都在那儿安睡,偶尔醒一下,睁眼看看,见你忙着(升迁或者遁世)就又睡去,很多年里它们轻得仿佛不在。千百次机缘错过,终于一天又看见它们,看见时光把很多所谓人生大事消磨殆尽,而它们坚定不移固守在那儿,沉沉地有了无比的重量。比如一张旧日的照片,拍时并不经意,随手放在哪儿,多年中甚至不记得有它,可忽然一天整理旧物时碰见了,拂去尘埃,竟会感到那是你的由来也是你的投奔,而很多郑重其事的留影,却已忘记是在哪儿和为了什么。

近些年我常记起一道墙,碎砖头垒的,风可以吹落砖缝间的细土。那墙很长,至少在一个少年看来是很长,很长之后拐了弯,拐进一条更窄的小巷里去。小巷的拐角处有一盏街灯,紧挨着往前是一个院门,那里住过我少年时的一个同窗好友。叫他 L 吧。L 和我能不能永远是好友并不重要,重要的是我们一度形影不离,我生命的一段就由这友谊铺筑。细密的小巷中,上学和放学的路上我们一起走,冬天和夏天,风声或蝉鸣,太阳到星空,十岁也许九岁的 L 曾对我说,他将来要娶班上一个女生(M)做老婆。L 转身问我:"你呢,想和谁?"我准备不及,想想,觉得 M 也确是漂亮。L 说他还要挣很多钱。"干吗?""废话,那时你还花你爸的钱呀?"少年间的情谊,想来莫过于我们那时的无猜无防了。

我曾把一件珍爱的东西送给 L。是什么，已经记不清。可是有一天我们打了架，为什么打架也记不清了，但丝毫不忘的是：打完架，我去找 L 要回了那件东西。

老实说，单我一个人是不敢去要的，或者也想不起去要。是几个当时也对 L 不大满意的伙伴指点我、怂恿我，拍着胸脯说他们甘愿随我一同前去讨还。就去了。走过那道很长很熟悉的墙，夕阳正在上面灿烂地照耀，但在我的印象里，走到 L 家的院门时，巷角的街灯已经昏黄地亮了。不可能是那么长的墙，只可能是记忆作怪。

站在那门前，我有点害怕，身旁的伙伴便极尽动员和鼓励，提醒我：倘掉头撤退，其可卑甚至超过投降。我不能推卸罪责给别人：跟 L 打架后，我为什么要把送给 L 东西的事告诉别人呢？指点和怂恿都因此发生。我走进院中去喊 L。L 出来，听我说明来意，愣着看我一会儿，然后回屋拿出那件东西交到我手里，不说什么，就又走回屋去。结束总是非常简单，咔嚓一下就都过去。

我和几个同来的伙伴在巷角的街灯下分手，各自回家。他们看看我手上那件东西，好歹说一句"给他干吗"，声调和表情都失去来时的热度，失望甚或沮丧料想都不由于那件东西。

我独自回家，贴近墙根走。墙很长，很长而且荒凉，记忆在这儿又出了差误，好像还是街灯未亮、迎面的行人眉目不清的时候。晚风轻柔得让人无可抱怨，但魂魄仿佛被它吹离，吹离身体，飘起在黄昏中再消失进那道墙里去。捡根树枝，边走边在那墙上轻划，砖缝间的细土一股股地垂流……咔嚓一下所送走的，都扎根进记忆去酿制未来的问题。

那很可能是我对于墙的第一种印象。

随之,另一些墙也从睡中醒来。

有一天傍晚"散步",我摇着轮椅走进童年时常于其间玩耍的一片胡同。其实一向都离它们不远,屡屡在其周围走过,匆忙得来不及进去看望。

记得那儿曾有一面红砖短墙,我们一群八九岁的孩子总去搅扰墙里那户人家的安宁,攀上一棵小树,扒着墙沿央告人家把我们的足球扔出来。那面墙应该说藏得很是隐蔽,在一条死巷里,但可惜那巷口的宽度很适合做我们的球门,巷口外的一片空地是我们的球场,球难免是要踢向球门的,倘临门一脚踢飞,十之八九便降落到那面墙里去。我们扒着墙头千般央告万般保证,揪心着阳光一会儿比一会儿暗淡,"球瘾"便又要熬磨一宿了。终于一天,那足球学着篮球的样子准确投入墙内的面锅,待一群孩子又爬上小树去看时,雪白的面条热气腾腾全滚在煤灰里。正是所谓"三年困难时期",足球事小,我们乘暮色抱头鼠窜。几天后,我们由家长带领,以封闭"球场"为代价才换回了那只足球。

那条小巷依旧,或者是更旧了。变化不多。惟独那片"球场"早被压在一家饭馆下面。红砖短墙里的人家料必是安全得多了。

我摇着轮椅走街串巷,忽然又一面青灰色的墙叫我怦然心动,我知道,再往前去就是我的幼儿园了。青灰色的墙很高,里面有更高的树。树顶上曾有鸟窝,现在没了。到幼儿园去必要经过这墙下,一俟见了这面高墙,退步回家的希望即告断灭。那青灰色几近一种严酷的信号,令童年分泌恐怖。

这样的"条件反射"确立于一个盛夏的午后,所以记得清楚,是因为那时的蝉鸣最为浩大。那个下午母亲要出差到很远的地方去。我最高的希望是她可能改变主意，最低的希望是我可以不去幼儿园，留在家里跟着奶奶。但两份提案均遭否决，据哭力争亦不奏效。如今想来，母亲是要在远行之前给我立下严明的纪律。哭声不停，母亲无奈说带我出去走走。"不去幼儿园！"出门时我再次申明立场。母亲领我在街上走，沿途买些好吃的东西给我，形势虽然可疑，但看看走了这么久又不像是去幼儿园的路，牵紧着母亲长裙的手便放开，心里也略略地松坦。可是！好吃的东西刚在嘴里有了味道，迎头又来了那面青灰色高墙，才知道条条小路原来相通。虽立刻大哭，料已无济于事。但一迈进幼儿园的门槛，哭喊即自行停止，心里明白没了依靠，惟规规矩矩做个好孩子是得救的方略。幼儿园墙内，是必度的一种"灾难"，抑或只因为这一个孩子天生地怯懦和多愁。

三年前我搬了家，隔窗相望就是一所幼儿园，常在清晨的懒睡中就听见孩子进园前的嘶嚎。我特意去那园门前看过，抗拒进园的孩子其壮烈都像宁死不屈，但一落入园墙便立刻吞下哭声，恐惧变成冤屈，泪眼望天，抱紧着对晚霞的期待。不见得有谁比我更同情他们，但早早地对墙有一点感受，不是坏事。

我最记得母亲消失在那面青灰色高墙里的情景。她当然是绕过那面墙走上了远途的，但在我的印象里，她是走进那面墙里去了。没有门，但是母亲走进去了，在那里面，高高的树上蝉鸣浩大，高高的树下母亲的身影很小，在我的恐惧里那儿即是远方。

我现在有很多时间坐在窗前，看远近峭壁林立一般的高墙和矮墙。有人的地方一定有墙。我们都在墙里。没有多少事可以放心到光天化日下去做。规规整整的高楼叫人想起图书馆的目录柜，只有上帝可以去拉开每一个小抽屉,查阅亿万种心灵秘史,看见破墙而出的梦想都在墙的封护中徘徊。还有死神按期来到,伸手进去,抓阄儿似的摸走几个。

我们有时千里迢迢——汽车呀、火车呀、飞机可别一头栽下来呀——只像是为了去找一处不见墙的地方:荒原、大海、林莽甚至沙漠。但未必就能逃脱。墙永久地在你心里,构筑恐惧,也牵动思念。比如你千里迢迢地去时,鲁宾逊正千里迢迢地回来。一只"飞去来器",从墙出发,又回到墙。

哲学家先说是劳动创造了人,现在又说是语言创造了人。墙是否创造了人呢?语言和墙有着根本的相似:开不尽的门前是撞不尽的墙壁。结构呀、解构呀、后什么什么主义呀……啦啦啦,啦啦啦……游戏的热情永不可少,但我们仍在四壁的围阻中。把所有的墙都拆掉的愿望自古就有。不行么?我坐在窗前用很多时间去幻想一种魔法,比如"啦啦啦,啦啦啦……"很灵验地念上一段咒语,刷啦一下墙都不见。怎样呢?料必大家一齐慌作一团(就像热油淋在蚁穴),上哪儿的不知道要上哪儿了,干吗的忘记要干吗了,漫山遍野地捕食去和睡觉去么?毕竟又趣味不足。然后大家埋头细想,还是要砌墙。砌墙盖房,不单为避风雨,因为大家都有些秘密,其次当然还有一些钱财。秘密,不信你去慢慢推想,它是趣味的爹娘。

其实秘密就已经是墙了。肚皮和眼皮都是墙,假笑和伪哭都是墙,只因这样的墙嫌软嫌累,才要弄些坚实耐久的来。假设这心灵之墙可以轻易拆除,但山和水都是墙,天和地都是墙,时间和空间都是墙,命运是无穷的限制,上帝的秘密是不尽的墙,上帝所有的很可能就是造墙的智慧。真若把所有的墙都拆除,虽然很像似由来已久的理想接近了实现，但是等着瞧吧，满地球都怕要因为失去趣味而响起昏睡的鼾声，梦话亦不知从何说起。

趣味是要紧而又要紧的。秘密要好好保存。

探秘的欲望终于要探到意义的墙下。

活得要有意义，这老生常谈倒是任什么主义也不能推翻。加上个"后"字也是白搭。比如爱情，她能被物欲拐走一时，但不信她能因此绝灭。"什么都没啥了不起"的日子是要到头的，"什么都不必介意"的舞步可能"潇洒"地跳去撞墙。撞墙不死，第二步就是抬头，那时见墙上有字，写着：哥们儿你要上哪儿呢，这到底是要干吗？于是躲也躲不开，意义找上了门，债主的风度。

意义的原因很可能是意义本身。干吗要有意义？干吗要有生命？干吗要有存在？干吗要有有？重量的原因是引力，引力的原因呢？又是重量。学物理的人告诉我：千万别把运动和能量以及和时空分割开来理解。我随即得了启发：也千万别把人和意义分割开来理解。不是人有欲望，而是人即欲望。这欲望就是能量，是能量就是运动，是运动就必走去前面或者未来。前面和未来都是什么和都是为什么？这必来的疑问使意义诞生，上帝便在第七天把人造成。上帝比靡菲斯特更有力量，任何魔法和咒语都不能把第七天的成就删除。在第七天以后所有的时光里，你逃得开某种意义，但逃不开意义，如同你逃得开一次旅行但逃不开生命之旅。

你不是这种意义，就是那种意义。什么意义都不是，就掉进昆德拉所说的"生命不能承受之轻"。你是一个什么呢？生命算是个什么玩艺儿呢？轻得称不出一点重量你可就要消失。我向 L 讨回那件东西，归途中的惶茫因年幼而无以名状，如今想来，分明就是为了一个"轻"字:珍宝转眼被处理成垃圾,一段生命轻得飘散了,没有了,以为是什么原来什么也不是,轻易、简单、灰飞烟灭。一段生命之轻,威胁了生命全面之重,惶茫往灵魂里渗透:是不是生命的所有段落都会落此下场呵?人的根本恐惧就在这个"轻"字上,比如歧视和漠视,比如嘲笑,比如穷人手里作废的股票,比如失恋和死亡。轻,最是可怕。

要求意义就是要求生命的重量。各种重量。各种重量在撞墙之时被真正测量。但很多重量在死神的秤盘上还是轻,秤砣平衡在荒诞的准星上。因而得有一种重量,你愿意为之生也愿意为之死,愿意为之累,愿意在它的引力下耗尽性命。不是强言不悔,是清醒地从命。神圣是上帝对心魂的测量,是心魂被确认的重量。死亡光临时有一个仪式,灰和土都好,看往日轻轻地蒸发,但能听见,有什么东西沉沉地还在。不期还在现实中,只望还在美丽的位置上。我与L的情谊,可否还在美丽的位置上沉沉地有着重量?

不要熄灭破墙而出的欲望,否则鼾声又起。
但要接受墙。
为了逃开墙,我曾走到过一面墙下。我家附近有一座荒废的古园,围墙残败但仍坚固,失魂落魄的那些岁月里我摇着轮椅走到它跟前。四处无人,寂静悠久,寂静的我和寂静的墙之间,膨胀和盛长着野花,膨胀和盛开着冤屈。我用拳头打墙,用石头砍它,对着它落泪、喃喃咒骂,但是它轻轻掉落一点儿灰尘再无所动。天不变道亦不变。老柏树千年一日伸展着枝叶,云在天上走,鸟在云里飞,风踏草丛,野草一代一代落子生根。我转而祈求墙,双手合十,创造一种祷词或谶语,出声地诵念,求它给我死,要么还给我能走路的腿……但睁开眼,伟大的墙还是伟大地矗立,墙下呆坐一个不被神明过问的人。空旷的夕阳走来园中,若是昏昏睡去,梦里常掉进一眼枯井,井壁又高又滑,喊声在井里嗡嗡碰撞而已,没人能听见,井口上的风中也仍是寂静的冤屈。喊醒了。看看还是活着,喊声并没惊动谁,并不能惊动什么,墙上有青润的和干枯的苔藓,有蜘蛛细巧的网,死在半路的蜗牛身后拖一行鳞片似的脚印,有无名少年在那儿一遍遍记下的 3.1415926……

在这墙下,某个冬夜,我见过一个老人。记忆和印象之间总要闹出一些麻烦:记忆对我说未必是在这墙下,但印象总是把记忆中的那个老人搬来这墙下,说就是在这儿。……雪后,月光朦胧,车轮吱吱唧唧轧着雪路,是园中惟一的声响。这么走着,听见一缕悠沉的箫声远远传来,在老柏树摇落的雪雾中似有似无,尚不能识别那曲调时已觉其悠沉之音恰好碰住我的心绪。侧耳屏息,听出是《苏武牧羊》。曲终,心里正有些凄怆,忽觉墙影里一动,才发现一个老人盘腿端坐于墙下的石凳,黑衣白发,有些玄虚。雪地和月光,安静得也似非凡。竹箫又响,还是那首流放绝地、哀而不死的咏颂。原来箫声并不传自远处,就在那老人唇边。也许是气力不济,也许是这古曲一路至今光阴坎坷,箫声若断若续并不高亢,老人颤颤地吐纳之声亦可悉闻。一曲又尽,老人把箫管轻横腿上,双手摊放膝头,看不见他是否闭目。我惊诧而至感激,一遍遍听那箫声和箫声断处的空寂,以为是天喻或是神来引领。

那夜的箫声和老人,多年在我心上,但猜不透其引领指向何处。仅仅让我活下去似不必这样神秘。直到有一天我又跟那墙说话,才听出那夜箫声是唱着"接受",接受限制。接受残缺。接受苦难。接受墙的存在。哭和喊都是要逃离它,怒和骂都是要逃离它，恭维和跪拜还是想逃离它。失魂落魄的年月里我常去跟那墙谈话，是，说出声，以为这样才更虔诚或者郑重，出声地请求，也出声地责问，害怕惹怒它就又出声地道歉以及悔罪，所谓软硬兼施。但毫无作用，谈判必至破裂，我的一切条件它都不答应。墙，要你接受它，就这么一个意思反复申明，不卑不亢，直到你听。直到你不是更多地问它，而是听它更多地问你，那谈话才称得上谈话。

我一直在写作，但一直觉得并不能写成什么，不管是作品还是作家还是主义。用笔和用电脑，都是对墙的谈话，是如吃喝拉撒睡一样必做的事。搬家搬得终于离那座古园远了，不能随便就去，此前就料到会怎样想念它，不想最为思恋的竟是那四面矗立的围墙；年久无人过问，记得那墙头的残瓦间长大过几棵小树。但不管何时何地，一闭眼，即刻就到那墙下。寂静的墙和寂静的我之间，野花膨胀着花蕾，不尽的路途在不尽的墙间延展，有很多事要慢慢对它谈，随手记下谓之写作。

1994 年 10 月

"足球"内外

一

从电视里看足球,好处是局部争夺看得清楚,球星们的眉目也真切,坏处是只见局部,此局部切换到彼局部看不出阵形,不知昌盛之外藏了什么腐败,或平淡的周围正积酿着怎样的激情,更要紧的是欣赏欲望被摄像师的趣味控制,形同囚徒,只可在二十英寸的一方小窗中偷看足云变幻。很想再身临实地去看一回。上一回去体育场看足球是二十多年前了,那时腿还未残。

桑普多利亚队二次来京时,朋友们把我抬进了体育场。去之前心里忐忑,怕人家不让轮椅进,倒去凭白葬送一个快乐的晚上。这担心是多余了,守门人把我看了一会儿,便亲自为我开道。朋友们抬轿似的抬我上楼梯时,一群年轻球迷竟冲我鼓掌,喊:"行嘿哥们儿,有您这样儿的,咱中国队非赢不可!"

体育场里不认得了。过去的印象是除去一坪绿草蓬勃鲜明,四周则密麻麻灰压压都是规规矩矩的看客,自由惟不谨慎时才有所泄露。现在呢,球场就像盛装的舞台,观众席上五彩缤纷旗幡涌动,呐喊声、歌声、喇叭声……沸反盈天。第一个感受是,观众不再仅仅是观众,此乃一场巨型卡拉OK。

第二个感受是,"同志"这个渐渐消逝着的词儿于此无声地再现光辉。此处的人群与别处的人群大不相同,虽摩肩接踵难免磕磕碰碰,但进攻式的粗鲁没有,防御式的客气也没有,认识不认识的都像是相知已久，你一掏烟他就点火，甭谢，相互默契，然后开"侃"。侃的当然都是足球，侃者或儒雅或狂放，却都不把球场外的身份带进来，这儿只承认球迷的一份尊严与平等。是球迷吗？行，好样儿的，一家人，"先生""小姐"都太生分，是同志。虽"同志"二字并不发声，但我感到在人们未及发觉的心底，正是存在着这两个字。也许，同志一词原就是由这样的情境产生。这让我想起一九七六年地震时的情景，因为灾难的平等，使人间的等级隔膜一时消退，震后大家都曾怀念震时的人际关系，遗憾那样的美好何以不能长久。

二

那时是因为灾难一视同仁，现在呢？现在是因为真正的欢乐也须如此。狂欢，惟一视同仁才可能，惟期冀自由和庆贺平等的时刻才有狂欢。

我不大看得见绿草坪上正在进行的比赛，因为至少有八十分钟人们是站着看的，激动的情绪使他们坐不下来，所有的座位都像是装了弹簧，往下一坐就反弹起来。前面的一对年轻恋人不断回头向我表示歉意，就像狂欢的队伍时而也注意一下路边掉队的老人，但是没办法，盛典正是如火如荼我们不能不跟随着去呀。我表示理解。我也很满足。我坐在人群背后专心倾听，狂欢是可以听的，以听的方式加入狂欢。

人们谈论着，赞美着，笑着和骂着……我听出多数人并不怎么懂足球，或者说并不像教练员和裁判员们那样懂足球，但他们懂得那不仅仅是足球，那更是狂欢，技术和战术都是次要的，一坪绿草上正在演出的是如祭礼一般的仪式！黑衣裁判仿佛祭司，飞来飞去的皮球如同祭器，满场奔跑着的球员是诸神的化身，四周的人群呢，是唱诗班，是一路朝拜而来的信徒或众生。所以你不能仅仅是看客，你来了是来参加的。所以不能单是看，更要听，用心领悟，人们如醉如痴是因为听到了比球场更为辽阔的世界，和比九十分钟更为悠久的历史，听到了这仪式所象征的人的无边梦想，于是还要呼喊，还要吹响喇叭，还要手舞足蹈，以便一向要遏制或管束我们的命运之神能够为之感动，至于他感动了之后会赐给我们什么好处倒不是这呼喊所关心的，给或者不给那都一样，给或者不给，无边的梦想总要表达总要流传。

人需要狂欢，尤其今天。现代生活令人紧张，令人就范，常像让狼追着，没头苍蝇似的乱撞，身体拥挤心却隔离，需要有一处摆脱物欲、摆脱利害、摈弃等级、吐尽污浊、普天同庆的地方。人们选择了足球场，平凡的日子里只有这儿能聚拢这么多人，数万人从四面八方走来一处便令人感动，让人感受到一种象征，就像洛杉矶奥运会时的一首歌中所唱：We are the world. 而在这世界上，当灾难休闲或暂时隐藏着，惟狂欢可聚万众于一心，于是那首歌接着唱道：We are the children. 我们是世界，我们是孩子，那是说：此时此地世界并不欣赏成人社会的一切规则，惟以孩子的纯真参加进对自由和平等的祈祷中来，才有望走近那无限时空里蕴藏的梦想。

三

但是，强者的雄风太迷人了，战胜者的荣耀太吸引人了，而且这雄风和荣耀必是以弱者和失败者的被冷落为衬照，这差别太刺激人了，于是人很容易忘记领听（谛听和领悟），全副热情都掉进那差别中，去争夺居强的一端。争夺的热情大致基于这样的心理：在诸多的国家中我在的国家是最强的，在诸多的城市中我居住的城市是最好的，在诸多的民族中我属的民族是最优秀的，甚而至于在诸多朝圣的路途中我的路途是最神圣的。这样的心理若是只意味着战胜自己，也许本来不坏，但是，对荣耀的渴望使人再也听不见无限时空里的属于全人类的危惧和梦想，胜利仅仅在打败对方的欲望中成立。梦想从无限的时空萎缩进人际的输赢，狂欢就变成了彻头彻尾的争夺，那时"同志"忽然就被"立场"取代。在"同志"被"立场"取代的地方(不管是明着还是暗着)，便不再有朝圣的仪式，而是战争的模型了。

　　我想起"文革"中的一些惨剧，大半是由立场作着前导；明知某事是假是恶是丑，但立场却能教你违心相随或缄口不言，甚而还要忏悔自己的立场不坚定。不不，立场和观点绝然不同，观点是个人思想的自由，立场则是集体对思想的强制。立场说穿了就是派同伐异，顺我派者善，逆我派者恶，不需再问青红皂白。否则为什么要有立场这个词呢？尤其是观点一词并不作废的时候，立场究竟是要说什么呢？是说相同观点的人要站到一起来吗？首先，相同的观点因其相同不是已经站到一起来了么？再强调站到一起来是什么意思？其次，观点并非永远不变，相同一旦变成不同是否就要以立场的名义施之惩罚呢？若非如此，就真想不懂立场为什么不算是一句废话？记得"文革"年代有一首童谣：我们都是木头人，不许说话不许动，看谁立场最坚定。这可真是童言无忌道破天机。奇怪的是这童谣在当时怎么没有被划作反动言论，想来绝不是"四人帮"一流的疏忽，而是在他们看来这正是立场的本意。

立场怎样不知不觉地走进人间,也就怎样神鬼莫察地进了足球场,此一方球迷与彼一方球迷的大打出手、视若仇敌便屡见不鲜。我们是世界,变成了:我们是国家,我们是民族,我们是帮派,我们是我们,你们他妈的是你们。我们是孩子,则变成了:我们是英雄,我们是好汉,你们他妈的算是什么玩艺儿?

本没有谁一心去做孬种,或号召大家争当败类。值得担心的倒是"英雄""好汉"的内涵不清,倘英雄主义糊里糊涂地竟认同起暴力来,肯定不会有好局面送给人间。狂欢精神一旦散失,便特别危险地要蜕变成狂热,勇猛和不屈都来不及对着生命的困惑,而要顺理成章地杀向异己的人类了(比如网球明星塞莱斯的被刺)。立场这个词把我们害着,把足球以及所有体育比赛都害着,把足球场里和地球上面的英雄害着,把狂欢精神和神圣之域也害着。

神圣之域尤其是不需要宣扬立场的。神圣并不蔑视凡俗,更不与凡俗敌对,神圣不期消灭也不可能消灭凡俗,任何圣徒都凡俗地需要衣食住行,也都凡俗地难免心魂的歧途,惟此神圣才要驾临俗世。神圣只是对凡俗的救助和感召,在富足或贫困的凡俗生活同样会步入迷茫、同样可能昏昏堕落的时候,神圣以其爱与美的期念给我们一条无尽无休的活路。

四

埃斯科巴(哥伦比亚足球队二号后位)在"世界杯"后的惨死,是足球史和体育史上旷古的灾难,是所有球迷及全人类都该深思的。埃斯科巴的惨死,很像马尔克斯的一篇著名小说的标题,是"一场事先张扬的凶杀案"。所谓事先张扬,并不单指几个歹徒先期发出了威吓,而是说,这场凶杀早已在狂欢精神退出足球场时就已经张扬开了。而地球上的一切战争、不义和杀戮,大约也都是这样张扬开的。

狂欢精神丢失了,甚至兴趣也不在足球的技艺上,狂热去投奔哪儿呢?毫无疑问也绝无例外——去投奔战胜者的荣耀。

但是,鲜花、赞美、崇拜都向着战胜者去,失败者一无所有。已经说过,这差别太刺激人了,刺激的结果必是愤恨产生。狂欢精神的丢失,其不妙并不直接表现在战胜者的志得意满,而是最先显露于失败者的愤恨不平,尤其这愤恨并不对着神圣之域的被污染,而是由于自己的遭冷落,这愤恨便要积蓄到失去理性。屡屡的失败而且仍然忘记着领听,看着吧,坏孩子的脾气就要发作。他本来想的是:我是最好的和我们是最好的,你们他妈的算是什么东西?可是现在怎么一切都颠倒了呢?被惯坏的孩子就要闹脾气,像北京话里说的要"耍叉"了,不讲理了,要在球场之外去寻报复了,要不择手段地去占住那居强的一端。

这样"耍叉"的孩子,常常也声称不欣赏现实世界的规则,但是留神,这与狂欢精神绝不一样,狂欢是在祈祷全人类的自由,"耍叉"的孩子是要大家都来恭维他和跟随他的主义。也可能他的主义是好的,但也可能他的主义是坏的呢?

五

所以,不如"少谈点主义,多研究点问题",让所有的观点都有表达的机会,旗倒不妨慢举。并非不可以谈主义,但主义之前(或大旗之下)最好先有问题的研究,比如说:英雄和神圣都是什么含义呢？再比如："做人要有尊严"这句话其实什么都没说，因为什么是尊严呢？以及怎么维护这尊严？

　　成功者就一定是英雄，或者反抗者就一定是英雄么？神圣就是轻物利，或者退避红尘独享逍遥？尊严呢，是否单靠一副傲骨，或随时都警惕着一条测量他人冷热的神经？当然不这么简单。比如爱是神圣的，但爱是怎么回事似乎一向还是问题。有一种意见说：爱就够了，不必弄什么清楚。可是不清楚又怎么知道就够了呢？除非是自己够了，但这就又回到废话上。人民也是神圣的，但这样的大旗谁都能打着，贪污和行霸也用得着。不过有时也简单，比如"你们他妈的算是什么玩艺儿"，此言一出即可明白，言者离英雄还远，那很像是自慰的一条计策（阿Q作证），而尊严，却在自以为维护的同时毁坏。所以，研究的项目还多，不忙举旗。

　　不说成功者。因为谁都不大可能永远不碰上失败。说反抗者。足球场上有好几种反抗者。一种已被红牌罚出场外，没什么说的了。一种在场外寻衅施暴，有法律管他，不说也罢。还有一种，以零比九落后着，而且比赛已经到了第八十九分钟，这不是篮球是足球呵——就是说输定了，但十一个反抗者却仍全心全力地踢着，忘生忘死地奔跑，他们的目的从来就不狭隘到只要求战胜对方，他们知道零比九和九比零都是那仪式中的一项启示，生命之途上的一步路程，而每一步路程的前面都是一样的无限——无限的困境和无限精彩的可能，这才是英雄的反抗者吧。尤其这时，如果九比零领先的一方也有如此领悟，不傲不怠，知道人际的胜负实属扯淡，此十一人与彼十一人都是困境的反抗者和精彩的体现者，这时，狂欢精神就全面地回来了。已经开始退场的球迷不是真正的球迷，他们看不见是什么回来了，而依然呐喊或呆望着的球迷是神圣的球迷，他们知道。

零比九是一个夸张。

但狂欢精神是怎样回来的？从哪儿，和经历了什么才回来？如果它回来了，必是因为这样的发现：我们是世界，我们是孩子，我们是注定的困苦，和注定的爱与美的祈盼。

六

说到精神的胜利，人们马上会想起阿Q，似乎那是未庄这一位农民的专利。真是天大的误会。其实哪一种胜利不是最后落实在精神上呢？单单落实在物质上的胜利倒要狭隘得多了。精神胜利者并不都是阿Q，因为并非人人都把癞头疮去作胜利的基础，更不为自己的虱子比王胡的小些而愤愤。

不久前的"美洲杯"上，巴西靠"上帝之手"赢了阿根廷，赛后记者就这个球去问巴西队的感想，巴西队里竟有人说"去问他们的马拉多纳吧"，意思是说鼎鼎大名的马拉多纳也曾靠一个手球，为阿根廷队淘汰过英国队。我一向是巴西队的球迷，不因其冠军得的多，而因其把足球踢得潇洒美丽出神入化，但这一回真让千里万里之外的这一个巴西队的球迷为之羞愧。"上帝之手"有时难免，但上述回答真是有点阿Q的心理了。

这便想起足球场上还有一种反抗者，他们怎么也不能镇静地面对失败。他们的球队是最好的球队——这是他们立场的前提，不容怀疑也不容讨论的，于是失败就只好归咎到裁判头上去。毫无疑问，对裁判的错误应当揭露。但是这一种反抗者对裁判的错误一般采取两种截然相反的态度：利于对方则暴怒，利于自己则窃喜，暴怒时他们要问公理何在？窃喜时他们心想彼此彼此什么他妈的公理？这真正是矫情。

矫情的结果是并不能让自己进步，贬损对方吧，又不真能使对方溃退，想来想去还是那个裁判讨厌。但是把那个讨厌的裁判骂也骂过了，形势仍不乐观。于是便时有贿赂裁判的事件发生，这倒是未庄那一位穷汉未及学成的计策。

文学界经常也能看见这样的矫情，总也盼不到赞誉和畅销的时候，便去骂"评论家"和读者，或者转而去贿赂他们，当然不是用金钱，而是用文思（或文风）去向"评论家"和市场靠拢。雄心再大一些的则去化验获诺贝尔奖的丹方，说是得有这一味得有那一味中国人才可能获那大奖，少了这一味缺了那一味则是皓首穷经也必名落孙山的。结果弄得人无所适从，翻箱倒柜找故事，掘地三尺挖古董，中西大菜满汉全席都上了桌，还是无济于事。怎么回事呢？很可能就在忙着化验他人之丹方的时候，把自己最重要的东西丢了：心魂。而那里面才是无限的辽阔，无穷的丰富，有不尽地创造的可能呀。其实文学和足球一样，根本是在困惑和狂欢时的领听，立足于地而向苍天的询问，魂游于天而对土地的关怀。奖者，一种有趣的标记而已。对于真正的球迷，零比零的结果并不表明九十分钟的无味或多余。

七

如果我是外星人，我选择足球来了解地球的人类。如果我从天外来，我最先要去看看足球，它浓缩着地上人间的所有消息。

比如人对于狂欢和团聚的需要，以及狂欢和团聚又怎样演变成敌视和隔离，这已经说过。再比如它所表达的个人与群体的相互依赖，二十二个球员散布在场上，乍看似无关联，但牵一发而全身动，那时才看出来，每一个精彩点都是一个美妙结构的产物，而每一次局部失误都造成整体意图的毁灭。比如说，它的变化无穷正好似命运的难于预测，场上的阵势忽而潮涌忽而潮落，刚还是晴天朗照，转眼却又风声鹤唳，每一个位置都蕴含着极不确定的动向，每一个人都具"波粒二重性"，每一个点和每一个点之间的关系都有无限的可能，真正是测不准，因而预测足球的胜负就像预测天气变化一样靠不住，一个强队常常就被一支弱旅打得一败涂地，这在其他比赛中是少见的。又比如它的胜败常具偶然性，你十次射门都打在门柱上，我一次捡漏就致你于死地。而射在门柱上的那个球，只要再往里偏一公分就可能名垂球史，可这一公分其实就由于气流一阵细微的改变。那一次捡漏呢，则是因为对方的跑位也只差了一公分，这一公分的缘由说不定可以从看台上一位妙龄少女的午餐中去找。谋事在人成事在天，智者千虑也把捉不住偶然性的乖戾，于是神神鬼鬼令人敬畏。这都与我们的命运太相似了。接着，外星人还可以在这儿受到法制启蒙，他会看出要是没有那位黑衣法官，这球赛就没法进行，他尤其会看出在诸条规则中不准越位是最根本的一条，否则大家都去门前等着射门，地球上就可能只剩下溜门撬锁的小偷和蒙面入室的大盗了。外星人还能在这儿看见警察（星星点点散布在各处），认识官员（稀稀落落坐在主席台上），了解商业（四周的广告牌），粗通建筑（钢筋水泥的体育场），探知艺术的起源（看台上情不自禁的歌舞），发现贫富之别（票价不同因而所占位置各异），发现门派之盛，相互间竟至于睚眦必报、拳脚相加、水火难容……总之，几乎人间所有的事物在这儿都有样品，所有的消息在这儿都有传达。

这个与人间同构的球场，最可能成为人间的模型或象征，刺激起人的种种占有欲，倘占有落空，便加倍地勾引起平素积蓄的怨愤，坏脾气就关不住闸门。爱的祈望并不总比恨的发泄有力量。如果地球世界的强权、歧视、怨恨和复仇依然长寿，当然足球世界就最易受到浸染，足球场上就最易出现殴斗和骚乱。

八

也许外星人最后还会看出一件事：在足球和地球上，旗幡林立的主义中，民族主义是最悠久也最坚固的主义，是最容易被煽动起来的热情。

坐在看台上，我发现我的热情也渐渐地全被立场控制，很难再有刚一进来时的那种狂欢的感动，也顾不上去欣赏球艺，喜与忧全随着中国队的利与不利而动。只要中国队一拿球便是满场的喝彩，只要意大利队一攻到禁区便是四起的嘘声。这无可厚非。但是这样的热情进一步高亢，殴斗和骚乱就都有了解释。这样的情绪倘再进一步走出足球场，流窜到地球的各个角落，渗透进人类诸多的理论和政策中去，冷战、热战，还有"圣战"也就都有了根据。

民族主义其实信奉的是"老子天下第一"，"老子"难免势单力薄，明摆着不能样样居强，这才借了"民族"去张扬。但若"老子"的民族也不能样样居强呢，便又很容易生出民族自卑感，自卑而不能以自强去超越，通常的方略就是拉出祖宗的光荣来撑腰，自吹自擂自慰都认作骨气。其实，这样的主义者看重的也一定不是民族，倘自家闹出争端，民族也就无足轻重。不信就请细心注意,一到了没有外族之时他就变成地方主义,一到了没有外地之时他就变成帮派主义,三人行他提倡咱俩,只剩下咱俩事情就清楚了:我第一,你第二。

当然你不能不让谁认为自己正确,和坚持自己认为的正确(他说不定真就是天下第一呢?),但正确得靠研究的结果说话,深厚的土地上才是插牢一面大旗的地方。比如说"把什么和什么开除出文学正堂",但是,由谁来圈定正堂的方位呢?开除一事又该由谁来裁决?恐怕谁都不合适。"正堂"和"开除"都在研究问题的气氛中自然发生,就像人们自然会沐浴清泉而排除污水,绝非可以毕其功于一面大旗的。

其实我们从幼儿园里就受过良好的教育:诚实,谦虚,摆事实讲道理。我们在学校里继续受着良好的教育:以他人之长补自己之短。怎么长大成人倒变糊涂?是的是的,这世界太复杂,不可不有一点策略,否则寸步难行。但这不应该妨碍我们仍然需要看清一个真理:无论是民族还是主义,也无论是宗教还是科学,能够时时去查看自己的缺陷与危险的那一个(那一种)才有希望。

九

但是,谁总能那么冷静呢?况且,大家若一味地都是沉思般地冷静着,足球也不好玩,日子也很难过。不让激情奔涌是不行的,如同不让日走星移四季更换。不是足球酿造了激情,是激情创造了足球。激情是生之必要,就像呼吸和睡觉,不仅如此,激情更是生之希望,是善美之途的起步。

但是,什么才能使这激情不掉进仇视和战争呢?(据说,南美有两个国家曾因足球争端引发过一场真刀真枪的战争。)是苦难。不管什么民族和主义,不管怎么伟大和卑微,都不可能逃开的那一类苦难。

我又回忆起一九七六年地震时的情景,那时的人们既满怀激情又满怀爱意,一切名目下的隔离或敌视都显出小气和猥琐,惟在大地无常的玩笑中去承受生死的疑问,疑问并不见得能有回答,但爱却降临。只可惜那时光很短暂。

看来苦难并不完全是坏东西。爱,不大可能在福乐的竞争中牢固,只可能在苦难的基础上生长。当然应该庆幸那苦难时光的短暂,但是否可以使那苦难中的情怀长久呢?

长久地听见那苦难(它确实没有走远),长久地听见那苦难中的情怀,长久地以此来维护激情也维护爱意,我自己以为这就是宗教精神的本意。宗教精神当然并不等于各类教会的主张,而是指无论多么第一和伟大的人都必有的苦难处境,和这处境中所必要的一种思索、感悟、救路。万千歧途,都是因为失去了神的引领。这里说的神,并非万能的施主,而是人的全部困苦与梦想、局限与无限的路途,以及零比九时的一如既往,和由其召唤回来的狂欢。

1995 年 9 月 6 日
10 月 10 日再次修改

私人大事排行榜

> 这半个世纪留给了我们些什么？你能说出这半个世纪对你而言的一件或十件大事吗？当然，当你收到这份组稿函时，你就已经知道了这里所谓的"大事"，纯粹是就个人的思想经历而言的。
>
> ——引自《1999 独白》组稿函

一、于我而言，本世纪下半叶的头一件大事，自然是我的出生。因为这是一切于我而言的经验和意义（包括"本世纪下半叶"这样一个概念）的前提，是独白的不容商量的出发点。

由于我的出生，世界开始以一个前所未有的角度被观察，历史以一个前所未有的编排被理解，意义以一次前所未有的情感被询问。尽管这对他人来说是一件微乎其微的小事，对历史来说是一个完全可以忽略的小小颤动，但那却是我的全部——全部精神际遇的严峻。佛家有一说：杀一生命，等于杀一世界。那么，一个生命的出生也就是一个世界的出生了，任何个人，都是独一无二的世界。

有一年，由报纸传来了一个消息：地球上已经活着五十亿个人了。我不曾计算这是第几件，但是我立刻相信这是一件大事：五十亿个世界中有多少被忽略的严峻呢？但可以肯定，五十亿个世界之间，有着趋近无限的相互沟通的欲望。

二、沟通的欲望，大约可算作第二件大事。当出生不由分说地把我局限在纷纭历史和浩瀚人群中的一个点上以来，我感到，我就是在这样的欲望中长大的；我猜测别人也会是这样。我说**"大约可算作第二件大事"**，是因为我预料这可能还是最后一件大事：这个欲望会毫不减弱地跟随我，直到生命的终点。

然而，沟通的欲望，却暗含了沟通的悲观处境：沟通既是欲望和永远的欲望，这欲望就指示了人之间的阻障和永远的阻障。人所企盼的东西必不是已经成为现实的东西，人之永久的企盼呢，当然就表明着永久的不可实现。

不久前我参加了一次文学讨论会，题目就是"沟通，……"，但就在这样一个美好的题目下，语言这个老奸巨猾的魔术家（抑或水性杨花的风流娘们儿）略施小计，就把一群安分与不安分的作家搞得晕头转向。我看见：语言的阻障，就像语言的求生一样坚强。我听见：同操汉语的讨论者们，谁也没有真正听懂谁的话，在几乎每一个词上都发生不止一个误解。我感到：这些误解是解释不清的，至少我不知道怎样才能解释清楚，因为在解释的过程中，你不得不又去求助那些狡猾的语言，继续繁衍同样多的误解。那一刻，我对语言甚至有了鲁迅先生对阿 Q 的那种情绪：怒其不争，怜其不幸。

确实，人一直是在解释的路上，且无尽头。事实上，未必是我们在走路，而是路在走我们，就像电路必要经由一个个电子元件才成其为一个完整的游戏。上帝在玩其莫测高深的"电路"，而众人看那游戏，便有了千差万别的指向或意味。写作（或文学）自然也就是这样，惟一可能的共识就是这条路的没有尽头，而每个路口或路段都是独特的个人的命运，其不可替代性包含着相互不可彻底理解的暗示。

沉默就常常是必要的。沉默可以通向有声有形的语言所不能到达的地方，就像浪，舒缓下来，感悟到了水的深阔、水对浪的包容、水于浪的永久的梦想意义。

三、因此梦想成为第三件大事。但并不是第三等大事——好比排在元帅之后的上将，不，梦想也是元帅，第三位元帅倒可能是最能征善战的一位。

沟通，在现实那儿不受重用，便去投在梦想的麾下。

想一想，人可能实现的事物都有什么呢？无外乎衣食住行、生老病死、劳作与繁衍。而这一切，比如说荒野上的狼群和蜂族也都在一一执行，代代相传。一旦破出这个范围，则必发现：已是在梦想的领地。想一想吧：果腹之后的美食，御寒之外的时装，繁殖之上的爱情，富足之下的迷茫，死亡面前的意义，以及眺望中的远方，猜测中的未来，童年的惊奇与老年的回忆……人更多的时候是在梦想里活的。但人却常常忘恩负义，说梦想是最没有用处的东西。"做梦！"——这不是斥责便是嘲讽，否则是警告。但是，倘无梦想——我曾在另外的地方写过类似的话——人又是什么呢？电脑？机器？定理？程序？布设精确的多米诺骨牌？仪态得体的五十亿蜡像？由于电脑的不可一世，我们终于有机会发现，人的优势只有梦想了。有了梦想，人才可以在无限的时空与未知的威慑下，使信心得着源泉，使未来抱住希望，使刻板的一天二十四小时有其变化万千的可能。简而言之，它有无限的未知，我有无限的知欲；它有无限的阻障，我有无限的跨越阻障的向往；它是命定之规限，我是舍命之狂徒。这就是可尊可敬的梦想，是梦想可以欢笑的理由。

在没有终点的路上，可否说，沟通（以及一切属于精神的向往)已在梦想中实现了呢？但不是实现**了**，而是实现**着**。永远地实现着，不是更好么？我时刻感到，梦想是人生惟一乐观的依仗，尽管你也可以说这里面藏着无可奈何的因素。但是若问：梦想终于把我们送去何处？这就显得有点智力迟钝，它既无终点，当然是把我们送去对梦想的梦想，送去对梦想的爱戴与跟随。

四、关于梦想的意义，没有谁比加斯东·巴什拉在其《梦想的诗学》(刘自强译)中说得更好。我信手捡几句抄在这里(抄它，本身就有一种梦想的快乐)：

> 面对真实的世界，人们能在自己身上发现那忧虑的本体存在。那时他们感到被抛到世界上，被抛到消极无人性的世界里，这时的世界是杳无人性的虚无。这时，我们的现实机能使我们不得不去适应现实，不得不把自己作为某种现实建立起来……但是梦想就其本质而言，不正是要把我们从现实的机能中解放出来吗？

> 由于非现实机能的巧妙性，我们通过想象回到信任的世界，有自信的生存世界，梦想固有的世界。

> 爱是两种诗情的相逢，两种梦想的融会……两颗孤独心灵的梦想滋润着温馨的爱情。一位对爱的激情持现实主义态度的人在爱情的表达中只能看到一种窠臼。但是伟大的激情仍然从伟大的梦想产生。如果将爱情与其整个非现实的性质相分离，那么爱情的现实性便会被破坏殆尽。

童年持续于人的一生，童年的回归使成年生活的广阔区域呈现出蓬勃的生机。……当梦想为我们的历史润色时，我们心中的童年就为我们带来了它的恩惠。必须和我们曾经是的那个孩子共同生活……从这种生活中人们得到一种对根的认识，人的本体存在这整棵树都因此而枝繁叶茂。

记忆是心理的废墟，是回忆的旧货铺。应该重新对我们的整个童年进行想象。在重新想象童年时，我们有可能在孤独孩子的梦想生活本身之中再发现这一童年。

因此，让我们不按数字去梦想，梦想我们的青年时代、童年时代。啊！这些时代已经远去！我们内在的千年如此古远！那属于我们的，在我们身心中的千年，几乎行将吞没先于我们的存在！当人深入梦想时，会永远无休止地开始。

对宇宙的梦想使我们离开有谋划的梦想。对宇宙的梦想将我们放在一个天地中而不是一个社会里。……那会是一种心灵状态……那是整个心灵与诗人的诗的天地的全盘表露。

想象力致力于展示未来。它首先是一种使我们摆脱沉重的稳定性羁绊的危险因素。……这些遐想拓宽了我们的生存空间，并使我们对宇宙充满信心。

是呵，尽管很快乐，但是不能再抄了，否则这篇文章到底算是谁写的呢？——这是一个挺无聊的现实概念，但你不能不记住它，因为我们不得不把自己作为某种现实建立起来。

五、电脑是一件大事吗？暂时还不是，它还只是一种很好用的小机器。但它将来也许是，倘其也有了梦想那才真正是一件大事。要是它有一天梦想着消灭人的梦想，试图与我们调换一下位置，那才是一件可怕的大事。它又吟诗又作画又谈情说爱，而我们呆在一个小箱子里被标明型号被叫做"信息高速公路"，那事儿可就大了。我们唧唧吱吱地在地上跑，唧唧吱吱地在天上飞，唧唧吱吱地在太空中传递，被压扁成为图像，被押长成为数据，被拷贝得千篇一律，被贮存得规规矩矩，被调动得奴颜婢膝，然后我们损坏，过时，成为有害的垃圾去污染上帝的田园……

不见得没有这样的危险。

记不得从本世纪下半叶的哪一天起了，信息成千上万倍地增殖，成千上万倍地加速，在人的大脑里占据越来越多的空间，广告词顶替着儿歌，股市情报充当起神话，童年成了游戏机的赞助人，晚年成了电视机的守望者，而人们还在喜气洋洋地奔走相告："信息就是财富"，"未来的天下乃信息之天下"，"谁占有的信息越多，谁就越是这世界上的强者（强国，强族，强商，强集团，强男人与强女人）"。这样下去，生性好强的人们，为什么无限的信息不可能把你们有限的大脑占满呢？凭什么去指望它们善良厚道，不把你们的梦想删除，不把你们生命的神奇篡改呢？

危言耸听！

——很高兴听见这样的呵斥。为了它永远有理由遭此呵斥，本世纪下半叶的大事记中，应该保留这类耸人听闻的危言。

事实上那类很好用的小机器已经开始不把我们当人了。比如：它们才不想把体育奉为人之梦想的仪式呢，它们才不想把艺术辟为心之沟通的无限机会呢，它们只想把我们好歹归置进程序里去，发射到利润里去，把歌星、影星、体育明星一律推行为广告的宿主。据说猴子是因为懒怠下树而终未取得做人的机会，我常猜想：耗子呢？耗子准是因为被信息挤掉了梦想而将做人的机会得而复失的。耗子们，无论攫食、安居、衍子、预警、备荒、避险、扩张……其能力之高妙，不能不使人相信它们有着卓越的信息交通，与人相比它们只是搞丢了梦想（鬼知道丢到哪儿去了），故而它们一味盯住地上，从不看天一眼。

六、因而想到一件事，不知算大算小。有一回我冲口说出：人与人的差别大于人与猪的差别。在场的人撇嘴或喷饭，嘲笑：这不过是一个无聊的调侃。我一时糊涂，也就犹豫。当时我真该多想一想：此一相信与彼一嘲笑之间的差别，或此一无聊与彼一英明之间的差别，难道是人与猪之间可能有的差别？这岂不正是我之相信的确切证据吗？我绝没有想说谁是猪的意思，也许倒是我长了一份猪脑子。

大约没有人会反对：人与猪的差别，根本在于人思想，猪不思想。至于其他官能，人与猪则大同小异（听说，已有人试图把猪的，除大脑以外的器官往人身上移植了。我感觉他们终会成功）。那么就是说，只要能证明思想与思想的差别大于思想与不思想的差别，也就证明了人与人的差别大于人与猪的差别了。可这还需要证明吗？不思想的猪固定为人间的一道大菜，而思想却是思想永远摸不透的邻居，人才是人的无常处境。举个例子：人喂猪，猪顶多以为那是爱它,绝不会有人的灵动,猜这未必不是个圈套。猪以其肉喂人呢,猪惟遭一回惊吓或抱一阵冤屈,断不会生出"奉献"之豪情或"苦肉"之诡计。再举几例,你想绕过一面墙,绕就是了,目测好它的长宽高不去碰它就好,它以其长宽高表明它对你的全部阻碍,绝不至于中途变卦。你想躲开一棵危然欲倾的树,只要看明它倾倒的方向即可以平安,不必像逃避一条人间的大棒,到底搞不清它从上下左右何处下手。如是等等。

这当然不是说,我就相信人不如猪好,进而去发"当人不如当猪"的牢骚。我只是说,人之复杂的欲念,乃由上帝之复杂的嗜好所牵动,绝非人的自以为足够复杂的智力可以全知,别以为有什么伟大的公式、主义或旗手,可以令其交出全部秘密。老子——我以为那是他在表扬人的时候——说:知不知为上。浪漫些想:若在天国的动物园,有一栏叫做人的生物展出,诸神会否送给他们一个俗称呢?如果送,料必就是这"知不知",相仿于麋鹿的俗称是"四不像"。

但是,听"知不知"们讨论起随便什么问题(比如文学)来,你又会觉得,单此一个"知不知"远不够概括这一物种的特点,完全有必要在(王朔先生已经留意到的)写有"动物凶猛"的地方,换上尼采先生的发现:权力意志。确实,其凶猛盖由于此。因为,你慢慢听吧,那里面常常只有一句话:(文学,或者随便什么)当如此,不当如彼,如此者当助其昌隆,如彼者则莫如早早扼其于摇篮。当然,人有这样自由地思想与表达的权利,但幸好止于权利,倘变成权力呢?尤其要是在灿烂的旗帜上飘舞呢?

这样的时候,我就更加地相信了:人与人的差别大于人与猪的差别,以及这样一种警醒多么有益于心情的健康。

文思之不同，恰如命运之大异，怎么能把它们捆到一条路上去呢？你比上帝高明吗？潇洒一生的人看不懂坎坷一世的心，屡屡遭殃的命进入不了好运频逢者的联翩妙想，人之间有着无形的永固的墙。人们都是在一条条无形且永固的巷子里走，大多时候，其情其思隔墙隔巷老死难相往来。世界真大，墙与巷多到不可计数。世界其实小，谁若能摸住三五面墙走进三五条巷也就不坏。这世界真是很糟糕吗？但上帝造它时，看这是好的，才这样成了。上帝却让通天塔不成，——这肯定是一个伟大的寓言：人的思路一旦统一，人就要变成魔鬼手中的小机器了。这大约，不，这肯定是上帝与魔鬼的一次赌博：上帝说他创造的是一场无穷无尽、美不胜收的舞蹈；魔鬼说不，你等着看我怎么把他们变成一群呆头呆脑、丑不堪言的小玩偶吧。

七、有两件似乎很大的事，我百思而终未得到哪怕稍稍可以满意的回答。

其一：人应该更崇尚理性呢，还是更尊重激情（最勇敢可爱的，到底是哪一个？呵，山楂树呀，请你告诉我。）？最好是鱼与熊掌兼得——但这不是回答。理性之为理性，就因为它要限制激情，继而得寸进尺还会损害激情、磨灭激情。激情之为激情，就因为它要冲破理性，随之贪得无厌还要轻蔑理性甚至失去理性（山楂树下统共这么两位可爱的青年，你到底要哪一个？）。但是你抛弃哪一个似乎都不可能，首先（姑娘呵）你忧郁地想念（他）它们，这就是激情；其次，你犹豫不决地选择，这就是理性。是呀，没有激情，人原地不动地成了泥胎，连理性也无从发展；丧失理性，人满山遍野地跑成兽类，连激情的美妙也不能发现、不能享受。这便如何是好？我想：姑娘她这么苦着，真是理性的罪行，否则她闭上眼睛去山楂树下摸一个回来，岂不省事？我又想：姑娘她这么苦着，实乃激情的作恶，否则她颈上套一串珠子远远地躲开山楂树，不就结了？或者我还想：这完全是那两个青年的责任，他们为什么不能有一个坚具理性慨然告退，而另一个饱富激情冲过来把姑娘抱回家去！——但这无论是对姑娘，对两个青年，还是对我自己，都像似什么也没回答。

其二：人应该保留欲望呢，还是应该灭断欲望？不要欲望，亿万泥胎实际就已经掉进魔鬼的陷阱，甚至比这还要糟。鸟不叫云不飞，风不动心不摇，恶行灭尽善念不生，没有欲望则万物难存，甚至宇宙也不再膨胀，那是什么？有一种说法：那是一种凡夫俗子无从想见的美妙世界。——但是，这已经动了欲望，不过更为奢侈些罢了。看来还是得大大方方地保留欲望。可是，欲望不见得是一种甘于保留的东西，欲望之为欲望，注定它要无止境地扩展。但是，看看河流已经让它弄成了什么吧，看看草原、森林、海洋、土地和空气……都让它作践成了什么，地球千疮百孔空乏暗淡已经快被榨干了！那么，保留欲望同时限制欲望，如何？呵，这是不是又回到"其一"的逻辑里去了？限制的边界划到哪儿，划到什么地方什么时间？就是说欲望，应该到什么地方停下，什么时候截止呢，止以后呢，咱们干吗？咱们可不是一群傻瓜，能把一件玩具来回来去玩上一辈子。咱们总是要看看边界(不管什么边界)之外的奇妙。看看就够了？不行，还要拿来。拿来就够了？不行，我们总是看见边界就总是想越过边界。有人说：远游或探险，与窃盼外遇同出一源。又有俗话：男人不坏，女人不爱。真是真是，谁会爱一个没有好奇心、想象力和创造欲的呆子呢？呆子不坏但不可爱，聪明的家伙可爱但可能坏，女人们的这份难处很像上帝的难处：把地球给泥胎去做花园呢，还是请欲望横生的人们去把它变成垃圾站？

八、我以为我终于听懂了人性恶。

说"人之初性本善"，恶行都是后天土壤的教唆，这很像是说种瓜得豆，种豆得海洛因。人性恶，当然也并非是说，人这种坏东西只配铲除，而是说人性中原就埋着险恶。

还说"权力意志"吧。陈鼓应先生宁可把它译为"冲创意志"，认为尼采的本意是指人的创造力，而不是指世俗的权力，并引了尼采的原话，证明他是蔑视权势的。而章国锋先生相信还是"权力意志"译得正确，说尼采认为"权力意志是一种无法遏止的追求权力和占有的欲望，存在于世界万物之中，是世界的本质和存在的基础"。说"事实上，尼采所说的权力不仅指世俗权力，更重要的是指精神权力，即在精神上压倒、征服别人，从而取得控制、支配、统治别人的权力"。尼采的原意到底是什么，当是专家的讨论，我没有资格作判断。但我注意到了章国锋先生的这一句话："维持生存、追求发展和渴求控制异体是权力意志的两种本质。"我倾向这句话。于是想到：我们赞美梦想，崇尚创造，同时提防欲望，但梦想、创造和欲望实为一母同胞。我虽然相信尼采的原意是要鼓动人的创造与超越，但"冲创"的本性中肯定携带了"权势"的基因。

记得诗人西川有一首诗，写笼中之豹的美丽生动，我已记不住原句，但我记住了那很像是人性的注脚与警示：绚耀的皮毛，浪动的脚步，警敏的眸光贮满勃勃生气，但是别忘了铁栏——千万别忽略它。唉，我们如何走去看那美丽与生动呢？要么把它关进笼中，要么把自己关进笼中,走近它,中间隔着铁栏,去看它,赞美它和倾向它。否则,我们若不想成为猎物,就只好去做杀手。

战争的概念,绝不限于刀枪与火药、导弹与核武器——比这悠久并长命的战争是精神的歧视、心灵的戕害。陀思妥耶夫斯基的《地下室手记》中的那个"我",即这类战争的受害者与继承人。本世纪末,有"话语霸权"的消息传来,有新一轮的反抗热情兴起,但慢慢听去,都还是来自"控制异体"的古老恨怨。

九、于是我又碰见一件想不大懂的大事——"价值相对主义"。

是呀,如果价值真理是绝对的、独尊的,它一向都应该由谁来审查和发布呢?霸主的宝座虚位以待,众人有幸可以撞上一位贤哲,倘事不凑巧,岂不又在魔鬼掌中?何况——"价值相对主义"说——真理压根儿就是:此一时也彼一时也,此一地也彼一地也,或时过境迁,或入乡随俗,绝难以一盖全。譬如:西方有西方的价值理想,东方有东方的传统信念,凭什么要由你或者他说了算?可是我却总也想不明白:西方是谁?东方又是谁呢?西方有很多国度有若干亿人,东方也有很多民族有若干亿人,一国又有若干省,一省又有若干市、县……如此仔细地"相对"下去,只好是每人一面旗,各行其是去吧。

我有时觉得应该赞成这样的主张。每个人有每个人的梦,本来就是别人管不了的事。每个人有每个人惬意的活法,本来就不该遭受谁的干涉。每个人有每个人的爱情,虽可能有失恋的苦果,但绝不容忍谁来包办一份"甜食"。但我又想,这肯定行不得长久。孤独的旗上早晚还要飘起沟通的渴望,便是玄奥的禅语,不也还是希望俗众悟出其公案的含意？各行其是的人们呢，终于还会像最初那样谋求协作，但协作必要有规则，而规则的建立能不赖于价值的共识？

人呀，这可是在上帝的园中跳那永恒的舞蹈呢？还是中了魔鬼的符咒，在宇宙中这块弹丸之地疯牛一样地走圈儿？

十、大事很多，愚钝如我者，没弄懂的，弄不懂的，以及没弄懂而自以为弄懂了的大事就更多。但按"排行榜"的惯例，以十为限。那就把最后的机会用以说明：在各种大事上，我是乐得让别人开导一番乃至教训一顿的。当然这不意味着盲从，在没听懂别人的意思之前，我还得保留自己的糊涂，总也听不懂呢，就只好愚顽不化——这像是没有第二种逻辑可供替换的事。跟好多人一样，我是想说话的，想说自己想说的话，也想听别人的话，甚至想听自己不喜欢的话。我很可能既是一个"价值相对主义者"，又是一个"非价值相对主义者"。比如：爱情，——这件事我固执己见，不听外人劝告，我相信劝告者并没有弄懂我是怎么一回事，否则他就不会劝告。再比如：还是爱情，——这件事你又不能一意孤行，必得听懂对方的意思，倘对方说——"请你走开"，而你偏闭目自语——"这不是我的习惯"，岂不是要把一番好意弄成了性骚扰？是呀，爱情，真是妙，这是你个人的不容干涉的梦想，但其中又必要有一个他者，他者的必要恰说明对话的必要，否则爱情倒又是为哪般？看过许纪霖先生的一篇文章，题目很长，但记得其中有"独白，还是对话"之句。于是想：在爱情中正如在人世间，便是独白，也仍是对话的结果与继续。

所以我知道，沟通是我至死的欲望，虽然它总在梦想之域跋涉。所以,我又知道:永存梦想的人间,比全是现实的世界,更能让我坦然对死——这就像你在告别故乡的时候,是仍然怀念她,还是已经不想再来。

1996 年 9 月 7 日

说死说活

一 史铁生≠我

要是史铁生死了,并不就是我死了。——虽然我现在不得不以史铁生之名写下这句话,以及现在有人喊史铁生,我不得不答应。

史铁生死了——这消息日夜兼程,必有一天会到来,但那时我还在。要理解这件事,事先的一个思想练习是:传闻这一消息的人,哪一个不是"我"呢?有哪一个——无论其尘世的姓名如何——不是居于"我"的角度在传与闻呢?

二 生=我

死是不能传闻任何消息的——这简直可以是死的鉴定。那么,死又是如何成为消息的呢?惟有生,可使死得以传闻,可使死成为消息。譬如死寂的石头,是热情的生命使其泰然或冥顽的品质得以流传。

故可将死作如是观:死是生之消息的一种。

然而生呢,则必是"我"之角度的确在,或确认。

三 无辜的史铁生

假设谁有一天站在了史铁生的坟前,或骨灰盒前,或因其死无(需)葬身之地而随便站在哪儿,悼念他,唾弃他,或不管以什么方式涉及他,因而劳累甚至厌倦,这事都不能怨别人,说句公道话也不能怨史铁生,这事怨"我"之不死,怨不死之"我"或需悼念以使情感延续，或需唾弃以利理性发展，总之，怨不死的"我"需要种种传闻来构筑"我"的不死，需要种种情绪来放牧活蹦乱跳的生之消息。

四　史铁生≈我使用过的一台电脑

一个曾经以其相貌、体型和动作特征来显明为史铁生的天地之造物，损坏了，不能运作了，无法修复了，报废了，如此而已。就像一只老羊断了气而羊群还在。就像一台有别于其他很多台的电脑被淘汰了，但曾流经它的消息还在，还在其曾经所联之网上流传。史铁生死了，世界之风流万种、困惑千重的消息仍在流传，经由每一个"我"之点，联接于亿万个"我"之间。

五　浪与水＝我与"我"

浪终归要落下去，水却还是水。水不消失，浪也就不会断灭。浪涌浪落，那是水的存在方式，是水的欲望（也叫运动），是水的表达、水的消息、水的联接与流传。哪一个浪是我呢？哪一个浪又不是"我"呢？

从古至今，死去了多少个"我"呀，但"我"并不消失，甚至并不减损。那是因为，世界是靠"我"的延续而流传为消息的。也许是温馨的消息，也许是残忍的消息，但肯定是生动鲜活的消息，这消息只要流传，就必定是"我"的接力。

六　永远的生＝不断地死

有生以来，你已经死掉了多少个细胞呀，你早已经不是原来的你了，你的血肉之躯已不知死了多少回，而你却还是你！你是在流变中成为你的，世界是在流变中成为世界的。正如一个个音符，以其死而使乐曲生。

赫拉克利特说"一个人不能两次踏入同一条河流"，但是，一条河流能够两次被同一个人踏入吗？同样的逻辑，还可以继续问：一个人可以一次踏入同一条河流吗？

七　永恒的消息

但是，总有人在踏入河流，总有河流在被人踏入。踏入河流的人，以及被踏入的河流，各有其怎样的尘世之名，不过标明永恒消息的各个片段、永恒乐曲的各个章节。而"我"踏入河流、爬上山巅、走在小路与大道、走过艰辛与欢乐、途经一个个幸运与背运的姓名……这却是历史之河所流淌着的永恒消息。正像血肉之更迭，传递成你生命的游戏。

八　你在哪儿？

你由亿万个细胞组成，但你不能说哪一个细胞就是你，因为任何一个细胞的死亡都不影响你仍然活着。可是，如果每一个细胞都不是你，你又在哪儿呢？

同样，你思绪万千，但你不能说哪一种思绪就是你，可如果每一种思绪都不是你，你又在哪儿呢？

同样，你经历纷繁，但你不能说哪一次经历就是你，可如果每一次经历都不是你，你到底在哪儿呢？

九　无限小与无限大

你在变动不居之中。或者干脆说，你就是变动不居：变动不居的细胞组成、变动不居的思绪结构、变动不居的经历之网。你一直变而不居，分分秒秒的你都不一样，你就像赫拉克利特的河，倏忽而不再。你的形转瞬即逝，你的肉身无限短暂。

可是，变动不居的思绪与经历，必定是牵系于变动不居的整个世界。正像一个音符的存在，必是由于乐曲中每一个音符的推动与召唤。因此，每一个音符中都有全部乐曲的律动，每一个浪的涌落都携带了水的亘古欲望，每一个人的灵魂都牵系着无限存在的消息。

十　群的故事

有生物学家说：整个地球，应视为一个整体的生命，就像一个人。人有五脏六腑，地球有江河林莽、原野山峦。人有七情六欲，地球有风花雪月、海啸山崩。人之欲壑难填，地球永动不息。那生物学家又说：譬如蚁群，也是一个整体的生命，每一只蚂蚁不过是它的一个细胞。那生物学家还说：人的大脑就像蚁群，是脑细胞的集群。

那就是说：一个人也是一个细胞群，一个人又是人类之集群中的一个细胞。那就是说：一个人死了，正像永远的乐曲走过了一个音符，正像永远的舞蹈走过了一个舞姿，正像永远的戏剧走过了一个情节，以及正像永远的爱情经历了一次亲吻，永远的跋涉告别了一处村庄。当一只蚂蚁（一个细胞，一个人）沮丧于生命的短暂与虚无之时，蚁群（细胞群，人类，乃至宇宙）正坚定地抱紧着一个心醉神痴的方向——这是惟一的和永远的故事。

十一　我离开史铁生以后

我离开史铁生以后史铁生就成了一具尸体,但不管怎么说,白白烧掉未免可惜。浪费总归不好。我的意思是:

1. 先可将其腰椎切开,看看到底那里面出过什么事——在我与之朝夕相处的几十年里,有迹象表明那儿发生了一点儿故障,有人猜是硬化了,有人猜是长了什么坏东西,具体怎么回事一直不甚明了。我答应过医生,一旦史铁生撒手人寰,就可以将其剖开看个痛快。那故障以往没少给我捣乱,但愿今后别再给"我"添麻烦。

2. 然后再将其角膜取下,谁用得着就给谁用去,那两张膜还是拿得出手的。其他好像就没什么了。剩下的器官早都让我用得差不多了,不好意思再送给谁——肾早已残败不堪,血管里又淤积了不少废物,因为吸烟,肺叶必是脏透了。大脑么,肯定也不是一颗聪明的大脑,不值得谁再用,况且这东西要是还能用,史铁生到底是死没死呢?

十二　史铁生之墓

上述两种措施之后,史铁生仍不失为一份很好的肥料,可以让它去滋养林中的一棵树,或海里的一群鱼。

不必过分地整理他,一衣一裤一鞋一袜足矣,不非是纯棉的不可,物质原本都出于一次爆炸。其实,他曾是赤条条地来,也该让他赤条条地去,但我理解伊甸园之外的风俗;何况他生前知善知恶、欲念纷纭,也不配受那园内的待遇。但千万不要给他整容化装,他生前本不漂亮,死后也不必弄得没人认识。就这些。然后就把他送给鱼或者树吧。送给鱼就怕路太远,那就说定送给树。倘不便囫囵着埋在树下,烧成灰埋也好。埋在越是贫瘠的土地上越好,我指望他说不定能引起一片森林，甚至一处煤矿。

但要是这些事都太麻烦，就随便埋在一棵树下拉倒，随便洒在一片荒地或农田里都行，也不必立什么标识。标识无非是要让我们记起他。那么反过来，要是我们会记起他，那就是他的标识。在我们记起他的那一处空间里甚至那样一种时间里，就是史铁生之墓。我们可以在这样的墓地上做任何事，当然最好是让人高兴的事。

十三　顺便说一句：我对史铁生很不满意

我对史铁生的不满意是多方面的。身体方面就不苛责他了吧。品质方面，现在也不好意思就揭露他。但关于他的大脑，我不能不抱怨几句，那个笨而又笨的大脑曾经把我搞得苦不堪言。那个大脑充其量是个三流大脑，也许四流。以电脑作比吧，他的大脑顶多算得上是"286"——运转速度又慢（反应迟钝），贮存量又小（记忆力差），很多高明的软件（思想）他都装不进去（理解不了）——我有多少个好的构思因此没有写出来呀，光他写出的那几篇东西算个狗屁！

十四　一件疑案

在我还是史铁生的时候我就说过：我真不想是史铁生了。也就是说，那时我真不想是我了，我想是别人，是更健康、更聪明、更漂亮、更高尚的角色，比如张三，抑或李四。但这想法中好像隐含着一些神秘的东西：那个不想再是我的我，是谁？那个想是张三抑或李四抑或别的什么人的我，是谁呢？如果我是如此地不满意我，这两个我是怎样意义上的不同呢？如果我仅仅是我，仅仅在我之中，我就无从不满意我。就像一首古诗中说的，"不识庐山真面目，只缘身在此山中"。如果我不满意我，就说明我不仅仅在我之中，我不仅仅是我，必有一个大于我的我存在着——那是谁？是什么？在哪儿？不过这件事，恐怕在我还与史铁生相依为命的时候，是很难有什么确凿的证据以正视听了。

但是有一种现象，似于探明上述疑案有一点儿启发——请到处去问问看，不肯定在哪儿，但肯定会有这样的消息：我就是张三。我就是李四。以及：我就是史铁生。甚至：我就是我。

1996 年 10 月 24 日

病隙碎笔 1

一

所谓命运,就是说,这一出"人间戏剧"需要各种各样的角色,你只能是其中之一,不可以随意调换。

写过剧本的人知道,要让一出戏剧吸引人,必要有矛盾,有人物间的冲突。矛盾和冲突的前提,是人物的性格、境遇各异,乃至天壤之异。上帝深谙此理,所以"人间戏剧"精彩纷呈。

写剧本的时候明白,之后常常糊涂,常会说:"我怎么这么倒霉!"其实谁也有"我怎么这么走运"的时候,只是这样的时候不嫌多,所以也忘得快。但是,若非"我怎么这么"和"我怎么那么",我就是我了吗?我就是我。我是一种限制。比如我现在要去法国看"世界杯",一般来说是坐飞机去,但那架飞机上天之后要是忽然不听话,发动机或起落架"谋反",我也没办法再跳上另一架飞机了,一切只好看命运的安排,看那一幕戏剧中有没有飞机坠毁的情节,有的话,多么美妙的足球也只好由别人去看。

二

把身体比作一架飞机,要是两条腿(起落架)和两个肾(发动机)一起失灵,这故障不能算小,料必机长就会走出来,请大家留些遗言。

躺在"透析室"的病床上，看鲜红的血在"透析器"里汩汩地走——从我的身体里出来，再回到我的身体里去，那时，我常仿佛听见飞机在天上挣扎的声音，猜想上帝的剧本里这一幕是如何编排。

有时候我设想我的墓志铭，并不是说我多么喜欢那路东西，只是想，如果要的话最好要什么？要的话，最好由我自己来选择。我看好《再别康桥》中的一句：我轻轻地走，正如我轻轻地来。在徐志摩先生，那未必是指生死。但在我看来，那真是最好的对生死的态度，最恰当不过，用做墓志铭再好也没有。我轻轻地走，正如我轻轻地来，扫尽尘嚣。

但既然这样，又何必弄一块石头来作证？还是什么都不要吧，墓地、墓碑、花圈、挽联以及各种方式的追悼，什么都不要才好，让寂静，甚至让遗忘，去读那诗句。我希望"机长"走到我面前时，我能镇静地把这样的遗言交给他，但也可能并不如愿，也可能"筛糠"，就算"筛糠"吧，讲好的遗言也不要再变。

三

有一回记者问到我的职业，我说是生病，业余写一点东西。这不是调侃，我这四十八年大约有一半时间用于生病，此病未去彼病又来，成群结队好像都相中我这身体是一处乐园。或许"铁生"二字暗合了某种意思，至今竟也不死。但按照某种说法，这样的不死其实是惩罚，原因是前世必没有太好的记录。我有时想过，可否据此也去做一回演讲，把今生的惩罚与前生的恶迹一样样对照着摆给——比如说，正在腐败着的官吏们去做警告？但想想也就作罢，料必他们也是无动于衷。

四

生病也是生活体验之一种,甚或算得一项别开生面的游历。这游历当然是有风险,但去大河上漂流就安全吗?不同的是,漂流可以事先做些准备,生病通常猝不及防;漂流是自觉的勇猛,生病是被迫的抵抗;漂流,成败都有一份光荣,生病却始终不便夸耀。不过,但凡游历总有酬报:异地他乡增长见识,名山大川陶冶性情,激流险阻锤炼意志,生病的经验是一步步懂得满足。发烧了,才知道不发烧的日子多么清爽。咳嗽了,才体会不咳嗽的嗓子多么安详。刚坐上轮椅时,我老想,不能直立行走岂非把人的特点搞丢了?便觉天昏地暗。等到又生出褥疮,一连数日只能歪七扭八地躺着,才看见端坐的日子其实多么晴朗。后来又患"尿毒症",经常昏昏然不能思想,就更加怀恋起往日时光。终于醒悟:其实每时每刻我们都是幸运的,因为任何灾难的前面都可能再加一个"更"字。

五

坐上轮椅那年,大夫们总担心我的视神经会不会也随之作乱,隔三差五推我去眼科检查,并不声张,事后才告诉我已经逃过了怎样的凶险。人有一种坏习惯,记得住倒霉,记不住走运,这实在有失厚道,是对神明的不公。那次摆脱了眼科的纠缠,常让我想想后怕,不由得瞑揖默谢。

不过，当有人劝我去佛堂烧炷高香，求佛不断送来好运，或许能还给我各项健康时，我总犹豫。不是不愿去朝拜（更不是不愿意忽然站起来），佛法博大精深，但我确实不认为满腹功利是对佛法的尊敬。便去烧香，也不该有那样的要求，不该以为命运欠了你什么。莫非是佛一时疏忽错有安排，倒要你这凡夫俗子去提醒一二？惟当去求一份智慧，以醒贪迷。为求实惠去烧香磕头念颂词，总让人摆脱不掉阿谀、行贿的感觉。就算是求人办事吧，也最好不是这样的逻辑。实在碰上贪官非送财礼不可，也是鬼鬼祟祟地才对，怎么竟敢大张旗鼓去佛门徇私舞弊？佛门清静，凭一肚子委屈和一叠账单还算什么朝拜？

六

　　约伯的信心是真正的信心。约伯的信心前面没有福乐做引诱，有的倒是接连不断的苦难。不断的苦难曾使约伯的信心动摇，他质问上帝：作为一个虔诚的信者，他为什么要遭受如此深重的苦难？但上帝仍然没有给他福乐的许诺，而是谴责约伯和他的朋友不懂得苦难的意义。上帝把他伟大的创造指给约伯看，意思是说：这就是你要接受的全部，威力无比的现实，这就是你不能从中单单拿掉苦难的整个世界！约伯于是醒悟。

　　不断的苦难才是不断地需要信心的原因，这是信心的原则，不可稍有更动。倘其预设下丝毫福乐，信心便容易蜕变为谋略，终难免与行贿同流。甚至光荣，也可能腐蚀信心。在没有光荣的路上，信心可要放弃么？以苦难去做福乐的投资，或以圣洁赢取尘世的荣耀，都不是上帝对约伯的期待。

七

  曾让科学大伤脑筋的问题之一是：宇宙何以能够满足如此苛刻的条件——阳光、土壤、水、大气层，以及各种元素恰到好处的比例，以及地球与其他星球妙不可言的距离——使生命孕育，使人类诞生？

  若一味地把人和宇宙分而观之，人是人，宇宙是宇宙，这脑筋就怕要永远伤下去。天人合一，科学也渐渐醒悟到人是宇宙的一部分，这样，问题似乎并不难解：任何部分之于整体，或整体之于部分，都必定密切吻合。譬如一只花瓶，不小心摔下几块碎片，碎片的边缘尽管参差诡异，拿来补在花瓶上也肯定严丝合缝。而要想复制同样的碎片或同样的缺口，比登天还难。

八

  世界是一个整体，人是它的一部分，整体岂能为了部分而改变其整体意图？这大约就是上帝不能有求必应的原因。这也就是人类以及个人永远的困境。每个角色都是戏剧的一部分，单提出一个来宠爱，就怕整出戏剧都不好看。

  上帝能否插手人间？一种意见说能，整个世界都是他创造的呀。另一种意见说不能，他并没有体察人间的疾苦而把世界重新裁剪得更好。从后一种理由看，他确是不能。但是，从他坚持整体意图的不可改变这一点想，他岂不又是能吗？对于向他讨要好运的人来说，他未必能。但是，就约伯的醒悟而言，他岂不又是能吗？

和柳青及其母亲梅娘在一起

《记忆与印象》书影

九

撒旦不愧是魔鬼，惯于歪曲信仰的意义。撒旦对上帝说：约伯所以敬畏你，是因为你赐福于他，否则看他不咒骂你！上帝想看看是不是这样，便允许撒旦夺走了约伯的儿女和财产，但约伯的信心没有动摇。撒旦又对上帝说：单单舍弃身外之物还不能说明什么，你若伤害他的身体，看看会怎样吧！上帝便又允许撒旦让约伯身染恶病，但信者约伯仍然没有怨言。

撒旦的逻辑正是行贿受贿的逻辑。

约伯没有让撒旦的逻辑得逞。可是，他却几乎迷失在另一种对信仰的歪曲中："约伯，你之所以遭受苦难，料必是你得罪过上帝。"这话比魔鬼还可怕，约伯开始觉到委屈，开始埋怨上帝的不公正了。

这样的埋怨我们也熟悉。好几次有人对我说过，也许是我什么时候不留神，说了对佛不够恭敬的话，所以才病而又病，我听了也像约伯一样顿生怨愤——莫非佛也是如此偏爱恭维、心胸狭窄？还有，我说约伯的埋怨我们也熟悉，是说，背运的时候谁都可能埋怨命运的不公平，但是生活，正如上帝指给约伯看到的那样，从来就布设了凶险，不因为谁的虔敬就给谁特别的优惠。

十

可是上帝终于还是把约伯失去的一切还给了约伯，终于还是赐福给了那个屡遭厄运的老人，这又怎么说？

关键在于，那不是信心之前的许诺，不是信心的回扣，那是苦难极处不可以消失的希望呵！上帝不许诺光荣与福乐，但上帝保佑你的希望。人不可以逃避苦难，亦不可以放弃希望——恰是在这样的意义上，上帝存在。命运并不受贿，但希望与你同在，这才是信仰的真意，是信者的路。

十一

重病之时，我总想起已故好友周郿英，想起他躺在病房里，瘦得只剩一副骨架，高烧不断，溃烂的腹部不但不愈合反而在扩展……窗外阳光灿烂，天上流云飞走，他闭上眼睛，从不呻吟，从不言死，有几次就那么昏过去。就这样，三年，他从未放弃希望。现在我才看见那是多么了不起的信心。三年，那是一分钟一分钟连接起来的，漫漫长夜到漫漫白昼，每一分钟的前面都没有确定的许诺，无论科学还是神明，都没给他写过保证书。我曾像所有他的朋友一样赞叹他的坚强，却深藏着迷惑：他在想什么，怎样想？

可能很简单：他要活下去，他不相信他不能够好起来。从约伯故事的启示中我知道：真正的信心前面，其实是一片空旷，除了希望什么也没有，想要也没有。

但是他没能活下去，三年之后的一个早晨，他走了。这是对信心的嘲弄吗？当然不是。信心，既然不需要事先的许诺，自然也就不必有事后的恭维，它的恩惠惟在渡涉苦难的时候可以领受。

十二

求神明保佑，可能是人人都会有的心情。"人定胜天"是一句言过其实的鼓励,"人是被抛到这个世界上来的"才是实情。生而为人,终难免苦弱无助,你便是多么英勇无敌,多么厚学博闻,多么风流倜傥,世界还是要以其巨大的神秘置你于无知无能的地位。

有一部电影,《恺撒大帝》。恺撒大帝威名远扬,可谓"几百年才出一个"。其中一个情节:他惟一倾心的女人身患重病,百般医药,千般祈告,终归不治。恺撒,这个意志从未遭遇过抗逆的君主,涕泪横流仰面苍天,一声暴喊:"老天哪,把她还给我,恺撒求你了!"那一声喊让人魂惊魄动。他虽然仍不忘记他是恺撒,是帝王,说话一向不打折扣,但他分明是感到了一种比他更强大的力量,他以一生的威严与狂傲去垂首哀求,但是……结果当然简单——剧场灯亮,恺撒时代与电影时代相距千载,英雄美人早都在黑暗的宇宙中灰飞烟灭。

我也曾这样祈求过神明,在地坛的老墙下,双手合十,满心敬畏(其实是满心功利)。但神明不为所动。是呀,恺撒尚且哀告无功,我是谁?古园寂静,你甚至能感到神明在傲慢地看着你,以风的穿流,以云的变幻,以野草和老树的轻响,以天高地远和时间的均匀与漫长……你只有接受这傲慢的逼迫,曾经和现在都要接受,从那悠久的空寂中听出回答。

十三

有三类神。第一类自吹自擂好说瞎话,声称万能,其实扯淡,大水冲了龙王庙的事并不鲜见。第二类喜欢恶作剧,玩弄偶然性,让人找不着北。比如足球吧,世界杯赛,就是用上最好的大脑和电脑,也从未算准过最后的结局。所以那玩艺儿可以大卖彩票。小小一方足球场，满打满算二十几口人，便有无限多的可能性让人料想不及，让人哭，让人笑，让翩翩绅士当众发疯，何况偌大一个人间呢。第三类神，才是博大的仁慈与绝对的完美。仁慈在于，只要你往前走，他总是给路。在神的字典里，行与路共用一种解释。完美呢，则要靠人的残缺来证明，靠人的向美向善的心愿证明。在人的字典里，神与完美共用一种解释。但是，向美向善的路是一条永远也走不完的路，你再怎样走吧，"月亮走我也走"，它也还是可望不可即。

刘小枫先生在他的书里说过这样的意思：人与上帝之间有着永恒的距离。这很要紧。否则，信仰之神一旦变成尘世的权杖，希望的解释权一旦落到哪位强徒手中，就怕要惹祸了。

十四

惟一的问题是：向着哪一位神，祈祷？

说瞎话的一位当然不用再理他。

爱好偶然性的一位，有时候倒真是要请他出面保佑。事实上，任何无神论者也都免不了暗地里求他多多关照。但是，既然他喜欢的是偶然性而并不固定是谁，你最好就放明白些，不能一味地指靠他。

第三位才是可以信赖的。他把行与路做同一种解释，就是他保证了与你同在。路的没有尽头，便是他遥遥地总在前面，保佑着希望永不枯竭。他所以不能亲临俗世，在于他要在神界恪尽职守，以展开无限时空与无限的可能，在于他要把完美解释得不落俗套、无与伦比，不至于还俗成某位强人的名号。他总不能为解救某处具体的疾苦，而置那永恒的距离失去看管。所以，北京人王启明执意去纽约寻找天堂，真是难为他了。

十五

我寻找他已多年，因而有了一点儿体会：凡许诺实惠的，是第一位。有时取笑你，有时也可能帮你一把的是第二位。第三位则不在空间中，甚至也不在寻常的时间里，他只存在于你眺望他的一刻，在你体会了残缺去投奔完美、带着疑问但并不一定能够找到答案的那条路上。

因而想到，那也应该是文学的地址，诗神之所在，一切写作行为都该仰望的方向。奥斯维辛之后人们对诗产生了怀疑，但正是那样的怀疑吧，使人重新听见诗的消息。那样的怀疑之外，诗，以及一切托名文学的东西，都越来越不足信任，文学的心情一旦顺畅起来，就不大明白为什么一定要有它。说生活是最真实的，这话怎么好像什么也没说呢？大家都生活在生活里，这样的真实如果已经够了，文学干吗？说艺术源于生活，或者说文学也是生活，甚至说它们不要凌驾于生活之上，这些话都不易挑剔到近于浪费。布莱希特的"间离说"才是切中要害。艺术或文学，不要做成生活（哪怕是苦难生活）的侍从或帮腔，要像侦探，从任何流畅的秩序里听见磕磕绊绊的声音，在任何熟悉的地方看出陌生。

十六

写《务虚笔记》的时候，我忽然明白：凡我笔下人物的行为或心理,都是我自己也有的,某些已经露面,某些正蛰伏于可能性中伺机而动。所以,那长篇中的人物越来越互相混淆——因我的心路而混淆,又混淆成我的心路:善恶俱在。这不是从技巧出发。我在哪儿?一个人确切地存在于何处?除去你的所作所为,还存在于你的所思所欲之中。于是可以相信:凡你描写他人描写得(或指责他人指责得)准确——所谓一针见血,入木三分,惟妙惟肖——之处,你都可以沿着自己的理解或想象,在自己的心底找到类似的埋藏。真正的理解都难免是设身处地,善如此,恶亦如此,否则就不明白你何以能把别人看得那么透彻。作家绝不要相信自己是天命的教导员,作家应该贡献自己的迷途。读者也一样,在迷途面前都不要把自己洗得太干净,你以什么与之共鸣呢?可有谁一点儿都不体会丑恶所走过的路径吗?

这便是人人都需要忏悔的理由。发现他人之丑恶,等于发现了自己之丑恶的可能,因而是已经需要忏悔的时刻。这似乎有点过分,但其实又适合国情。

十七

眼下很有些宗教热的味道,至少宗教一词终于在中国摆脱了贬义,信佛、信道、信基督都可以堂堂正正,本来嘛。但有一个现象倒要深想:与此同时,经常听到的还是"挑战",向着这个和向着那个,却很少听到"忏悔"。忏悔是要向着自己的。前些天听一位学者说,他在考证"文革"时期的暴力事件时发现,出头作证的只有当年的被打者,却没有打人的人站出来说点儿什么。只有蒙冤的往事,却无抚痛的忏悔,大约就只能是怨恨不断地克隆。缺乏忏悔意识，只好就把惨痛的经验归罪给历史，以为潇洒，以为豁达。好像历史是一只垃圾箱，把些谁也不愿意再沾惹的罪孽封装隐蔽，大家就都可以清洁。

忏悔意识，其实并非只是针对那些"文革"中打过人的人。辉煌的历史倘不是几个英雄所为，惨痛的历史也就不由几个歹徒承办。或许，那些打过人的人中，已知忏悔者倒要多些，至少他们的不敢站出来这一点已经说明了良心的沉重。倒是自以为与那段历史的黑暗无关者，良心总是轻松着——"笑话，我可有什么要忏悔？"但是，你可曾去制止过那些发生在你身边的暴行么？尤其值得这样设想：要是那时以革命的名义把皮带塞进你手里，你敢于拒绝或敢于抗议的可能性有多大？这样一问，理直气壮的人肯定就会少下去，但轻松着的良心却很多，仍然很多，还在多起来。

十八

记得"文革"刚开始时，我曾和一群同学到清华园里去破过四旧，一路上春风浩荡落日辉煌，少年们满怀豪情。记不清见到了谁家了，总之是一位"反动学术权威"吧，到了人家的客厅里砸碎几只花瓶，又去人家的卧室里割破了两双尖皮鞋，然后便想不出再要怎样表现一腔忠勇。幸亏那时知识太少了，否则就可能亲手毁灭一批文物，可见知识也并不担保善良。正当我们发现了那家主人的发型有阶级异己之嫌，高叫剪刀何在时，楼门内外传来了更为革命的呐喊："非红五类不许参加我们的行动！"这样，几个同学留下来继续革命，另几个怏怏离去。我在离去者中。一路上月影清疏晚风幽怨，少年们默然无语，开始注意到命运的全面脸色。

待暴力升级到拳脚与棍棒时,这几个不红不黑的少年已经明确自己的地位,只做旁观了。我不敢反对,也想不好该不该反对,但知不能去反对,反对的效果必如牛反对拖犁和马反对拉车一般。我心里兼着恐惧、迷茫、沮丧,或者还有一些同情。恐惧与同情在于:有个被打的同学不过是因为隐瞒了出身,而我一直担心着自己的出身是否应该再往前推一辈,那样的话,我就正犯着同样的罪行。迷茫呢,说起来要复杂些:原来大家不都是相处得好好的么,怎么就至于非这样不可?此其一。其二,你说打人不对,可敌人打我们就行,我们就该文质彬彬?伟大的教导可不是这样说的。其三,其实可笑——想想吧,什么是"我们"?我可是"我们"?我可在"我们"之列?我确实感觉到了那儿埋藏着一个怪圈。

十九

几年以后我去陕北插队。在山里放牛,青天黄土,崖陡沟深,思想倒可以不受拘束,忽然间就看清了那个把戏:我不是"我们",我又不想是"他们",算来我只能是"你们"。"你们"是不可以去打的,但也还不至于就去挨。"你们"是一种候补状态,有希望成为"我们",但稍不留神也很容易就变成"他们"。这很关键,把越多的人放在这样的候补位置上,"我们"就越具权势,"他们"就越遭孤立,"你们"就越要乖乖的。

这逻辑再行推演就更令人胆寒:"你们"若不靠拢"我们",就是在接近"他们";"你们"要是不能成为"我们","你们"还能总是"你们"?这逻辑贯彻到那副著名的对联里去时,黑色幽默便有了现实的中国版本。记得我站在高喊着那副对联的人群中间，手欲举而又怯，声欲放却忽收，于是手就举到一半，声音发得含含糊糊。"你们"要想是"我们"，"你们"就得承认"你们"是混蛋，但是但是，"你们"既然是混蛋又怎能再是"我们"？那个越要乖乖的位置其实是终身制。

二十

我曾亲眼见一个人跳上台去，喊："我就是混蛋！"于是赢来一阵犹豫的掌声。是呀，该不该给一个混蛋喝彩呢？也许可以给一点吧，既然他已经在承认是蛋的一刻孵化成混。不过当时我的心里只有沮丧，觉到前途无比暗淡。我想成为"我们"，死也不想是"他们"。所以我现在常想，那时要有人把皮带塞给我，说"现在到了你决定做'我们'还是做'他们'的时候了"，我会怎样？老实说，凭我的胆识，最好的情况也就是把那皮带攥出汗来，举而又怯，但终于不敢不抡下去的——在那一刻孵化成混。

二十一

大约就是从那时起，我非常地害怕了"我们"，有"我们"在轰鸣的地方我想都不如绕开走。倒不一定就是怕"我们"所指的那很多人，而是怕"我们"这个词，怕它所发散的符咒般的魔力，这魔力能使人昏头昏脑地渴望被它吞噬，像"肯德基家乡鸡"那样整整齐齐都排成一股味儿。我说过我不喜欢"立场"这个词，也是这个意思。"我们"和"立场"很容易演成魔法，强制个人的情感和思想。"文革"中的行暴者，无不是被这魔法所害——"我们"要坚定的是"我们"，"你们"要尽力变成"我们"，"我们"干吗？当然是对付"他们"。于是沟堑越挖越深，忠心越表越烈，勇猛而至暴行，理性崩塌，信仰沦为一场热病。

二十二

"上山下乡"已经三十年，这件事也可以更镇静地想一想了：对于那场运动，历史将记住什么？"老三届"们的记忆当然丰富，千般风流，万种惆怅，喜怒悲忧都是刻骨铭心。但是你去问吧，问一千个"老三届"，你就会听见一千种心情，你就会对"上山下乡"有一千种印象：豪情与沮丧，责任与失落，苦难与磨炼，忠勇与迷茫，深切怀念与不堪回首，悔与不悔……但历史大概不会记得那么详细，历史只会记住那是一次在"我们"的旗帜下对个人选择的强制。再过三十年，再过一百年，历史越往前走越会删除很多细节，使本质凸现：那是一次信仰的灾难。

并没有谁捆绑着我们去，但"我们"是一条更牢靠的绳子。一声令下，便树立起忠与不忠的标识。我那时倒没有很多革命的准备，也还来不及忧虑前途，既然大家都去，便以为是一次壮大的旅游或者探险，有些兴奋。也有人确是满怀了革命豪情，并且果然大有作为。但这就像包办婚姻，包办婚姻有时也能成全好事，但这种方法之下不顺心的人就多。我记得临行时车站上有很多哭声，绝非"满怀豪情"可以概括。

二十三

不过我现在也还是相信,贫困的乡村是需要知识青年的,需要科学,需要文化,需要人才。但不是捆绑的方法,不能把人才强行送过去,强行一旦得逞,信仰难保不是悲剧。很可能,人才被强行送过去的同时,强行本身也送过去了。贫困的乡村若因而成长起几个强徒,那祸害甚至不是科学能够抵挡的。

方法常常比目的还要紧。比如动物园里的狼,关在笼子里,写一块牌子挂上,说这是狼,可谁看了都说像狗。狼不是被饲养的,狼是满山遍野里跑的,把狼关在笼子里一养,世界上就有了狗。

二十四

直到有一年,奥运会上传来一阵歌声,遥远却又贴近:我们是世界,我们是孩子……这下才让我恍然而悟"我们"的位置,这个词原来是要这样用的呀,真是简单又漂亮!我迷上奥运会,要紧的原因其实在这儿。飘荡在宇宙中的万千心魂,苍茫之中终见一处光明,"我们是世界,我们是孩子",于是牵连浮涌,聚去那里,聚去那声音的光照中。那便是皈依吧,不管你叫他什么,佛法还是上帝。

所以,"我们"的位置并不在与"他们"的对立之中,而在与神的对照之时。当然是指第三位神,即尽善尽美所发出的要求,所发出的审问,因而划出了现实的残缺,引导着对原罪的领悟,征求忏悔之心。这是神对人的关切,并没有行贿受贿的逻辑在里面,当然不是获取实惠的方便之门。

二十五

灵魂不死,是一个既没有被证实,也没有被证伪的猜想。而且,这猜想只可能被证实,不大可能被证伪。怎样证伪呢?除非灵魂从另一个世界里跳出来告密。

可是,却有一种强大的意志信誓旦旦地宣布:死即是绝对的寂灭,并无灵魂的继续,死了就什么都没了,惟此才是科学,相反的期待全属愚昧,是迷信。相信科学的人竟很少对此存疑,真是咄咄怪事。未被证伪而信其伪,与未被证实而信其实,到底怎么不一样?倘前者是科学,后者怎么就一定愚昧?莫非不能证明其有,便已经是证明其无了?这就更加奇怪,岂不等于是说一切猜想都是愚昧吗?可是,哪一样科学不是由猜想作为引导?

局面似乎不好收拾。首先,人出生了,便迟早要死,迟早会对死后的境况持一种态度。其次,死后无非那两种可能,并无第三类机会。最后,那两种可能无论你相信哪一种,都一样不好意思请科学来撑腰。

二十六

但猜想是必要的。猜想的意义并不一定要由证实来支持。相反,猜想支持着希望,支持着信心。一定要把猜想列为迷信,只好说,一律地铲除迷信倒不美妙。活着,不是仅仅有了科学就够。当然,装神弄鬼骗人钱财的,自封神明愚弄百姓的,理应铲除。但其所以要铲除，倒不是看它不科学，是看它不人道。原子弹很科学，也要铲除。一个人，身患绝症，科学已无能给他任何期待，他满心的坚强与泰然可是牵系于什么呢？地球早晚要毁灭，太阳也终于要冷下去，科学尚不知那时人类何去何从，可大家依然满怀豪情地准备活下去，又是靠着什么？靠着信心，靠着对未来并无凭据的猜想和希望。但这就是迷信吗？但这不能铲除。相反，谁要铲除这样的信心，甚或这样的迷信，倒不允许。先哲有言：科学需要证明，信仰并不需要。事实上，我们的前途一向都隐藏在神秘中，但我们从不放弃，不因为科学注定的局限而沮丧。那也就是说，科学并非我们惟一的依赖，甚至不是根本的依赖。

二十七

既然人死后，灵魂的有与无同样都拿不到证据（真是一件公平的事呵），又为什么会有泾渭分明的两种信奉，一种宁可认其有，另一种偏要宣布其无呢？依我想，关键在于接下来互不相同的推演。

信其有者的推演是：于是会有地狱，会有天堂，会有末日审判，总之善恶终归要有个结论。这大约就是有神论。不过，有神论对神的态度并不都一致，这是另外的话。

宣布其无者的推演是：当然就没有什么因果报应，没有地狱，没有天堂，也没有末日审判。此属无神论。但无神论也有着对神的描画，否则怎么断定其无呢？且其描画基本一致，即那是一种谁也没见过，也不可能见过、然而却束缚人，甚至威胁着人类自由的东西。"不，那根本是没有的！"

二十八

　　这其实就有点儿问题了：根本没有的东西如何威胁人？根本没有，何至于这么着急上火地说它没有？显然是有点儿什么，不一定有形，但确乎在影响我们。并非看得见摸得着的东西才存在，你能撞见谁的梦吗？或者摸一摸谁的幻想？神，在被猜想之时诞生，在被描画的时候存在，在两种相反的信奉中同样施展其影响。

　　信其有者，为人的行为找到了终极评判及至奖惩的可能，因而为人性找到了法律之外的监督。比如说警察照看不到的地方，恶念也有管束。当然，弄不好也会为专制者提供方便，强徒也会祭起神明。

　　信其无者则为人的为所欲为铺开坦途，看上去像是渴盼已久的自由终于降临，但种种恶念也随之解放，有恃无恐。但这也并不就能预防专制，乱世英雄大权独揽，神俗都踩在脚下。

二十九

　　说白了，作恶者更倾向于灵魂的无。死即是一切的结束，恶行便告轻松。于此他们倒似乎勇敢，宁可承担起死后的虚无，但其实这里面掩藏着潜逃的颤栗，即对其所作所为不敢负责。这很像是蒙骗了裁判的犯规者，事后会宽慰有加地告诉你：比赛已经结束，录像并不算数。

　　人死后灵魂依然存在，是人类高贵的猜想，就像艺术，在科学无言以对的时候，在神秘难以洞穿的方向，以及在法律照顾不周的地方,为自己填写下美的志愿,为自己提出善的要求,为自己许下诚的诺言。

但是恶行出现了。恶行警觉地发现,若让那高贵的猜想包围,形势明显不妙。幸亏灵魂不死难于证实,这不是个好消息么?恶行于是看中"证实"二字,慌不择路地拉扯上科学——什么好意思不好意思的——向那高贵的猜想发难。但是匆忙中它听差了,灵魂不死的难于证实并不见得对它是个好消息,那只是说,科学在这个问题上持弃权态度。科学明白:灵魂的问题从来就在信仰的领域,"证实"与"证伪"都是外行话。

三十

可什么是恶呢?有时候善意会做成坏事,歹念碰巧了竟符合义举。这样的时候善恶可怎么评断,灵魂又据何奖惩?以效果论吗,有法律在,其他标准最好都别插嘴。以动机论吗,可是除了自己,谁又吃得准谁一定是怎么想?所以,良心的审判,注定地,审判者和被审判者都只能是自己。这就难了,自我的审判以什么作标准呢?除非是信仰!或者你心里早有着一种善恶标准,或者你就得费些思索去寻找它。这标准的高低姑且不论,但必超乎于法律之外,必非他人可以代劳,那是你自己的事,是灵魂独自对神的倾诉、忏悔和讨教。这标准碰巧了也可能符合科学,但若不巧,你的烦忧恰恰是科学的盲区呢?便只好在思之所及的空茫处,为自己选择一种正义,树立一份信心。这选择与树立的发生,便可视为神的显现,这便是信仰了,无需实证却可以坚守。

善恶的标准,可以永久地增补、修正,可以像对待幸福那样,做永久的追寻。怕只怕人的心里不设这样的标准,拆除这样的信守,没有这样的法庭也不打算去寻找它,同时快乐地宣扬这才是人性的复归。

三十一

不过麻烦并没有完:倘那选择与树立完全由着自己说了算,事情岂不荒唐?岂不等于还是没有标准,岂不等于可以为所欲为、自做神明?一家一面旗,都说自己替天行道,冷战热战于是不亦乐乎,神明与神明的战争并不见得比群殴来得文明。

所以必有一个问题:神到底在哪儿?神到底负责什么事?

所以必有一种回答:神永远不是人,谁也别想冒充他。神拒绝"我们",并不站在哪一家的战壕里。神,甚至是与所有的人都作对的——他从来都站在监督着人性的位置上,傲慢地看着你。在对人性恶的觉察中,在人的忏悔意识里,神显现。在人性去接近完美却发现永无终途的路上,才有神圣的朝拜。

三十二

"因果报应"还是靠近着谋略。善行义举,不为今生利禄,但求来世福报,这逻辑总还是疙里疙瘩的与撒旦的思想类似。倘来世未必就有福报呢,善行义举是不是随之就有疑问?那样的话,岂不仍是谋略?说得不好听,有点放长线钓大鱼的意思。这样的谋略潜移默化,很容易成为贿赂的参考——既然可以为来世的福报去阿谀神明,何以不能为今生的利禄去谄媚高官?

三十三

我听到过一种劝人为善的教导，说是做人不要怕吃亏，吃亏未尝不是好事。可接下来的逻辑让人迷惑：你今生吃多少亏，来世便得多少福，那个占了你便宜的人呢，来世便有多少苦。再往下听：你不妨多让别人占些便宜去，不要以为这不划算，其实是别人用他的福换走了你的苦。好家伙！原是要劝人为善，怎么越弄越像是阴谋了？原是劝人不要怕吃亏，怎么最后倒赚走了别人的福去？

三十四

气功，从一听说它我就相信。截断物欲的追逐，放弃人类的妄自尊大，回到与万物平等的地位，物我两忘，谛听自然神秘的脚步……我相信气功确有其科学不可比及的力量。比如在现代医学束手无策的地方创造奇迹，比如在沉思默想中看见生命更深处的奥秘。还有一些听上去更近科学的功法，比如沟通宇宙信息，比如超越三维空间汲取更高级的能量，比如从更微观的世界中脱胎换骨，这些我都倾向于相信。甚至风水、符咒之类，大概也不是全无道理。世界之神秘，是人的智力永难穷尽的，没理由不相信奇迹的存在。

但若以奇迹论神明，就怕那神明还是说瞎话的一位。奇迹能把这人间照顾得周全吗？能改变这"人间戏剧"只留下幸运的角色吗？能使人间只有福乐，不存悲忧吗？要是不能，就算它上天入地擒风缚雨也并没有真正改变人的处境。神明一落到实惠，总难免捉襟见肘力不从心。人间呢，仍要有各类角色，大家还是得分工合作把所有的角色都承担起来。所谓奇迹，大概就像"宝葫芦的秘密"，把别人的好运偷来给你，差别守恒，无非角色调换一下位置拉倒。

三十五

看足球就像看人生。或看它是一场圣战，全部热情都在打败异己。或视之为一次信心的锤炼和精神狂欢，场地上演出的是坎坷人生的缩影，看台上唱诵的是对不屈的颂扬，是爱的祈盼。再是说，这火爆的游戏真是荒唐，执迷不悟，如痴如癫压根儿是一场错误，何如及早抽身脱离红尘，去投奔无苦无忧的极乐之地？

第三种态度常令我暗自踌躇。越是接近人生的终点，越是要想：这人间真的可爱吗？说可爱，太过简单，简单得像一句没有内容的套话，其实人人心底都有一幅更美好的图景。就连科学也已经看见，人的自命不凡已经把这个星球搞得多么乌烟瘴气，贪婪鼓舞着贪婪，纷争繁衍着纷争，说不定哪天冒出个狂人，一场细菌大战，人间戏剧忽然收场。也许人间真的是一场错误？也许，在某一种时空中真的存在着极乐？人是这样的渺小无知，人的知识之外，宇宙的神秘浩瀚无边，为什么肯定没有那样的地方？人不知其所在罢了，人却可能在来生去投靠它。这真是多么迷人的图景！于是正有很多这样的理想流行，天上人间，美妙超过以往的种种主义，种种法门汇成一句话：到那儿去吧，这儿已经无可留恋，这儿已是残山剩水，那儿才是你的梦中天堂。信与不信，常让我暗自踌躇。

三十六

单说遏制人类的贪婪吧,乐观的理由就少,悲观的根据越来越多。森林消失,草原沙化,河流干涸,海洋污染,天上破着个大窟窿而且越来越大,但人类还在热火朝天地敲诈和掠夺。这差不多已经成了习惯,真能遏制吗?令人怀疑。比如我,下了好大决心,也只抗拒了羊绒衫的诱惑——据说那东西破坏植被,但更多的诱惑只在理论上抗拒。人类也真是发明了很多好玩艺儿,空调、汽车、飞机、化肥、农药、电脑……丰富得超过有用的商品、新奇得等于屠杀的美味、舒适得近似残废的生活……人能齐心协力放弃这样的舒适吗?还是让人怀疑。就算有99个人愿意放弃,但剩下一个人坚持,舒适的魔力就要扩散,就会有2、3、4、5、6……个人出来继承和发扬。

常能读到一些"现代主义"或者"后现代主义"的精彩理论,赞叹之余一走神儿,看见生活自有其不要命的步伐。魔法一旦把人套住,大概就只有"一直往前走,不要朝两边看"了。

三十七

设想有一处不同于人间的极乐之地,不该受到非难。但问题是,谁能洞开通向那儿的神秘之门?

这就又惹动了争夺。大师林立,功法纷纭,其实都说着同一句话:跟随我吧。可到底应该跟随谁呢?这神秘的权力究竟是谁掌握着?无从分辨。似乎就看谁许下的福乐更丰厚了。

许下的福乐既已丰厚，便不愁没人着迷，于是又一场蜂拥，以当年眺望"主义"的热情去眺望另一维时空了——原来天堂并不在咱这地界儿，以往真是瞎忙。于是调离苦难的心情愈加急迫，然而天堂的门票像似有限，怎么办？那就只好谁先觉悟谁先去吧，至于那些拿不到门票的人嘛，实在是他们自己慧根不够、福缘浅薄，又怨得哪一个？

闹来闹去这逻辑其实又熟悉：为富不仁者对穷人不是也这么说吗——你自己无能，又怨得谁个？这逻辑也许并不都错，但这漠然无爱的境界不正是人间凶险的首要？记得佛门有一句伟大教诲：一人未得度，众生都未得度。佛祖有一句感人的誓言：我不下地狱谁下地狱？怎么到了一些自命的佛徒那里，竟变得与福利分房相似？——房源（或者福运）有限，机不可失，大家各显神通吧。

三十八

因此我大大地迷惑：就算那极乐之地确凿，就算我们来生确实有望被天堂接纳，但那可是凭着"先天下之乐而乐"的心情就能够去的么？倘天堂之门也是偏袒着争抢之下的强者，天堂与人间可还有什么两样？好吧，退一步想，就算争抢着去的也就去了，但这漠然无爱的心情被带去天堂，天堂还会永远无忧么？争抢的欲望，不会把那儿也搅得"群雄并起，天上大乱"？

所以我宁可还是相信，所谓天堂即是人的仰望，仰望使我们洗去污浊。所谓另一维时空，其实是指精神的一维，这一维并不与人间隔绝，而是与我们所在的这个世界重叠融会。

神秘的力量，毫无疑问是存在的。神秘，存在于冥冥之中。这其实很好，恰为人间的梦想与完善铺筑起无限的前途。但是，这无限既由神秘所辖，便不容得凡人染指。原因简单：有限的凡人怎么可能通晓无限的神秘？神秘的商标一旦由凡人注册，就最值得大众担心——他掌握着神秘的权力呵，有什么疑问还敢跟他讨论？有什么不同意见还敢跟他较真儿？岂不又是"理解的执行，不理解的也要执行"了吗？

三十九

如果奇迹并不能改变这"人间戏剧"，苦难守恒，幸运之神无非做些调换角色的工作，众生还能求助于什么呢？只有相互携手，只有求助于爱吧。

这样说，明显已经迂腐，再要问爱是什么，更要惹得潇洒笑话。比如说爱情，潇洒已经屡次告诫过我们了：其实没有。有婚姻，有性欲，有搭伙过日子，哪有什么爱情？这又让迂腐糊涂：你到底是说什么没有，什么？迂腐真是给潇洒添乱——你要是说不出没有的是什么，你怎么断定它没有？你要是说出没有了什么，什么就已经有了。爱情本来是一种心愿，不能到街上看看就说没有。而没有这份心愿的人也不会说它没有，他们觉得婚姻和性欲已经就是了。

所以，"爱的奉献"这句话也不算很通顺。能够捐资，捐物，捐躯，可心愿是能够捐的吗？爱如果是你的心愿，爱就已经使你受益，无论如何用不上大义凛然。

四十

在街市上我见过两只狗,隔着熙攘的人群,远远地它们已经互相发现,互相呼唤,眉目传情。待主人手上的绳索一松,它们就一个从东一个从西,钻过千百条人腿飞奔到一起,那样子就像电影中久别的情人一朝重逢,或历尽劫波的夫妻终于团聚。它们亲亲密密地偎依,耳鬓厮磨,窃窃地说些狗话。然后时候到了,主人喊了,主人"重利轻别离",它们呢,仍旧情意缠绵,觉得时间怎么忽然走得这样快?主人过来抓住绳索,拍拍它们的脑门儿,告诉它们:你们是狗呵,要本分,要把你们的爱献给某一处三居室。它们于是各奔东西,"孔雀东南飞,五里一徘徊",消失在人海苍茫之中,而且互相不知道地址。

我常想,这两只狗一定知道它们怀念的是什么,虽然它们说不出,抑或只因为我们听不懂。不过可以猜想:只身活在异类当中,周围全是语言难通的两足动物,孤独还能教它们怀念什么呢?只是我未及注意它们的性别,不知那是否仅仅出于性欲。

四十一

不管怎么说,给爱下定义是要惹上帝发笑的。不如先绕开它,换个角度,这样问:什么时候,你第一次感到了爱?或者是在什么样的时候,你感到了需要爱?

我常回想那是在什么时候?什么样的时候?

那大约要追溯到上小学的时候。有个女孩儿,与我同年,她长得漂亮吗？但是我的目光总被她吸引，只要她在，我的注意力就总是去围绕她。最初发现她是在一次"六一"儿童节的庆祝会上，她朗诵一首诗，关于一个穷苦的黑人孩子的诗……会场中先还有些喧闹，但忽然喧闹声沉落下去，只剩下她的声音在会场中飘荡，清纯、稚气，但却微微地哽咽，灯光全部聚向她时，我看见她的眼边有泪光……从那以后我总想去接近她，但又总是远远地看她并不敢走去近前，甚至跟她说话也有自惭形秽之感，甚至连她的住处也让我想象迭出觉得神圣不可及。这是爱吗，爱的萌动？但这与性有多少关系呢？那女孩儿，现在想来真的不能算漂亮，身上一点女人的迹象也还没有。是什么触动了我呢？

四十二

如果那一次触动中其实有着懵懂的性因素，可同样的触动也曾来自一个男孩儿，他住在一座不同寻常的房子里，我在《务虚笔记》中写过那座房子，在《务虚笔记》中我借助对一个女孩儿的眺望，写过，我怎样走进了那座漂亮的房子，看见了里面的生活。那是一座在我当时看去不可思议的房子，和一种我想象不到的生活，在《务虚笔记》中我写到了我当时的感受。在走不尽的灰暗小街的缠缠绕绕之中，在寂寞的冬天的早晨，曚昽的阳光之下，那座房子明朗、清洁、幽静，仿佛置身世外。那里面的布设和主人们的举止，都高雅得让我惊诧，让我羡慕，让一个欲念初萌的孩子从头到脚弥漫开沉沉的自卑。我很快就感觉到了一种冷淡，和冷淡的威胁。不错，是自卑，我永远都看见那一刻，那一刻永不磨灭。那儿的人是否傲慢地说了什么并不重要，重要的是那自卑与生俱来，重要的是那冷淡的威胁其实是由自卑构筑,即使那儿的人没有任何傲慢的表示我也早就想逃跑了。《务虚笔记》中写的是:我想回家。我跑出了那座美丽的房子,我走在回家的路上,但是家——那一向等待着我的温暖之中,忽然掺进了一缕黯然。家,由于另一种生活的衬照,由于冷淡的威胁,竟也变得孤独堪怜。在《务虚笔记》中,我借助于画家Z的形象去看过我自己那时的心情……

四十三

自卑,历来送给人间两样东西:爱的期盼,与怨愤的积累。

我想,画家Z曾经得到的是后一种。我呢?我之所以能够想象他,想象他就是在那次回家的路上走进了怨愤,料必因为Z是我的一部分,至少曾经是这样。要征服那冷淡,要以某种姿态抵挡乃至压倒那冷淡的威胁,自卑于是积累起怨愤,怨愤再加倍地繁衍自卑——这就是画家Z。相反,若是梦想着世间不再有那样的冷淡,梦想着,被那冷淡雕铸的怨愤终于消散,所有失望过和傲慢过的心灵都能够相互贴近,那就是爱的期盼。甚至纯真的心从不多看那冷淡一眼,惟热盼着与另外的心灵沟通,不屈不挠地等待,走遍一生去寻找,那就是爱的路程。在《务虚笔记》中,我借助诗人L、女教师O和F医生的身影,走进这样的梦想,借助于对他们的理解看见了我的另一种心情。

这两种心情似乎都是与生俱来,盘根错节同时都在我心里,此起彼伏,铺设成我的心路。别人也都是这样吗?我只知道,兼具这两种心情的我才是真实的我。我站在Z的脚印上,翘望L、O和F的方向。我体会着Z的自卑,而神往于L、O和F痴心不改的步伐。而且，越是 Z 的消息沉重，越是 L、O 和 F 的消息明媚动人。我知道了，爱，原就是自卑弃暗投明的时刻。自卑，或者在自卑的洞穴里步步深陷，或者转身，在爱的路途上迎候解放。

四十四

不过自卑，也许开始得还要早些，开始于你第一次走出家门的时候。开始于你第一次步入人群，分辨出了自己和别人的时候。开始于你离开母亲的偏袒和保护，独自面对他者的时候。开始于这样的时候：你的意识醒来了，看见自己被局限在一个小小的躯体中，而在自己之外世界是如此巨大，人群是如此庞杂，自己仿佛囚徒。开始于这样的时候：在这纷纭的人间，自己简直无足轻重，而这一切纷纭又都在你的欲望里，自己二字是如此的不可逃脱，不能轻弃。开始于这样的时候：你想走出这小小躯体的囚禁，走向别人，盼望着生命在那儿得到回应，心魂从那儿连接进无比巨大的存在，无限的时间因而不再是无限的冷漠……但是，别人也有这样的愿望么？在墙壁的那边，在表情后面，在语言深处，别人，到底都是什么？对此你毫无把握。但囚徒们并不见得都想越狱出监，囚徒中也会有告密者，轻蔑、猜疑和误解加固着牢笼的坚壁，你热烈的心愿前途未卜，而一旦这心愿陷落，生命将是多么孤苦无望，多么索然无味，荒诞不经。

我能记起很多次这样的经历。从幼年一直到现在，我有过很多次失望——可能我也让别人有过这类失望——很多次深刻的失望其实都可以叫做失恋，无论性别，因为在那之前的热盼正都是爱的情感：等待着他人的到来，等待另外的心魂，等待着自由的团聚。虽因年幼，这热盼曾经蒙然不知何名，但当有一天，爱的消息传来，我立刻认出那就是它，毫无疑问一直都是它。

四十五

爱这个字，颇多歧义。母爱、父爱等等，说的多半是爱护。"爱牙日"也是说爱护。爱长辈，说的是尊敬，或者还有一点威吓之下的屈从。爱百姓，还是爱护，这算好的，不好时里面的意思就多了。爱哭，爱睡，爱流鼻涕，是说容易、控制不住。爱玩，爱笑，爱桑拿，爱汽车，说的是喜欢。"爱怎么着就怎么着"，是想的意思，随便你。"你爱死不死"，也是说请便，不过已经是恨了。

爱，最与喜欢混淆得严重。"我爱你"，可能是表达着一次真正的爱情，也可能只是好色之徒的口头禅，还可能是各有所图的一回交易。喜欢，好东西谁不喜欢？快乐的事谁不喜欢？没有理由谴责喜欢，但喜欢与爱的情感不同。爱的情感包括喜欢，包括爱护、尊敬和控制不住，除此之外还有最紧要的一项：敞开。互相敞开心魂，为爱所独具。这样的敞开，并不以性别为牵制，所谓推心置腹，所谓知己，所谓同心携手，是同性之间和异性之间都有的期待，是孤独的个人天定的倾向，是纷纭的人间贯穿始终的诱惑。

四十六

所以爱是一种心愿，不在街上和衣兜里，也不在储蓄所。睁着两眼向外找，可以找到救济（包括性方面的救济），仅此而已。

爱却艰难，心魂的敞开甚至危险。他人也许正是你的地狱，那儿有心灵的伤疤结成的铠甲,有防御的目光铸成的刀剑,有语言排布的迷宫,有笑靥掩蔽的陷阱。在那后面,当然,仍有孤独的心在战栗,仍有未熄的对沟通的渴盼。你还是要去吗?不甘就范?那你可要谨慎,以孤胆去赌——**他人即天堂**,甚至以痛苦去偿你平生的夙愿。爱不比性的地方正在这里,性惟快乐,爱可没那么轻松。潇洒者早有警告:哥们儿你累不累?

四十七

爱情所以选中性作为表达,作为仪式,正是因为,性,以其极端的遮蔽状态和极端的敞开形式,符合了爱的要求。极端地遮蔽和极端地敞开,只要能表达这一点,不是性也可以,但恰恰是它,性于是走进爱的领地。没有什么比性更能体现这两种极端了,爱情所以看中它,正是要以心魂的敞开去敲碎心魂的遮蔽,爱情找到了它就像艺术家终于找到了一种形式,以期梦想可以清晰,可以确凿,可以不忘,尽管人生转眼即是百年。

但也正因为这样,性可以很方便地冒充爱情,正像满街假冒艺术的雕塑还少么?如果仪式之后没有内容,如果敞开的只是肉体,肌肤相依而心魂依然森严壁垒,那最多不过还是"喜欢"和"控制不住"。(假冒的仪式越来越多,比如种种的宣誓,种种隆重的典礼和剪彩,比如荒诞可以成为时尚,真诚可以用作包装……)其实好色倒也是人情之常。红灯区如同公厕,利于卫生。只是这样无可厚非下去似乎文不对题——在美妙的肉体唾手可得的年代,心灵的孤独怎样了?爱怎样了?以及,性又随之怎样了呢?

性冷漠据说在蔓延,越是性解放的地方,性越是失去着激情。

是性不应该解放吗？不，总把性压迫在罪恶的阴影下是要出事的。但也不宜被解放到无根无据的地步，倘其像吐痰一样毫无弦外之音，爱凭什么偏要对它情有独钟，偏要向它注入奔涌不息的能量呢？

四十八

爱之永恒的能量，在于人之间永恒的隔膜。爱之永远的激越，由于每一个"我"都是孤独。人不仅是被抛到这个世界上来的，而且是一个个分开着被抛来的。

在上帝那儿，在灵魂被囚进肉体之前，"一生二，二生三，三生万物"之初，并无我、你、他之分别，巨大的存在之消息浑然一体，无分彼此内外，扶摇漫展无所不在。然后人间诞生了，人间诞生了其实就是有限诞生了。巨大的存在之消息被分割进亿万个小小的肉体，小小的囚笼，亿万种欲望拥挤磨擦，相互冲突又相互吸引，纵横交错成为人间，总有一些在默默运转，总有一些在高声喊叫，总有一些黯然失色随波逐浪，总有一些光芒万丈彪炳风流，总有弱中弱，总有王中王——不管是以什么方式，不管是以什么标牌，不管是以刀枪、金钱还是话语……总归一样。尼采说对了：权力意志。所有的种子都想发芽，所有的萌芽都想长大，所有的思绪都要漫展，没有办法的事。把弱者都聚拢到一块去平安吧，弱者中会浮涌出强人。把强人都归堆到一块儿去平等呢，强人中会沉淀出弱者。把人一个个地都隔离开怎么样？又群起而不干。小时候，我们几个堂兄弟之间经常打架，奶奶就嚷："放在一块儿就打，分开一会儿又想！"奶奶看得明白，就这么回事。

四十九

说真的,我不大相信"话语霸权"之类的东西可能消灭,就像我也不大相信可以消灭人的贪婪。但消灭霸权和贪婪正在成为人的愿望,这就好,就像爱情,要紧的是心愿。

我怀疑上帝是不是闷了,寂寞得不行,所以摆布一场反反复复的游戏?别管上帝的事吧。人呢,就像我和我的堂兄弟们一样,要紧的是相互想念,虽然打架。那巨大的存在之消息,因分割而冲突,因冲突而防备,因防备而疏离,疏离而至孤独,孤独于是渴望着相互敞开——这便是爱之不断的根源。

敞开,不是性的专利,性是受了爱的恩宠,所以生气勃勃。如果性已经冷漠,已经疲倦,已经泛滥到失去了倾诉的能力,那就让它仅仅去负责繁殖和潇洒。敞开,可以找到另外的仪式和路径,比如艺术,比如诗歌,比如戏剧和文学。不过文学这个词并不美妙,并不恰切,不如是写作,不如是倾诉和倾听,不如是梦幻、是神游。因为那从来就不是什么学问,本不该有什么规范,本不该去符合什么学理,本不必求取公认,那是天地间最自由的一片思绪呀,是有限的时空中响彻的无限呼唤。为此上帝也看重它,给它风采,给它浪漫,给它鬼魅与神奇,给它虚构的权力去敲碎现实的呆板,给它荒诞的逻辑以冲出这个既定的人间。总之给它一种机会,重归那巨大的存在之消息,浩浩荡荡万千心魂重新浑然一体,赢得上帝的游戏,破译上帝以斯芬克斯的名义设下的谜语。

五十

但这是可能的吗？迫使上帝放弃他的游戏，可能吗？放弃分割，放弃角色们的差异，让上帝结束他非凡的戏剧，这可能吗？那么喜欢热闹的上帝，又是那么精力旺盛、神通广大，让他重新回到无边的寂寞中去，他能干？要是他干，他曾经也就不必创造这个人间。喜好清静如佛者，也难免情系人间。我还是不能想象人人都成了佛的图景，人人都是一样，岂不万籁俱寂？人人都已圆满，生命再要投奔何方？那便连佛也不能有。佛乃觉悟，是一种思绪。一团圆满一片死寂，思之安附，悟从何来？所以有"烦恼即菩提"的箴言。

人间总是喧嚣，因而佛陀领导清静。人间总有污浊，所以上帝主张清洁。那是一条路呵！皈依无处。皈依并不在一个处所，皈依是在路上。分割的消息要重新联通，隔离的心魂要重新聚合，这样的路上才有天堂。这样的天堂有一个好处：不能争抢。你要去吗？好，上路就是。要上路吗？好，争抢无效，惟以爱的步伐。任何天堂的许诺，若非在路上，都难免刺激起争抢的欲望。不管是在九天之外，或是在异元时空，任何所谓天堂只要是许诺可以一劳永逸地到达，通向那儿的路上都会拥挤着贪婪。天堂是一条路，这就好了，永远是爱的步伐，又不担心会到达无穷的寂寞。上帝想必是早就看穿了这一点，所以把他的游戏摆弄个没完。佛陀谙熟此道，所以思之无极。谢天谢地，皈依是一种心情，一种行走的姿态。

五十一

爱是软弱的时刻,是求助于他者心情,不是求助于他者的施予,是求助于他者的参加。爱,即分割之下的残缺向他者呼吁完整,或者竟是,向地狱要求天堂。爱所以艰难,常常落入窘境。

所以"爱的奉献"这句话奇怪。左腿怎么能送给右腿一个完整呢?只能是两条腿一起完整。此地狱怎么能向彼地狱奉献一个天堂呢?地狱的相互敞开,才可能朝向天堂。性可以奉献,爱却不能。爱就像语言,闻者不闻,言者还是哑巴。甘心于隔离地活着,惟爱和语言不需要。爱和语言意图一致——让知识走向心魂深处,让深处的孤独与惶然相互沟通,让冷漠的宇宙充满热情,让无限的神秘暴露无限的意义。巴别塔虽不成功,语言仍朝着通天的方向建造。这不是能够嘲笑的,连上帝也不能。人的处境是隔离,人的愿望是沟通,这两样都写在了上帝的剧本里。

五十二

可这有什么用吗?通常的嘲笑和迷惑就在这里:人不可能永生,这一切又有什么用呢?爱有什么用?心魂的敞开有什么用?热情又有什么用呢?但,什么是**有用**?若仅仅做一种活物,衣食住行之外其实什么都可以取消。然而,乖张如人者偏不安守这样的地位,好事如上帝者偏不允许这样的寂寞,无限膨胀的宇宙偏偏孕育出一种不衰的热情。先哲有言:"人是一堆无用的热情。"人即热情,这热情并不派什么别的用场。人就是飘荡在宇宙中的热情消息，就是这宇宙之热情的体现，或者，惟宇宙之热情称为人。若问"热情何用"，等于是问"人何用"，等于问"宇宙何用"，"无用何用"。从必死的角度看，衣食住行又有何用？不如早早结束这一场荒诞。说人就是为了活着，也对，衣食住行是为了活着，梦想也是，倘发狠去死，一切真都是何必？但是，说人**只是**为了活着，意思就大不一样，丰衣足食地关在监狱里如何？

五十三

但是死，那么容易吗？我是说，谁能让"无用的热情"死去？谁能让宇宙的热情的消息飘散？谁能用一瓶安眠药让世界永远睡去？

宇宙这只花瓶是一只打不烂的魔瓶，它总能够自我修复，保持完整，热情此消彼长永不衰减。人间这出戏剧是只杀不死的九头鸟，一代代角色隐退，又一代代角色登场，仍然七情六欲，仍然悲欢离合，仍然是探索而至神秘、欲知而终于知不知，各种消息都在流传，万古不废。

五十四

这也许荒诞。荒诞如果难逃，哀叹荒诞岂不更是荒诞！荒诞如果难逃，自然而然会有一种猜想：或许这人间真的不过是一座炼狱？我们是来服刑的，我们是来反省和锻炼的，是来接受再教育的（改造客观世界的同时改造主观世界）。下放与下凡异曲同工。迷信和神话中常有这类说法：天人有罪，被遣人间，譬如猪八戒。天人何罪？多半都是"天蓬元帅"一般受了红尘的引诱。好吧，你就去红尘走一遭，在肉体的牢笼中再加深一回对苦难的理解。贾宝玉和孙悟空这一对女娲的弃物，也都是走了这条路，不过比八戒多着自愿的成分。

这样的猜想让人长舒一口气，仿佛西绪福斯的路终于可以有头，终有一天可以放假回家万事大吉，但细想这未必美妙，彻底的圆满只不过是彻底的无路可走。

五十五

经过电子游戏厅，看见痴迷又疲惫的玩客，仿佛是见了人间的模型。变幻莫测的游戏是红尘的引诱，一台台电脑即姓名各异的肉身。你去品尝红尘，要先具肉身——哪一样快乐不是经由它传递？带上足够的本金去吧，让欲望把定一台电脑，灵魂就算附体了，你就算是投了胎，五光十色的屏幕一亮你已经落生人间。孩子们哭闹着想进游戏厅，多像一块块假宝玉要去做"红楼梦"。欲望一头扎进电脑，多像灵魂钻进了肉身？按动键盘吧，学会入世的规矩。熟练指法吧，摸清谋生的门道。谢谢电脑，这奇妙的肉身为实现欲望接通了种种机会——你想做英雄吗？这儿有战争。想当领袖吗？这儿有社会。想成为智者？好，这儿有迷宫。要发财这儿有银行可抢。要拈花惹草这儿有些黄色的东西您看够不够？要赌博？咳呀那还用说，这儿的一切都是赌博。

你玩得如醉如痴，噼里啪啦到噼里啪啦，到本金告罄，到游戏厅打烊，到老眼昏花，直到游戏日新月异踏过你残老的身体，这时似乎才想起点别的什么。什么呢？好像与快乐的必然结束有关。

荒诞感袭来是件好事，省得说"瞎问那么多有什么用"。其实应该祝愿潇洒从头至尾都不遭遇荒诞的盘查，可这事谁也做不了主，荒诞并非没有疏漏，但并不单单放过潇洒。而且你不能拒绝它：拒绝盘查，实际已经被盘查。

五十六

怕死的心理各式各样。作恶者怕地狱当真。行善者怕天堂有诈。潇洒担心万一来世运气不好，潇洒何以为继？英雄豪杰，照理说早都置生死于度外，可一想到宏图伟业忽而回零，心情也不好。总而言之，死之可怕，是因为毕竟谁也摸不清死要把我们带去哪儿？

然而人什么都可能躲过，惟死不可逃脱。

可话说回来，天地间的热情岂能寂灭？上帝的游戏哪有终止？宇宙膨胀不歇，轰轰烈烈的消息总要传达。人便是这生生不息的传达，便是这热情的载体，便是残缺朝向圆满的迁徙，便是圆满不可抵达的困惑和与之同来的思与悟，便是这永无终途的欲望。所以一切尘世之名都可以磨灭，而"我"不死。

五十七

"我"在哪儿？在一个个躯体里，在与他人的交流里，在对世界的思考与梦想里，在对一棵小草的察看和对神秘的猜想里，在对过去的回忆、对未来的眺望、在终于不能不与神的交谈之中。

正如浪与水。我写过：浪是水，浪消失了，水还在。浪是水的形式，水的消息，是水的欲望和表达。浪活着，是水，浪死了，还是水。水是浪的根据，浪的归宿，水是浪的无穷与永恒。

所有的消息都在流传，各种各样的角色一个不少，惟时代的装束不同，尘世的姓名有变。每一个人都是一种消息的传达与继续，所有的消息连接起来，便是历史，便是宇宙不灭的热情。一个人就像一个脑细胞，沟通起来就有了思想，储存起来就有了传统。在这人间的图书馆或信息库存里，所有的消息都死过，所有的消息都活着，往日在等待另一些"我"来继续，那样便有了未来。死不过是某一个信号的中断，它"轻轻地走"，正如它还会"轻轻地来"。更换一台机器吧——有时候不得不这样，但把消息拷贝下来，重新安装进新的生命，继续，和继续的继续。

1997 年 9 月至 1998 年 9 月

病隙碎笔 5

一

生命到底有没有意义？——只要你这样问了，答案就肯定是：有。因这疑问已经是对意义的寻找，而寻找的结果无外乎有和没有；要是没有，你当然就该知道没有的是什么。换言之，你若不知道没有的是什么，你又是如何判定它没有呢？比如吃喝拉撒，比如生死繁衍，比如诸多确有的事物，为什么不是？此既不是，什么才是？这什么，便是对意义的猜想，或描画，而这猜想或描画正是意义的诞生。

二

存在，并不单指有形之物，无形的思绪也是，甚至更是。有形之物尚可因其未被发现而沉寂千古，无形的思绪——比如对意义的描画——却一向喧嚣、确凿，与你同在。当然，生命中也可以没有这样的思绪和喧嚣，永远都没有，比如狗。狗也可能有吗？那就比如昆虫。昆虫也未必没有吗？但这已经是另外的问题了。

三

既然意义是存在的，何以还会有上述疑问呢？料其真正的疑点,或者忧虑,并不在意义的有无,而在于:第一,这类描画纷纭杂沓,到底有没有客观正确的一种?第二,这意义,无论哪一种,能否坚不可摧?即:死亡是否终将粉碎它?一切所谓意义,是否都将随着生命的结束而变得毫无意义?

四

如果不是所有的生命(所有的人)都有着对意义的描画与忧虑,那就是说,意义并非与生俱来。意义不是先天的赋予,而显然是后天的建立。也就是说,生命本无意义,是我们使它有意义,是"我",使生命获得意义。

建立意义,或对意义的怀疑,乃一事之两面,但不管哪面,都是人所独具。动物或昆虫是不屑这类问题的,凡无此问题的种类方可放心大胆地宣布生命的无意义。不过它们一旦这样宣布,事情就又有些麻烦,它们很可能就此成精成怪,也要陷入意义的纠缠了。你看传说中的精怪,哪一位不是学着人的模样在为生命寻找意义?比如白娘子的"千年等一回",比如猪八戒的梦断高老庄。

五

生命本无意义,是"我"使生命获得意义——此言如果不错,那就是说:"我",和生命,并不完全是一码事。

没有精神活动的生理性存活,也叫生命,比如植物人和草履虫。所以,生命二字,可以仅指肉身。而"我",尤其是那个对意义提出诘问的"我",就不只是肉身了,而正是通常所说的:精神,或灵魂。但谁平时说话也不这么麻烦,一个"我"字便可通用——我不高兴,是指精神的我;我发烧了,是指肉身的我;我想自杀,是指精神的我要杀死肉身的我。"我"字的通用,常使人忽视了上述不同的所指,即人之不同的所在。

六

不过,精神和灵魂就肯定是一码事吗?那你听听这句话:"我看我这个人也并不怎么样。"——这话什么意思?谁看谁不怎么样?还是精神的我看肉身的我吗?那就不对了,"不怎么样"绝不是指身体不好,而"我这个人"则明显是就精神而言,简单说就是:我对我的精神不满意。那么,又是哪一个我不满意这个精神的我呢?就是说,是什么样的我,不仅高于(大于)肉身的我并且也高于(大于)精神的我,从而可以对我施以全面的督察呢?是灵魂。

七

但什么是灵魂呢?精神不同于肉身,这话就算你说对了,但灵魂不同于精神,你倒是解释解释这为什么不是胡说?

因为,还有一句话也值得琢磨:"我要使我的灵魂更加清洁。"这话说得通吧?那么,这一回又是谁使谁呢?麻烦了,真是麻烦了。不过,细想,这类矛盾推演到最后,必是无限与有限的对立,必是绝对与相对的差距,因而那必是无限之在(比如整个宇宙的奥秘)试图对有限之在(比如个人处境)施加影响,必是绝对价值(比如人类前途)试图对相对价值(比如个人利益)施以匡正。这样看,前面的我必是联通着绝对价值，以及无限之在。但那是什么？那无限与绝对，其名何谓？随便你怎么叫他吧，叫什么其实都是人的赋予，但在信仰的历史中他就叫做：神。他以其无限，而真。他以其绝对的善与美，而在。他是人之梦想的初始之据，是人之眺望的终极之点。他的在先于他的名，而他的名，碰巧就是这个"神"字。

这样的神，或这样来理解神性，有一个好处，即截断了任何凡人企图冒充神的可能。神，乃有限此岸向着无限彼岸的眺望，乃相对价值向着绝对之善的投奔，乃孤苦的个人对广博之爱的渴盼与祈祷。这样，哪一个凡人还能说自己就是神呢？

八

精神，当其仅限于个体生命之时，便更像是生理的一种机能，肉身的附属，甚至累赘（比如它有时让你食不甘味，睡不安寝）。但当他联通了那无限之在（比如无限的人群和困苦，无限的可能和希望），追随了那绝对价值（比如对终极意义的寻找与建立），他就会因自身的局限而谦逊，因人性的丑陋而忏悔，视固有的困苦为锤炼，看琳琅的美物为道具，既知不断地超越自身才是目的，又知这样的超越乃是永远的过程。这样，他就不再是肉身的附属了，而成为命运的引领——那就是他已经升华为灵魂，进入了不拘于一己的关怀与祈祷。所以那些只是随着肉身的欲望而活的，你会说他没有灵魂。

九

比如希特勒，你不能说他没有精神，由仇恨鼓舞起来的那股干劲儿也是一种精神力量，但你可以说他丧失了灵魂。灵魂，必当牵系着博大的爱愿。

再比如希特勒，你可以说他的精神已经错乱——言下之意，精神仍属一种生理机能。你又可以说他的灵魂肮脏——但显然，这已经不是生理问题，而必是牵系着更为辽阔的存在，和以终极意义为背景的观照。

这就是精神与灵魂的不同。

精神只是一种能力。而灵魂，是指这能力或有或没有的一种方向，一种辽阔无边的牵挂，一种并不限于一己的由衷的祈祷。

这也就是为什么不能歧视傻人和疯人的原因。精神能力的有限，并不说明其灵魂一定龌龊，他们迟滞的目光依然可以眺望无限的神秘，祈祷爱神的普照。事实上，所有的人，不都是因为能力有限才向那无边的神秘眺望和祈祷吗？

十

其实，人生来就是跟这局限周旋和较量的。这局限，首先是肉身，不管它是多么聪明和健壮。想想吧，肉身都给了你什么？疾病、伤痛、疲劳、孱弱、丑陋、孤单、消化不好、呼吸不畅、浑身酸痛、某处瘙痒、冷、热、饥、渴、馋、人心隔肚皮、猜疑、嫉妒、防范……当然，它还能给你一些快乐，但这些快乐既是肉身给你的就势必受着肉身的限制。比如，跑是一种快乐，但跑不快又是烦恼，跳也是一种快乐，可跳不高还是苦闷，再比如举不动、听不清、看不见、摸不着、猜不透、想不到、弄不明白……最后是死和对死的恐惧。我肯定没说全，但这都是肉身给你的。而你就像那块假宝玉,兴冲冲地来此人间原是想随心所欲玩他个没够,可怎么先就掉进这么一个狭小黢黑的皮囊里来了呢?这就是他妈的生命?可是,问谁呢你?你以为生命应该是什么样儿?呆着吧哥们儿!这皮囊好不容易捉你来了,轻易就放你走吗?得,你今后的全部任务就是跟它斗了,甭管你想干嘛,都要面对它的限制。这样一个冤家对头你却怕它消失。你怕它折磨你,更怕它倏忽而逝不再折磨你——这里面不那么简单,应该有的可想。

但首先还是那个问题:谁折磨你?折磨者和被折磨者,各是哪一个你?

十一

有一种意见认为:是精神的你在折磨肉身的你,或灵魂的你在折磨精神的你。前者,精神总是想冲破肉身的囚禁,肉身便难免为之消损,即"为伊消得人憔悴"吧。后者,无论是"众里寻她千百度",还是"独上高楼,望尽天涯路",总归也都使你殚思竭虑耗尽精华。为此,这意见给你的忠告是:放弃灵魂的诸多牵挂吧,惟无所用心可得逍遥自在,或平息那精神的喧嚣吧,惟健康长寿是你的福。还有一种意见认为:是肉身的你拖累了精神的你,或是精神的你阻碍了灵魂的你。前者,比如说,倘肉身的快感湮灭了精神的自由,创造与爱情便都是折磨,惟食与性等等为其乐事。然而,这等乐事弄来弄去难免乏味,乏味而至无聊难道不是折磨?后者呢,倘一己之欲无爱无畏地膨胀起来,他人就难免是你的障碍,你也就难免是他人的障碍,你要扫除障碍,他人也想推翻障碍,于是危机四伏,这难道不是更大的折磨?总之,一个无爱的人间,谁都难免于中饱受折磨,健康长寿惟使这折磨更长久。因此,爱的弘扬是这种意见看中的拯救之路。

十二

但是,当生命走到尽头,当死亡向你索要不可摧毁的意义之时,便可看出这两种意见的优劣了。

如果生命的意义只是健康长寿(所谓身内之物),死亡便终会使它片刻间化作乌有,而在此前,病残或衰老必早已使逍遥自在遭受了威胁和嘲弄。这时,你或可寄望于转世来生,但那又能怎样呢?路途是不可能没有距离的,存在是不可能没有矛盾的,生是不可能绕过死的,转世来生还不是要重复这样的逍遥和逍遥的被取消,这样的长寿和长寿的终于要完结吗?那才真可谓是轮回之苦哇!

但如果,你赋予生命的是爱的信奉,是更为广阔的牵系,并不拘于一己的关怀,那么,一具肉身的溃朽也能使之灰飞烟灭吗?

好了,最关键的时刻到了,一切意义都不能逃避的问题来了:某一肉身的死亡,或某一生理过程的中止,是否将使任何意义都掉进同样的深渊,永劫不复?

十三

如果意义只是对一己之肉身的关怀,它当然就会随着肉身之死而烟消云散。但如果,意义一向牵系着无限之在和绝对价值,它就不会随着肉身的死亡而熄灭。事实上,自古至今已经有多少生命死去了呀,但人间的爱愿却不曾有丝毫的减损,终极关怀亦不曾有片刻的放弃!当然困苦也是这样,自古绵绵无绝期。可正因如此,爱愿才看见一条永恒的道路,终极关怀才不至于终极地结束,这样的意义世代相传,并不因任何肉身的毁坏而停止。

也许你会说:但那已经不是我了呀!我死了,不管那意义怎样永恒又与我何干?可是,世世代代的生命,哪一个不是"我"呢?哪一个不是以"我"而在?哪一个不是以"我"而问?哪一个不是以"我"而思,从而建立起意义呢?肉身终是要毁坏的,而这样的灵魂一直都在人间飘荡,"秦时明月汉时关",这样的消息自古而今,既不消逝,也不衰减。

十四

你或许要这样反驳:那个"我"已经不是我了,那个"我"早已经不是(比如说)史铁生了呀!这下我懂了,你是说:这已经不是取名为史铁生的那一具肉身了,这已经不是被命名为史铁生的那一套生理机能了。

但是,首先,史铁生主要是因其肉身而成为史铁生的吗?其次,史铁生一直都是同一具肉身吗?比如说,三十年前的史铁生,其肉身的哪一个细胞至今还在?事实上,那肉身新陈代谢早不知更换了多少回!三十年前的史铁生——其实无需那么久——早已面目全非,背驼了,发脱了,腿残了,两个肾又都相继失灵……你很可能见了他也认不出他了。总之,仅就肉身而论,这个史铁生早就不是那个史铁生了,你再说"那已经不是我了"还有什么意思?

十五

可是,你总不能说你就不是史铁生了吧?你就是面目全非,你就是更名改姓,一旦追查起来你还得是那个史铁生。

好吧你追查,可你的追查根据着什么呢?根据基因吗?据说基因也将可以更改了。根据生理特征吗?你就不怕那是个克隆货?根据历史吗?可书写的历史偏又是任人打扮的小姑娘。你还能根据什么?根据什么都不如根据记忆,惟记忆可使你在一具"纵使相逢应不识"的肉身中认出你曾熟悉的那个人。根据你的记忆唤醒我的记忆,根据我的记忆唤醒你的记忆,当我们的记忆吻合时,你认出了我,认出了此一史铁生即彼一史铁生。可我们都记忆起了什么呢?我曾有过的行为,以及这些行为背后我曾有过的思想、情感、心绪。对了,这才是我,这才是我这个史铁生,否则他就是另一个史铁生,一个也可以叫做史铁生的别人。就是说,史铁生的特点不在于他所栖居过的某一肉身,而在于他曾经有过的心路历程,据此,史铁生才是史铁生,我才是我。不信你跟那个克隆货聊聊,保准用不了多一会儿你就糊涂,你就会问:哥们儿你到底是谁呀?这有点儿"我思故我在"的意思。

十六

打个比方:一棵树上落着一群鸟儿,把树砍了,鸟儿也就没了吗?不,树上的鸟儿没了,但它们在别处。同样,此一肉身,栖居过一些思想、情感和心绪,这肉身火化了,那思想、情感和心绪也就没了吗？不，他们在别处。倘人间的困苦从未消失，人间的消息从未减损，人间的爱愿从未放弃，他们就必定还在。

树不是鸟儿，你不能根据树来辨认鸟儿。肉身不是心魂，你不能根据肉身来辨认心魂。那鸟儿若只看重那棵树，它将与树同归于尽。那心魂若只关注一己之肉身，他必与肉身一同化作乌有。活着的鸟儿将飞起来，找到新的栖居。系于无限与绝对的心魂也将飞起来，永存于人间；人间的消息若从不减损，人间的爱愿若一如既往，那就是他并未消失。那爱愿，或那灵魂，将继续栖居于怎样的肉身，将继续有一个怎样的尘世之名，都无关紧要，他既不消失，他就必是以"我"而在，以"我"而问，以"我"而思，以"我"为角度去追寻那亘古之梦。这样说吧：因为"我"在，这样的意义就将永远地被猜疑，被描画，被建立，永无终止。

这又是"我在故我思"了。

十七

人所以成为人，人类所以成为人类，或者人所以对类有着认同，并且存着骄傲，也是由于记忆。人类的文化继承，指的就是这记忆。一个人的记忆，是由于诸多细胞的相互联络，诸多经验的积累、延续和创造；人类的文化也是这样，由于诸多个体及其独具的心流相互沟通、继承和发展。个人之于人类，正如细胞之于个人，正如局部之于整体，正如一个音符之于一曲悠久的音乐。

但这里面常有一种悲哀，即主流文化经常地湮灭着个人的独特。主流者，更似万千心流的一个平均值，或最大公约数，即如诗人西川所说：历史仅记录少数人的丰功伟绩/其他人说话汇合为沉默。在这最大公约中，人很容易被描画成地球上的一种生理存在，人的特点似乎只是肉身功能（比之于其他生命）的空前复杂，有如一台多功能的什么机器。所以，此时，艺术和文学出面。艺术和文学所以出面，就为抗议这个最大公约，就为保存人类丰富多彩的记忆，以使人类不单是一种多功能肉身的延续。

十八

生命是什么？生命是永恒的消息赖以传扬的载体。因那无限之在的要求，或那无限之在的在性，这消息必经某种载体而传扬。就是说，这消息，既是在的原因，也是在的结果。否则它不在。否则什么问题都没有。否则我们无话可说，如同从不吱声的 X。X 是什么？废话，它从不吱声怎么能知道它是什么？

它是什么，它就传扬什么消息，反过来也一样，它传扬什么消息，它就是什么。并非是先有了消息，之后有其载体，不不，而是这消息，或这传扬，已使载体被创造。那消息，曾经比较简陋，比较低级，低级到甚至谈不上意义，只不过是蠕动，是颤抖，是随风飘扬，或只是些简单的欲望，由水母来承载就够了，有恐龙来表达就行了。而当一种复杂而高贵的消息一旦传扬，人便被创造了。是呀，当亚当取其一根肋骨，当他与夏娃一同走出伊甸园，当女娲在寂寞的天地间创造了人，那都是由于一种高贵的期待在要求着传扬啊！亚当、夏娃、女娲，或许都是一种描画，但那高贵的消息确实在传扬，确实的传扬就必有其确实的起点，这起点何妨就叫做亚当、夏娃，女娲和伏羲呢？正如神的在先于神的名，其名用了哪几个字本无需深虑。传说也正是这样：

亚当和夏娃走出伊甸园，人类社会从而开始。女娲和伏羲的传说大致也是如此。

十九

但这消息已经是高贵得不能再高贵了吗？只要你注意到了人性的种种丑恶，肉身的种种限制，你就是在谛听或仰望那更为高贵的消息了。那更为高贵的消息，也许不能再经由蛋白质所建构的肉身来传扬，不能再以三维的有形而存在，或者仅仅是因为我们受这三维肉身的限制而不能直接与它相遇，甚至不能逻辑性地与之沟通，因而要以超越时空的梦想、描画和祈祷来追寻它，来使这区区肉身所承载的消息得以辽阔，得以升华。这便是信仰无需实证的原因；实证必为有限之实，信仰乃无限之虚的呼唤。

二十

因而也可以猜想，生命未必仅限于蛋白质的建构，很可能有着千变万化的形式，这全看那无限的消息要求着怎样的传扬了。但不管它有怎样的形式（是以蛋白质还是以更高级的材料来建构），它既是消息的传扬，就必意味着距离和差异。它既是无限，就必是无限个有限的相互联络。因此，个人便永远都是有限，都是局部。那么，这永远的局部，将永远地朝向何方呢？局部之困苦，无不源于局部之有限，因而局部的欢愉必是朝向那无限之整体的皈依。所以皈依是一条永恒的路。这便是爱的真意，爱的辽阔与高贵。

无聊的人总是为皈依标出一处终点，期求着一劳永逸的福果，一尊宝座，或种种超出常人的功能（比如特异功能）。没有证据说那神乎其神的功能全属伪造，但这样的期求哪里还是爱愿呢？不过是宫廷朝政中的权势之争，或绿林草莽间的称王称霸的变体罢了。究其原因，仍是囿于一己之肉身的福乐。然而你就是钢筋铁骨，还不是"荒冢一堆草没了"？你就是金刚不坏之身，还不是"沉舟侧畔千帆过"？那无限的消息不把任何一尊偶像视为永恒，惟爱愿于人间翱飞飘缭历千古而不死。

二十一

你要是悲哀于这世界上终有一天会没有了你，你要是恐惧于那无限的寂灭，你不妨想一想，这世界上曾经也没有你，你曾经就在那无限的寂灭之中。你所忧虑的那个没有了的你，只是一具偶然的肉身。所有的肉身都是偶然的肉身，所有的爹娘都是偶然的爹娘，是那亘古不灭的消息使生命成为可能，是人间必然的爱愿使爹娘相遇，使你诞生。

这肉身从无中来，为什么要怕它回到无中去？这肉身曾从无中来，为什么不能再从无中来？这肉身从无中来又回无中去，就是说它本无关大局。大局者何？你去看一出戏剧吧，道具、布景、演员都可以全套地更换，不变的是什么？是那台上的神魂飘荡，是那台上台下的心流交汇，是那幕前幕后的梦寐以求！人生亦是如此，毁坏的肉身让它回去，不灭的神魂永远流传，而这流传必将又使生命得其形态。

二十二

我常想，一个好演员，他/她到底是谁？如果他/她用一年创造了一个不朽的形象，你说，在这一年里他/她是谁？如果他/她用一生创造了若干个独特的心魂，他/她这一生又是谁呢？我问过王志文，他说他在演戏时并不去想给予观众什么，只是进入，我就是他，就是那个剧中人。这剧中人虽难免还是表演者的形象，但这似曾相识的形象中已是完全不同的心流了。

所以我又想，一个好演员，必是因其无比丰富的心魂被困于此一肉身，被困于此一境遇，被困于一个时代所有的束缚，所以他/她有着要走出这种种实际的强烈欲望，要在那千变万化的角色与境遇中，实现其心魂的自由。

艺术家都难免是这样，乘物以游心，所要借助和所要克服的，都是那一副不得不有的皮囊。以美貌和机智取胜的，都还是皮囊的奴隶。最要受那皮囊奴役的，莫过于皇上；皇上一旦让群臣认不出，他就什么也没有了。所以，凡·高是"向日葵"，贝多芬是"命运"，尼采是"如是说"，而君王是地下宫殿和金缕玉衣。

二十三

无论对演员还是对观众，戏剧是什么？那激情与共鸣是因为什么？是因为现实中不被允许的种种愿望终于有了表达并被尊重的机会。无论是恨，是爱，是针砭、赞美，是缠绵悱恻、荒诞不经，是堂·吉诃德或是哈姆雷特，总之，如是种种若在现实中也有如戏剧中一样的自由表达,一样地被倾听和被尊重,戏剧则根本不会发生。演员的激情和观众的感动,都是由于不可能的一次可能,非现实的一次实现。这可能和实现虽然短暂,但它为心魂开辟的可能性却可流入长久。

不过,一旦这样的实现成为现实,它也就不再能够成为艺术了。但是放心,不可能与非现实是生命永恒的背景,因此,艺术,或美的愿望,永远不会失其魅力。

二十四

然而,有形的或具体的美物,很可能随着时间的推移而丧失其美。美的难于确定,使毛姆这样的大作家也为之迷惑,他竟得出结论说:"艺术的价值不在于美,而在于正当的行为。"(见《毛姆随想录》)可什么是正当呢?由谁来确定某一行为的正当与否呢?以更加难于确定的正当,来确定难于确定的美,岂不荒唐?但毛姆毕竟是毛姆,他在同一篇文章中不经意地说了一句话:"他们(指艺术家)的目标是解除压迫他们灵魂的负担。"好了,这为什么不是美的含义呢?你来了,你掉进了一个有限的皮囊,你的周围是隔膜,是限制,是数不尽的墙壁和牢笼,灵魂不堪此重负,于是呼喊,于是求助于艺术,开辟出一处自由的时空以趋向那无限之在和终极意义,为什么这不是美的恒久品质,同时也是人类最正当的行为呢?

二十五

所以要尊重艺术家的放浪不羁。那是自由在冲破束缚,是丰富的心魂在挣脱固定的肉身,是强调梦想才是真正的存在,而肉身不过是死亡使之更新以前需要不断克服和超越的牢笼。

因此有件事情饶有趣味:男演员 A 饰男角色甲,女演员 B 饰女角色乙,在剧中有甲和乙做爱的情节,那么这时候,做爱的到底是谁?简直说吧,你能要求 A 和 B 只是模仿而互相毫无性爱的欲望吗?这样的事,尤其是这样的事,恐怕单靠模仿是不成的,仅有形似必露出假来——三级片和艺术片的不同便是证明;前者最多算是两架逼真的模型,后者则牵连着主人公的浩瀚心魂和历史。讲台前或餐桌上可以逢场作戏,此时并不一定要有真诚,惟符合某种公认的规矩就够。可戏剧中的(比如说)性爱,却是不能单靠肉身的,因为如前所说,人们所以需要戏剧,是需要一处自由的时空,需要一回心魂的酣畅表达,是要以艺术的真去反抗现实的假,以这剧场中的可能去解救现实中的不可能,以这舞台或银幕上的实现去探问那布满于四周的不现实。这就是艺术不该模仿生活,而生活应该模仿艺术的理由吧。

二十六

但这是真吗?或者其实这才是假?不是吗,戏剧一散,A 和 B 还不是各回各的妻子或丈夫身边去?刚才的怨海情天岂非一缕轻风?刚才的卿卿我我岂不才是逢场作戏?这就又要涉及到对真与假的理解,比如说,由衷的梦想是假,虚伪的现实倒是真吗?已有的一切都是真理,未有的一切都是谬误吗?看来还要对真善美中的这个真字做一点分析:真,可以指真实、真理,也可以指真诚。毛姆在他的《随想录》中似乎全面地忽视了后者,然后又因真理的流变不居和信念的往往难于实证而陷入迷途。他说："如果真理是一种价值，那是因为它是真的，不是因为说出真理是勇敢的。"又说："一座连接两个城市的桥梁，比一座从一片荒地通往另一片荒地的桥梁重要。"这些话真是让我吃惊。事实上，很多真理，是在很久以后才被证明了它的真实的，若在尚未证明其真实之前就把它当做谬误扫荡，所有的真理就都不能长大。而在它未经证实之前便说出它，不仅需要勇敢，更需要真诚。至于桥梁，也许正因为有从荒地通往荒地的桥梁，城市这才诞生。真诚正是这样的桥梁，它勇敢地铺向一片未知，一片心灵的荒地，一片浩渺的神秘，这难道不是它最重要的价值吗？真理，谁都知道它是要变化，要补充和要不断完善的，别指望一劳永逸。但真诚，谁会说它是暂时的呢？

二十七

科学的要求是真实，信仰的要求是真诚。科学研究的是物，信仰面对的是神。科学把人当做肉身来剖析它的功能，信仰把人看做灵魂来追寻它的意义。科学在有限的成就面前沾沾自喜，信仰在无限的存在面前虚怀若谷。科学看见人的强大，指点江山，自视为世界的主宰，信仰则看见人的苦弱与丑陋，沉思自省，视人生为一次历练与皈依爱愿的旅程。自视为主宰的，很难控制住掠夺自然和强制他人的欲望，而爱愿，正是抵挡这类欲望的基础。但科学，如果终于，或者已经，看见了科学之外的无穷，那便是它也要走进信仰的时候了。而信仰，亘古至今都在等候浪子归来，等候春风化雨，狂妄归于谦卑，暂时的肉身凝成不朽的信爱，等候那迷恋于真实的眼睛闭上，向内里，求真诚。

和王安忆(左一)、陈村(左二)在上海(2004年)

史铁生作品书影

二十八

让人担心的是 A 和 B 从剧场回家之后的遭遇，即 A 之妻和 B 之夫会怎么想？从一些这样的妻子和丈夫并未因此而告到法院去，也未跟 A 或 B 闹翻天的事实来看，他们的爱不单由于肉身，更由于灵魂。醋罐子所以不曾打破，绝不是因为什么肚量，而是因为对艺术的理解，既然艺术是灵魂要突破肉身限定的昭示，甚至探险，那飞扬的爱愿惟使他们感动。此时，有限的肉身已非忠贞的标识，宏博的心魂才是爱的指向——而他们分明是看到了，他们的爱人不光是一具会行房的肉身，而是一个多么丰盈、多么懂得爱，又是多么会爱的灵魂啊。

这未免有些理想化。但理想化并不说明理想的错误，而艺术本来就是一种理想。"理想化"三个字作为指责，惟一的价值是提醒人们注意现实。现实怎样？现实有着一种危险：A 之妻或 B 之夫很可能因此提出一份离婚申请。在现实中，这不算出格，且能为广大群众所理解。但这毕竟只是现实，这样的爱情仍止于肉身。止于肉身又怎样，白头偕老的不是很多吗？是呀，没说不可以，可以，实在是可以。只是别忘了，现实除了是现实还是对理想的吁求，这吁求也是现实之一种。因此 A 和 B，他们的戏剧以及他们的妻与夫，是共同做着一次探险。险从何来？即由于现实，由于肉身的隔离和限制，由于灵魂的不屈于这般束缚，由于他们不甘以肉身为"我"而要以灵魂为"我"的愿望，不信这狭小的皮囊可以阻止灵魂在那辽阔的存在中汇合。这才是爱的真谛吧，是其永不熄灭的原因。

二十九

我正巧在读《毛姆随想录》,所以时不时地总想起他的话。关于爱,我比较同意他的意见:爱,一是指性爱,一是指仁爱(我猜也就是指宏博的爱愿吧)。前者会消逝,会死亡,甚至会衍生成恨。后者则是永恒,是善。

可他又说:"人生莫大的悲哀……是他们会终止相爱。……两个情人之中总是一个爱而另一个被爱;这将永远妨碍人们在爱情中获得完美幸福……爱情总是少不了一种性腺的分泌,这当是无可置疑的。对于极大多数的人,同一的对象不能永久引发出他们的这种分泌,还有随着年事增长,性腺也萎缩了。人们在这个问题上十分虚伪,不肯面对现实……难道爱怜与爱情可以同日而语吗?"性爱是不能忽视荷尔蒙的,这无可非议。但性爱就是爱情吗?从"这将永远妨碍人们在爱情中获得完美幸福"一语来看,支持性爱的荷尔蒙,并不见得也能够支持爱情。由此可见,性爱和爱情并不是一码事。那么,支持着爱情的是什么呢?难道"性腺也萎缩了",一对老夫老妻就不再可能有爱情了吗?并且,爱情若一味地拘于荷尔蒙的领导,又怎能通向仁爱的永恒与善呢?难道爱情与仁爱是互不相关的两码事?

三十

单纯的性爱难免是限于肉身的。总是两个肉身的朝朝暮暮,真是难免有互相看腻的一天。但,若是两个不甘于肉身的灵魂呢?一同去承受人世的危难,一同去轻蔑现实的限定,一同眺望那无限与绝对,于是互相发现了对方的存在、对方的支持,难离难弃……这才是爱情吧。在这样的栖居或旅程中,荷尔蒙必相形见绌,而爱愿弥深,衰老的肉身和萎缩的性腺便不是障碍。而这样的爱一向是包含了怜爱的,正如苦弱的上帝之于苦弱的人间。毛姆还是糊涂哇。其实怜爱是高于性爱的。在荷尔蒙的激励下,昆虫也有昂扬的行动;这类行动,只是被动地服从着优胜劣汰的自然法则,最多是肉身间短暂的娱乐。而怜爱,则是通向仁爱或博爱的起点啊。仁爱或博爱,毛姆视之为善。但我想,一切善其实都是出于这样的爱。我看不出在这样的爱愿之外,善还能有什么独具的价值,相反,若视"正当"为善,倒要有一种危险,即现实将把善制作成一副枷锁。

三十一

耶稣的话:"我还有不多的时候与你们同在。后来你们要找我,但我所去的地方,你们不能到。这话我曾对犹太人说过,如今也照样对你们说。我赐给你们一条新命令,乃是叫你们彼此相爱。我怎样爱你们,你们也要怎样相爱。"

林语堂说:"这就是耶稣温柔的声音,同时也是强迫的声音,一种近两千年来浮现在人了解力之上的命令的声音。"

我想,"正当"也会是一种强迫和命令的声音,但它不会是温柔的声音。差别何在?就在于,前者是"近两千年来浮现在人了解力之上的声音",是无限与绝对的声音,是人不得不接受的声音,是人作为部分而存在其中的那个整体的声音,是你终于不要反抗而愿皈依的声音。而后者,是近两千年来人间习惯了的声音,是人智制作的声音,是肉身限制灵魂、现实胁迫梦想的声音,是人强制人的声音。

三十二

我希望我并没有低估了性爱的价值,相反,我看重这一天地之昂扬美丽的造化,便有愁苦,便有忧哀,也是生命鲜活地存在。低估性爱,常是因为高估了性爱而有的后果。将性腺作为爱的支撑,或视为等值,一旦"春风无力百花残"或"无边落木萧萧下",则难免怨屋及乌,叹"人生苦短"及爱也无聊。尚能饭否或尚能性否,都在其次,尚能爱否才是紧要,值得双手合十,谓曰:善哉,善哉!

我曾在另外的文章里猜想过:性爱,原是上帝给人通向宏博之爱的一个暗示,一次启发,一种象征,就像给戏剧一台道具,给灵魂一具肉身,给爱愿一种语言……是呀,这许多器具都是何等精彩,精彩到让魔鬼也生妒意!但你若是忘记了上帝的期待,一味迷恋于器具,靡菲斯特定会在一旁笑破肚皮。

三十三

性爱,实在是借助肉身而又要冲破肉身的一次险象环生的壮举。你看那姿态,完全是相互融合的意味;你听那呼吸,那呼喊,完全是进入异地的紧张、惊讶,是心魂破身而出才有的自由啊!性爱的所谓高峰体验,正是心魂与心魂于不知所在之地——"太虚幻境"或"乌托之邦"——空前的相遇。不过,正也在此时,魔鬼要与上帝赌一个结局:也许他们就被那精彩的器具网罗而去,也许,他们由此而望见通向天国的"窄门"。

三十四

因此,我虽不是同性恋者,却能够理解同性恋。爱恋,既是借助肉身而冲破肉身,性别就不是绝对的前提,既是心魂与心魂的相遇,则要紧的是他者。他者即异在。异性只是异在之一种,而且是比较习常的一种,比较地拘于肉身的一种,而灵魂的异在却要辽阔得多,比如异思和异趣,尤其是被传统或习常所歧视、所压迫着的异端,更是呼唤着爱去照耀和开垦的处女地。在我想,一切爱恋与爱愿,都是因异而生的。异是隔离,爱便是要冲破这隔离;异又是禁地,是诱惑,爱于是有着激情;异还可能是弃地,是险境,爱所以温柔并勇猛(我琢磨,性腺的分泌未必是爱的动因,没准儿倒是爱的一项后果或辅助)。这隔离与诱惑若不单单地由于性之异,凭什么爱恋只能在异性之间?超越了性之异的爱恋,超越了肉身而在更为辽阔的异域团聚的心魂,为什么不同样是美丽而高贵的呢?

三十五

人与人之间是这样,群、族乃至国度之间也应该是这样——异,不是要强调隔离与敌视,而是在呼唤沟通与爱恋。总是自己恋着自己,狭隘不说,其实多么猥琐。党同伐异,群同、族同乃至国同伐异,我真是不懂为什么这不是猥琐而常常倒被视为骨气?我们从小就知道要对别人怀有宽容和关爱,怎么长大了倒糊涂?作为个人，谦虚和爱心是美德，怎么一遇群、族、国度就要以傲慢和警惕取而代之？外交和国防自然是不可不要，就像家家门上都得有把锁，可是心里得明白：这不是人类的荣耀，这是不得已而为之。千万别把这不得已而为之看成美德，一说"我们"便意味着迁就和表彰，一提"他们"就已经受了伤害。

三十六

"第三者"怎么样？"第三者"不也是不愿受肉身的束缚，而要在更宽阔的领域中实现爱愿吗？可能是。也可能不是。比如诗人顾城的故事，开始时仿佛是，结果却不是。"第三者"的故事各不相同，绝难一概而论。

"第三者"的故事通常是这样：A 和 B 的爱情已经枯萎，这时出现了 C——比如说 A 和 C，崭新的爱情之花怒放。倘没有什么法律规定人一生只能爱一次，这当然就无可指责。问题是，A 和 B 的爱情已经枯萎这一判断由谁做出？倘由 C 来做出，那就甭说了，其荒唐不言而喻；所以 C 于此刻最好闭嘴。由 B 做出吗？那也甭说，这等于没有故事。当然是由 A 做出。然而 B 不同意，说："A，你糊涂哇！"所以 B 不退出。C 也不退出，A 既做出了前述判断，C 就有理由不退出。我曾以为其实是 B 糊涂，A 既对你宣布了解散，你再以什么理由坚持也是糊涂。可是，故事也可能这样发展：由于 B 的坚持，A 便有回心转意的迹象。然而 C 现在有理由不闭嘴了，C 也说："A，你糊涂哇！"于是 C 仍不退出。如果诗人顾城最初的梦想能够在 A、B、C 间实现，那就会有一个非凡的故事了。但由 B 和 C 都说"A，你糊涂哇"这件事看来，A 可能真是糊涂——试图让水火相融，还不糊涂吗？可是，糊涂是个理性概念，而爱情，都得盘算清楚了才发生吗？我才明白，在这样的故事里，并没有客观的正确，决不要去找一条放之四海而皆准的真理。这不是理性的领域，但也不是全然放弃理性的领域，这是存在先于本质的证明；一切人的问题，都在这样的故事里浓缩起来，全面地向你提出。

三十七

我想，在这样的处境中，惟一要做并且可以做到的是诚实。惟诚实，是灵魂的要求，否则不过是肉身之间的旅游，"江南""塞北"而已，然而"小桥流水"和"大漠孤烟"都可能看腻，而灵魂依然昏迷未醒。"第三者"的故事中，最可悲哀、最可指责也是最为荒唐的，就是欺骗——爱情，原是要相互敞开、融合，怎么现在倒陷入加倍的掩蔽和逃离了呢？

通常的情况是 A 和 C 骗着 B。不过这也可能是出于好意——何苦让 B 疯癫，跳楼或者割腕呢？尤其 B 要是真的出了事，A 和 C 都难免一生良心不安。于是欺骗似乎有了正当的理由。可是，被骗者的肉身平安了，他的灵魂呢，二位可曾想过吗？B 至死都处在一个不是由自己选择而是由别人决定的位置上；所有人都笑着他的愚蠢，只他自己笑着自己的幸福。然而，你要是人道的，你总不能就让他去跳楼吧？你要是人道的，你也不能丢弃爱情一辈子守着一个随时可能跳楼的人吧？是呀，甭说那么多好听的，倘这故事真实地发生在你身上，说吧，简单点儿，你怎么办？

三十八

我真的不知道该怎么办。

我的第一个想法是：在这样的故事里我宁愿是 B。不要疯癫，也别跳楼，痛苦到什么程度大约由不得我，但我必须拎着我的痛苦走开。不为别的，为的是不要让真变成假，不要逼着 A 和 C 不得不选择欺骗。痛苦不是丑陋，结束也不是，惟要挟和诅咒可以点金成石，化珍宝为垃圾，使以往的美丽毁于一旦。是呀，这是 B 的责任，也是一个珍视灵魂相遇的恋者的痛苦和信念。"第三者"的故事，通常只把 B 看作受害者而免去了他的责任，免去了对他的灵魂提问。第二个想法是：在这样的故事里，柔弱很可能美于坚强，痛苦很可能美于达观。爱情不是出于大脑的明智，而是出于灵魂的牵挂，不是肉身的捕捉或替换，而是灵魂的漫展和相遇。因而一个犹豫的 A 是美的，一个困惑的 B 是美的，一个隐忍的 C 是美的；所以是美的，因为这里面有灵魂在彷徨，这彷徨看似比不上理智的决断，但这彷徨却通向着爱的辽阔，是爱的折磨，也是命运在为你敲开信仰之门。而果敢与强悍的"自我"，多半还是被肉身圈定，为荷尔蒙所胁迫，是想象力的先天不足或灵魂的尚未觉悟。

三十九

爱情，从来与艺术相似，没有什么理性原则可以概括它、指引它。爱情不像婚姻是现实的契约，爱情是站在现实的边缘向着神秘未知的呼唤与祈祷，它根本是一种理想或信仰。有一句诗：我爱你，以我童年的信仰。你说不清它是什么，所以它是非理性的，但你肯定知道它不是什么，所以它绝不是无理性。对于现实，它常常是脆弱的——比如人们常问艺术：这玩艺儿能顶饭吃？——明智而强悍的现实很可能会泯灭它。但就灵魂的期待而言，它强大并且坚韧，胜败之事从不属于它，它就像凡·高的天空和原野，燃烧，盛开，动荡着古老的梦愿，所有的现实都因之显得谨小慎微，都将聆听它对生命的解释。因而我在《向日葵》的后面常看见一个赴死的身形，又在《有松树的山坡》上听见亘古回荡的钟声。

四十

那回荡的钟声便是灵魂百折不挠的脚步，它曾脱离某一肉身而去，又在那儿无数次降临人世，借无数肉身而万古传扬。生命的消息，就这样永无消损，永无终期。不管科学的发展——比如克隆、基因、纳米——将怎样改变世界的形象，改变道具和布景，甚至改变人的肉身，生命的消息就如这钟声，或这钟声之前荒野上的呼唤，或这呼唤之上的浪浪天风，绝不因某一肉身的枯朽而有些微减弱，或片刻停息。这样看，就不见得是我们走过生命，而是生命走过我们；不见得是肉身承载着灵魂，而是灵魂订制了肉身。就比如，不是音符连接成音乐，而是音乐要求音符的连接。那是固有的天音，如同宇宙的呼吸，存在的浪动，或神的言说，它经过我们然后继续它的脚步，生命于是前赴后继永不息止。为什么要为一个音符的度过而悲伤？为什么要认为生命因此是虚幻的呢？一切物都将枯朽，一切动都不停息，一切动都是流变，一切物再被创生。所以，虚无的悲叹，寻根问底仍是由于肉身的圈定。肉身蒙蔽了灵魂的眼睛，单是看见要回那无中去，却忘了你原是从那无中来。

四十一

当然，每一个音符又都不容忽略，原因简单：那正是音乐的要求。这要求于是对音符构成意义，每一个音符都将追随它，每一个音符都将与所有的音符相关联，所有的音符又都牵系和铸造着此一音符的命运。这就是爱的原因，和爱的所以不能够丢弃吧。你既是演奏者，又是欣赏者，既是脚步，又是聆听。孤芳自赏从根本上说是不可能的，单独的音符怎么听也像一声噪响，孤立的段落终不知所归。音符和段落，倘不能领悟和追随音乐的要求，便黄钟大吕也是过眼烟云，虚无的悲叹势在必然。以肉身的不死而求生命的意义，就像以音符的停滞而求音乐的悠扬。无论是今天的克隆，还是古时的炼丹，以及各类自以为是的功法，都不可能使肉身不死。不死的惟有上帝写下的起伏跌宕、苦乐相依的音乐，生命惟在这音乐中获得意义，驱散虚无。而这永恒的音乐，当然是永恒地要求着音符的死生相继，又当然会跳过无爱的噪响，一如既往保持其美丽与和谐。

四十二

爱，即孤立的音符或段落向着那美丽与和谐的皈依，再从那美丽与和谐中互相发现：原来一切都是相依相随。倘若是音符间的相互隔离与排拒，美丽与和谐便要破坏。但上帝的音乐岂容破坏？比如说，地球的美丽是不容破坏的，生态的和谐是不容破坏的，被破坏的只可能是破坏者自己。比如说，上帝之手将借助干旱、沙尘暴、艾滋病、环境污染、臭氧层破洞……删除造成这一切不和谐的赘物。癌症是什么？是和谐整体中的一个失去控制的部分，这差不多是对无限膨胀着的人类欲望的一个警告。艾滋病是什么？是自身免疫系统的失灵，而生态的和谐正是地球的自身免疫系统。上帝是严厉而且温柔的，如果自以为是的人类仍然听不懂这暗示，地球上被删除的终将是什么应该是明显的。

四十三

书架上的书，一本一本几千本，看似各成一体相互孤立，其实全有关联。几千年的消息都在那儿排开，穿插，叠摞，其相互关联的路径更是玄机无限，鬼神莫测。真可谓"横看成岭侧成峰"，但其中任何一本都是"不识庐山真面目"。

我猜想，基因谱系也并不是孤立的每人一份，上帝不见得有那样的耐心，上帝写的是大文章，每个人的基因谱系只是其中一个小小的段落，把这些段落连成一气才可能领悟上帝的意图。领悟，而非破解。用陈村的话说，上帝的手艺哪能这么简单？比如，基因谱系中何以会有很多不知所云的段落？不知所云只是对人而言，只是对"岭"和"峰"而言，是整体对部分而言。部分只好是"知不知，尚矣"。这便是命运永远的神秘，便是人要对上帝保持谦恭，要对他说"是"，要以爱作为祈祷的缘由。

四十四

听说有个人称"易侠"的人,《易经》研究得透彻,不仅可以推算过去,还能够预测未来。我先是不信,可是说的人多了,有的还是亲身体验,我便将信将疑地有些怕——倘那是真的,岂不是说未来早都安排妥当,那人的努力还有什么用处?再那么认真地试图改变什么岂不是冒傻气?但后来想想,也没什么可怕,未来的已定与未定其实一样,未定得往前走,已定也还是得往前走,前面呢,或一个死字挡道,或一条无限的路途。这就一样了——反正你在过程之外难有所得。

我写过,神之下凡与人之下放异曲同工,都是"在改造客观世界的同时改造主观世界"。很可能"改造客观世界"倒是瞎说,前面终于是死亡或无限,你改造什么?而"改造主观世界"确凿是你躲不开的工作。比如戏剧,演员身历其境,其体会自然与旁观者的不同。下凡或下放大约就是基于这样的考虑:下去吧,亲身经历一回,感受会不一样。倘"易侠"的预测真的准确,就更可以坚定这改造的决心了——是呀,剧本早都写好了,演员的责任就很明确:把戏演好,别的没你什么事。何谓演好?就是在那戏剧的曲折与艰难中体会生命的意义,领悟那飘荡在灯光与道具之上的戏魂,改变你固有的迷执。

四十五

说文学(和艺术)的根本是真实,这话我想了又想还是不同意。

真实,必当意味着一种客观的标准,或者说公认的标准,否则就不能是真实,而是真诚。客观或公认的标准,于法律是必要的,于科学大约也是必要的,但于文学就埋藏下一种危险,即取消个人的自由,限定探索的范围。文学,可以反映现实,也可以探问神秘和沉入梦想;比如梦想,你如何判定它的真实与否呢?就算它终于无用,或是彻底瞎掰,谁也不能取消它存在与表达的权利。即便是现实,也会因为观察点的各异,而对真实有不同的确认。一旦要求统一(即客观或公认)的真实,便为霸权开启了方便之门。而不必统一的真实则明显是一句废话。

四十六

不必统一的真实,不如叫做真诚。文学,可以是从无中的创造,就是说它可以虚拟,可以幻想,可以荒诞不经,无中生有,只要能表达你的情思与心愿,其实怎么都行,惟真诚就好。真诚,不像真实那样要求公认,因此它可以保障自由,彻底把霸权关在了门外。

不过,当然,在真诚的标牌下完全有可能瞎说,胡闹,毫无意义地扯淡——他自称是真诚,你有什么话讲?可是,你以为真实的旗帜下就没人扯淡吗?总是有扯淡的,但真诚下的扯淡比真实下的扯淡整整多出了一个自由,这可是多么值得!说到底,文学(和艺术)是一种自由,自由的思想,自由的灵魂。倘不是没有自我约束的自由,那就叫做真诚,或者是谦恭吧。

四十七

不过，我对文学二字宁可敬而远之。一是我确实没什么学问，却又似乎跟文学沾了一点儿关系。二是，我总感到，在各种学（包括文学）之外，仍有一片浩瀚无边的存在；那儿，与我更加亲近，更加难离难弃，更加缠缠绕绕地不能剥离，更是人应该重视却往往忽视了的地方。我愿意把我与那儿的关系叫做：写作。到了那儿就像到了故土，备觉亲切。到了那儿就像到了异地，备觉惊奇。到了那儿就像脱离了这个残损而又坚固的躯壳，轻松自由。到了那儿就像漫游于死中，回身看时，一切都有了另外的昭示。

四十八

有位评论家，隔三差五地就要宣布一回：小说还是得好看！我一直都听不出他到底要说什么。这世界上，可有什么事物是得不好看的吗？要是没有，为什么单单拧着小说的耳朵这样提醒？再说了，你认为谁看着你都好看吗？谁看着你看着好看的东西都好看吗？要是你给他一个自以为好看的东西，他却拧着你的耳朵说："你最好给我一个好看的东西！"——你是否认为这是一次有益的交流？也许有益：你知道了好看是因人而异的。还有：但愿你也知道了，总是以自己的好看要求别人的好看，这习惯在别人看来真是不好看。

好看，在我理解，只能是指易读。把文章尽量写得易读，这当然好，问题是众生思绪千差万别，怎能都易到同一条水平线上去？

最易之读是不读,最易之思是不思,易而又易,终于弄到没有差别时便只剩下了简陋。

四十九

不知自何时起,中国人做事开始提倡"别那么累",于是一切都趋于简陋。比如"文革"中的简易楼,简易到没有上下水,清晨家家都有人端出一个盆来在街上走,里面是尿。比如我坐的国产轮椅,一辆简似一辆,有效期递减;直到最近又买了一辆进口的,这辆真是做得细致,做得"累",然而坐着却舒服。再比如我家的屋门——八十年代的作品,我无力装修故保留至今——不过是盖房时空出一个方洞,挡之以一块同大的板,再要省事就怕不是人居了。

五十

爱因斯坦说:"凡是涉及实在的数学定律都是不确定的,凡是确定的定律都不涉及实在。"因为,任何实在,都有着比抽象(的定律)更为复杂的牵系。各种科学的路线,都是要从复杂中抽象出简单,视简单为美丽,并希望以此来指引复杂。但与此同时,它也就看见了抽象与实在之间其实有着多么复杂的距离。而文学,命定地是要涉及实在,所以它命定地也就不能信奉简单。人类所以创造了文学,就是因为在诸多科学的路线之外看见了复杂,看见了诸学所"不涉及"的"实在",看见了实在的辽阔、纷繁与威赫。所以,文学有理由站出来,宣布与诸学的背道而驰,即:不是从复杂走向简单,而是由简单进入复杂。因此我常有些很可能是偏颇的念头:在看似已然明朗的地方,开始文学的迷茫路。

五十一

简单与复杂,各有其用,只要不独尊某术就好。一旦独尊,就是牢狱。牢狱并不都由他人把守,自觉自愿画地为牢的也很多。牢狱也并不单指有限的空间,有的人满世界走,却只对一种东西有兴趣。比如煽情。有那么几根神经天底下的人都是一样,不动则已,一动而泪下,谙熟了弹拨这几根神经的,每每能收获眼泪。不是说这不可以,是说单凭这几根神经远不能接近人的复杂。看见了复杂的,一般不会去扼杀简单,他知道那也是复杂的一部分。倒是只看见了简单的常常不能容忍复杂,因而愤愤然说那是庸人自扰,是"不打粮食",是脱离群众,说那"根本就不是文学",甚至"什么都不是",这样一来牢狱就有了。话说回来,不是文学又怎么了?什么都不是又怎么了?一种思绪既然已经发生,一种事物既然已经存在,就像一个人已经出生,它怎么可能什么都不是呢?它只不过还没有一个公认的名字罢了。可是文学,以及各种学,都曾有过这样的遭遇啊!

五十二

文如其人,这话并不绝对可信。文,有时候是表达,是敞开,有时候是掩盖,是躲避,感人泪下的言词后面未必没有隐藏。我自己就有这样的经验,常在渴望表达的时候却做了很多隐藏,而且心里明白,隐藏的或许比表达的还重要。这是为什么?为什么心里明白却还要隐藏?知道那是重要的却还要躲避?

不久前读到陈家琪的一篇文章,使我茅塞顿开。他说:"'是人'与'做人'在我们心中是不分的;似乎'是人'的问题是一个不言而喻的事实,要讨论的只是如何做人和做什么样的人。"又说:"'做人'属于先辈或社会的要求。你就是不想学做人,先辈和社会也会通过教你说话、识字,通过转换知识,通过一种文明化的进程,引导或强迫你去做人。"要你如何做人或标榜自己是如何做人的文学,其社会势力强大,不由得使人怕,使人藏,使人不由得去筹谋一种轻盈并且安全的心情;而另一种文学,恰是要追踪那躲避的,揭开那隐藏的,于是乎走进了复杂。

五十三

那复杂之中才有人的全部啊,才是灵魂的全面朝向。刘小枫说:"人向整体开放的部分只有灵魂,或者说,灵魂是人身上最靠近整体的部分。"又说:"追求整体性知识需要与社会美德有相当程度的隔绝……"要看看隐藏中的人是怎么一回事,不仅复杂而且危险。最大的危险就是要遭遇社会美德的阴沉的脸色。

五十四

我一直相信,人需要写作与人需要爱情是一回事。

人以一个孤独的音符处于一部浩瀚的音乐中,难免恐惧。这恐惧是因为,他知道自己的心愿,却不知道别人的心愿;他知道自己复杂的处境与别人相关,却不知道别人对这复杂的相关取何种态度;他知道自己期待着别人,却没有把握别人是否对他也有着同样的期待。总之,他既听见了那音乐的呼唤,又看见了社会美德的阴沉脸色。这恐惧迫使他先把自己藏起来,藏到甚至连自己也看不到的地方去。但其实这不可能,他既藏了就必然知道藏了什么和藏在了哪儿,只是佯装不知。这,其实不过是一种防御。他藏好了,看看没什么危险了,再去偷看别人。看别人的什么呢?看别人是否也像自己一样藏了和藏了什么。其实,他是要通过偷看别人来偷看自己,通过看见别人之藏而承认自己之藏,通过揭开别人的藏而一步步解救着自己的藏——这从恋人们由相互试探到相互敞开的过程,可得证明。是呀,人,都在一个孤独的位置上期待着别人,都在以一个孤独的音符而追随那浩瀚的音乐,以期生命不再孤独,不再恐惧,由爱的途径重归灵魂的伊甸园。

五十五

奇斯洛夫斯基的《情戒》,就是要为这样的偷看翻案,使这背了千古骂名的行为得到世人的理解,乃至颂扬。影片说的是一个身心初醒的大男孩,爱上了对面楼窗里的一个成熟女人,不分昼夜地用望远镜偷看她,偷看她的美丽与热情、孤独与痛苦。当这女人知道了这件事后,先是以不耻的目光来看他。幸而这是个善良的女人,善良使她看见了大男孩的满心虔诚。但她仍以为这只是性的萌动与饥渴,以为可以用性来解救他。但当她真的这样做了,大男孩却痛不欲生,惊慌地逃离,以致要割腕自杀。为什么呢?因为他的期待远不止于性啊!他的期待中,当然,不会没有性。其身心初醒就像刚刚走出了伊甸园,感到了诱惑,感到了孤独,感到了爱——这灵魂全面且巨大的吁求!性只是其一部分啊,部分岂能代替整体?尤其当性仅仅作为性的解救之时,性对那整体而言就更加陌生,甚至构成敌意。大男孩他说不清,但分明是感到了。他的灵魂正渴望着接近那浩瀚的音乐,却有一种筹谋——试图把复杂的沉重解救到简单的轻盈中去的筹谋,破坏了这音乐之全面的交响。

五十六

当然,这大男孩会逐日成熟,就像人出了伊甸园会越走越远。未来,他也许仍会记得灵魂所期待的全面解救,性从而成为爱的仆从,部分将永久地仰望整体。但也许他就会忘记整体,沉湎于部分所摆布的快乐之中;就像那个成熟的女人,以为性即可解救被逐出了伊甸园的人。未来什么都是可能的。但现在,对于这个大男孩,灵魂的吁求正全面扑来,使他绝难满足于部分的快乐。所幸者,在影片的末尾,那成熟的女人似也从这男孩的迷茫与挣扎中受了震动,仿佛重新听见了什么。

五十七

应该为这样的偷看平反昭雪。除了陷害式的偷看,世间还有一种"偷看",比如写作。写作,便是迫于社会美德的围困,去偷看别人和自己的心魂,偷看那被隐藏起来的人之全部。所以,这样的写作必"与社会美德有相当程度的隔绝"。这样的偷看应该受到颂扬,至少应该受到尊重,它提醒着人的孤独,呼唤着人的敞开,并以爱的祈告去承担人的全部。

五十八

所以，别再到那孤独的音符中去寻找灵魂，灵魂不像大脑在肉身中占据着一个有形的位置，灵魂是无形地牵系在那浩瀚的音乐之中的。

据说灵魂是有重量的。有人做过试验，人在死亡的一瞬间体重会减轻多少多少克，据说那就是灵魂的重量。但是，无论人们如何解剖、寻找，"升天入地求之遍"，却仍然是"两处茫茫皆不见"。假定灵魂确有重量，这重量就一定是由于某种有形的物质吗？它为什么不可以是由于那浩瀚音乐的无形牵系或干涉呢？

这很像物理学中所说的波粒二象性。物质，"可以同时既是粒子又是波"。"粒子是限制在很小体积中的物体，而波则扩展在大范围的空间中"。它所以又是波，是"因为它产生熟知的干涉现象，干涉现象是与波相联系的"。我猜，人的生命，也是有这类二象性的——大脑限制在很小的体积中，灵魂则扩展得无比辽阔。大脑可以孤立自在，灵魂却牵系在历史、梦想以及人群的相互干涉之中。因此，惟灵魂接近着"整体性知识"，而单凭大脑（或荷尔蒙）的操作则只能陷于部分。

五十九

这使我想到文学。文学之一种，是只凭着大脑操作的，惟跟随着某种传统，跟随着那些已经被确定为文学的东西。而另一种文学，则是跟随着灵魂，跟随着灵魂于固有的文学之外所遭遇的迷茫——既是于固有的文学之外,那就不如叫写作吧。前者常会在部分的知识中沾沾自喜。后者呢,原是由于那辽阔的神秘之呼唤与折磨,所以用笔、用思、用悟去寻找存在的真相。但这样的寻找孰料竟然没有尽头,竟然终归"知不知",所以它没理由洋洋自得,其归处惟有谦恭与敬畏,惟有对无边的困境说"是",并以爱的祈祷把灵魂解救出肉身的限定。

六十

这就是"写作的零度"吧?当一个人刚刚来到世界上,就如亚当和夏娃刚刚走出伊甸园,这时他知道什么是国界吗?知道什么是民族吗?知道什么是东、西方文化吗?但他却已经感到了孤独,感到了恐惧,感到了善恶之果所造成的人间困境,因而有了一份独具的心绪渴望表达——不管他动没动笔,这应该就是,而且已经就是写作的开端了。写作,曾经就是从这儿出发的,现在仍当从这儿出发,而不是从政治、经济和传统出发,甚至也不是从文学出发。"零度"当然不是说什么都不涉及,什么都不涉及你可写的什么作!从"零度"出发,必然也要途经人类社会之种种——比如说红灯区和黑社会,但这与从红灯区和黑社会出发自然是不一样。

一个汉人在伊甸园外徘徊、祈祷,一个洋人也在伊甸园外徘徊、祈祷,如果他们相遇并且相爱,如果他们生出一个不汉不洋或亦汉亦洋的孩子,这孩子在哪儿呢?仍是在伊甸园外,在那儿徘徊和祈祷。这似乎有着象征意味。这似乎暗示了人或写作的永恒处境,暗示了人或写作的必然开端。什么国界呀、民族呀、甲方乙方呀,那原是灵魂的阻碍,是伊甸园外的堕落,是爱愿和写作所渴望冲开的牢壁,怎么倒有一种强大的声音总要把这说成是写作的依归呢?

六十一

回到原来的话题吧。从人的"魂(波)脑(粒)二象性"——恕我编造此名,也是一种无知无畏吧——来看,人就不能仅仅是有形的肉身。就是说,生命既是有形的、单独的粒子,又是无形的、呈互相干涉的波。甚至一个人的出生,一个承载着某种意义的生命之诞生,也很像量子理论的描述:"在亚原子水平上,物质并不确定地存在于一定的地方,而是显示出'存在的倾向性';原子事件也不在确定的时间以一定的方式发生,而是显示出'发生的倾向性'。""亚原子粒子并非孤立的实体,而只能被理解为实验条件与随后的测定之间的相互关系,量子论从而揭示了宇宙的一种基本的整体性。"人的生命,或生命的意义,也是这样不能孤立地理解的,还是那句话,它就像浩瀚音乐中的一个音符,一个段落,孤立看它不知所云,惟在整体中才能明了它的意义。什么意义?简单说,就是音符或段落间的相关相系,不离不弃,而这正是爱的昭示啊!

六十二

那么,灵魂与思想的区别又是什么呢?任何思想都是有限的,既是对着有限的事物而言,又是在有限的范围中有效。而灵魂则指向无限的存在,既是无限的追寻,又终归于无限的神秘,还有无限的相互干涉以及无限构成的可能。因此，思想可以依赖理性。灵魂呢，当然不能是无理性，但他超越着理性，而至感悟、祈祷和信心。思想说到底只是工具，它使我们"知"和"知不知"。灵魂则是归宿，它要求着爱和信任爱。思想与灵魂有其相似之处，比如无形的干涉。但是，当自以为是的"知"终于走向"知不知"的谦恭与敬畏之时，思想则必服从乃至化入灵魂和灵魂所要求的祈祷。但也有一种可能，因为理性的狂妄，而背离了整体和对爱的信任，当死神必临之时，孤立的音符或段落必因陷入价值的虚无而惶惶不可终日。

轻轻地走与轻轻地来

现在我常有这样的感觉：死神就坐在门外的过道里，坐在幽暗处，凡人看不到的地方，一夜一夜耐心地等我。不知什么时候它就会站起来，对我说：嘿，走吧。我想那必是不由分说。但不管是什么时候，我想我大概仍会觉得有些仓促，但不会犹豫，不会拖延。

"轻轻地我走了，正如我轻轻地来"——我说过，徐志摩这句诗未必牵涉生死，但在我看，却是对生死最恰当的态度，作为墓志铭真是再好也没有。

死，从来不是一次性完成的。陈村有一回对我说：人是一点一点死去的，先是这儿，再是那儿，一步一步终于完成。他说得很平静，我漫不经心地附和，我们都已经活得不那么在意死了。

这就是说，我正在**轻轻地走**，灵魂正在离开这个残损不堪的躯壳，一步步告别着这个世界。这样的时候，不知别人会怎样想，我则尤其想起**轻轻地来**的神秘。比如想起清晨、晌午和傍晚变幻的阳光，想起一方蓝天，一个安静的小院，一团扑面而来的柔和的风，风中仿佛从来就有母亲和奶奶轻声的呼唤……不知道别人是否也会像我一样，由衷地惊讶：往日呢？往日的一切都到哪儿去了？

生命的开端最是玄妙，完全的无中生有。好没影儿的忽然你就进入了一种情况，一种情况引出另一种情况，顺理成章天衣无缝，一来二去便连接出一个现实世界。真的很像电影，虚无的银幕上，比如说忽然就有了一个蹲在草丛里玩耍的孩子，太阳照耀他，照耀着远山、近树和草丛中的一条小路。然后孩子玩腻了，沿小路蹒跚地往回走，于是又引出小路尽头的一座房子，门前正在张望他的母亲，埋头于烟斗或报纸的父亲，引出一个家，随后引出一个世界。孩子只是跟随这一系列情况走，有些一闪即逝，有些便成为不可更改的历史，以及不可更改的历史的原因。这样，终于有一天孩子会想起开端的玄妙：无缘无故，正如先哲所言——人是被抛到这个世界上来的。

其实，说"好没影儿的忽然你就进入了一种情况"和"人是被抛到这个世界上来的"，这两句话都有毛病，在"进入情况"之前并没有你，在"被抛到这个世界上来"之前也无所谓人。——不过这应该是哲学家的题目。

对我而言，开端，是北京的一个普通四合院。我站在炕上，扶着窗台，透过玻璃看它。屋里有些昏暗，窗外阳光明媚。近处是一排绿油油的榆树矮墙，越过榆树矮墙远处有两棵大枣树，枣树枯黑的枝条镶嵌进蓝天，枣树下是四周静静的窗廊。——与世界最初的相见就是这样，简单，但印象深刻。复杂的世界尚在远方，或者，它就蹲在那安恬的时间四周窃笑，看一个幼稚的生命慢慢睁开眼睛，萌生着欲望。

奶奶和母亲都说过：你就出生在那儿。

其实是出生在离那儿不远的一家医院。生我的时候天降大雪。一天一宿罕见的大雪，路都埋了，奶奶抱着为我准备的铺盖蹚着雪走到医院，走到产房的窗檐下，在那儿站了半宿，天快亮时才听见我**轻轻地来**了。母亲稍后才看见我来了。奶奶说，母亲为生了那么个丑东西伤心了好久,那时候母亲年轻又漂亮。这件事母亲后来闭口不谈,只说我来的时候"一层黑皮包着骨头",她这样说的时候已经流露着欣慰,看我渐渐长得像回事了。但这一切都是真的吗?

我蹒跚地走出屋门,走进院子,一个真实的世界才开始提供凭证。太阳晒热的花草的气味,太阳晒热的砖石的气味,阳光在风中舞蹈、流动。青砖铺成的十字甬道连接起四面的房屋,把院子隔成四块均等的土地,两块上面各有一棵枣树,另两块种满了西番莲。西番莲顾自开着硕大的花朵,蜜蜂在层叠的花瓣中间钻进钻出,嗡嗡地开采。蝴蝶悠闲飘逸,飞来飞去,悄无声息仿佛幻影。枣树下落满移动的树影,落满细碎的枣花。青黄的枣花像一层粉,覆盖着地上的青苔,很滑,踩上去要小心。天上,或者是云彩里,有些声音,有些缥缈不知所在的声音——风声?铃声?还是歌声?说不清,很久我都不知道那到底是什么声音,但我一走到那块蓝天下面就听见了它,甚至在襁褓中就已经听见它了。那声音清朗、欢欣,悠悠扬扬不紧不慢,仿佛是生命固有的召唤,执意要你去注意他,去寻找他、看望他,甚或去投奔他。

我迈过高高的门槛,艰难地走出院门,眼前是一条安静的小街,细长、规整,两三个陌生的身影走过,走向东边的朝阳,走进西边的落日。东边和西边都不知通向哪里,都不知连接着什么,惟那美妙的声音不惊不懈,如风如流……

我永远都看见那条小街,看见一个孩子站在门前的台阶上眺望。朝阳或是落日弄花了他的眼睛,浮起一群黑色的斑点,他闭上眼睛,有点怕,不知所措,很久,再睁开眼睛,啊好了,世界又是一片光明……有两个黑衣的僧人在沿街的房檐下悄然走过……几只蜻蜓平稳地盘桓，翅膀上闪动着光芒……鸽哨声时隐时现，平缓，悠长，渐渐地近了，噗噜噜飞过头顶，又渐渐远了，在天边像一团飞舞的纸屑……这是件奇怪的事，我既看见**我的**眺望，又看见**我在**眺望。

那些情景如今都到哪儿去了？那时刻，那孩子，那样的心情，惊奇和痴迷的目光，一切往日情景，都到哪儿去了？它们飘进了宇宙，是呀，飘去五十年了。但这是不是说，它们只不过飘离了此时此地，其实它们依然存在？

梦是什么？回忆，是怎么一回事？

倘若在五十光年之外有一架倍数足够大的望远镜，有一个观察点，料必那些情景便依然如故，那条小街，小街上空的鸽群，两个无名的僧人，蜻蜓翅膀上的闪光和那个痴迷的孩子，还有天空中美妙的声音，便一如既往。如果那望远镜以光的速度继续跟随，那个孩子便永远都站在那条小街上，痴迷地眺望。要是那望远镜停下来，停在五十光年之外的某个地方，我的一生就会依次重现，五十年的历史便将从头上演。

真是神奇。很可能，生和死都不过取决于观察，取决于观察的**远与近**。比如，当一颗距离我们数十万光年的星星实际早已熄灭，它却正在我们的视野里度着它的青年时光。

时间限制了我们，习惯限制了我们，谣言般的舆论让我们陷于实际，让我们在白昼的魔法中闭目塞听不敢妄为。白昼是一种魔法，一种符咒，让僵死的规则畅行无阻，让实际消磨掉神奇。所有的人都在白昼的魔法之下扮演着紧张、呆板的角色，一切言谈举止一切思绪与梦想，都仿佛被预设的程序所圈定。

因而我盼望夜晚，盼望黑夜，盼望寂静中自由的到来。

甚至盼望站到死中，去看生。

我的躯体早已被固定在床上，固定在轮椅中，但我的心魂常在黑夜出行，脱离开残废的躯壳，脱离白昼的魔法，**脱离实际**，在尘嚣稍息的夜的世界里游逛，听所有的梦者诉说，看所有放弃了尘世角色的游魂在夜的天空和旷野中揭开另一种戏剧。风，四处游走，串联起夜的消息，从沉睡的窗口到沉睡的窗口，去探望被白昼忽略了的心情。另一种世界，蓬蓬勃勃，夜的声音无比辽阔。是呀，那才是写作啊。至于文学，我说过我跟它好像不大沾边儿，我一心向往的只是这自由的夜行，去到一切心魂的由衷的所在。

消逝的钟声

站在台阶上张望那条小街的时候,我大约两岁多。

我记事早。我记事早的一个标记,是斯大林的死。有一天父亲把一个黑色镜框挂在墙上,奶奶抱着我走近看,说:斯大林死了。镜框中是一个陌生的老头儿,突出的特点是胡子都集中在上唇。在奶奶的涿州口音中,"斯"读三声。我心想,既如此还有什么好说,这个"大林"当然是死的呀?我不断重复奶奶的话,把"斯"读成三声,觉得有趣,觉得别人竟然都没有发现这一点可真是奇怪。多年以后我才知道,那是一九五三年,那年我两岁。

终于有一天奶奶领我走下台阶,走向小街的东端。我一直猜想那儿就是地的尽头,世界将在那儿陷落、消失——因为太阳从那儿爬上来的时候,它的背后好像什么也没有。谁料,那儿更像是一个喧闹的世界的开端。那儿交叉着另一条小街,那街上有酒馆,有杂货铺,有油坊、粮店和小吃摊;因为有小吃摊,那儿成为我多年之中最向往的去处。那儿还有从城外走来的骆驼队。"什么呀,奶奶?""啊,骆驼。""干吗呢,它们?""驮煤。""驮到哪儿去呀?""驮进城里。"驼铃一路丁零当啷丁零当啷地响,骆驼的大脚蹚起尘土,昂首挺胸目空一切,七八头骆驼不紧不慢招摇过市,行人和车马都给它让路。我望着骆驼来的方向问:"那儿是哪儿?"奶奶说:"再往北就出城啦。""出城了是哪儿呀?""是城外。""城外什么样儿?""行了,别问啦!"我很想去看看城外,可奶奶领我朝另一个方向走。我说"不,我想去城外",我说"奶奶我想去城外看看",我不走了,蹲在地上不起来。奶奶拉起我往前走,我就哭。"带你去个更好玩儿的地方不好吗?那儿有好些小朋友……"我不听,一路哭。

越走越有些荒疏了,房屋零乱,住户也渐渐稀少。沿一道灰色的砖墙走了好一会儿,进了一个大门。啊,大门里豁然开朗完全是另一番景象:大片大片寂静的树林,碎石小路蜿蜒其间。满地的败叶在风中滚动,踩上去吱吱作响。麻雀和灰喜鹊在林中草地上蹦蹦跳跳,坦然觅食。我止住哭声。我平生第一次看见了教堂,细密如烟的树枝后面,夕阳正染红了它的尖顶。

我跟着奶奶进了一座拱门,穿过长廊,走进一间宽大的房子。那儿有很多孩子,他们坐在高大的桌子后面只能露出脸。他们在唱歌。一个穿长袍的大胡子老头儿弹响风琴,琴声飘荡,满屋子里的阳光好像也随之飞扬起来。奶奶拉着我退出去,退到门口。唱歌的孩子里面有我的堂兄,他看见了我们但不走过来,惟努力地唱歌。那样的琴声和歌声我从未听过,宁静又欢欣,一排排古旧的桌椅、沉暗的墙壁、高阔的屋顶也似都活泼起来,与窗外的晴空和树林连成一气。那一刻的感受我终生难忘,仿佛有一股温柔又强劲的风吹透了我的身体,一下子钻进我的心中。后来奶奶常对别人说:"琴声一响,这孩子就傻了似的不哭也不闹了。"我多么羡慕我的堂兄,羡慕所有那些孩子,羡慕那一刻的光线与声音,有形与无形。我呆呆地站着,徒然地睁大眼睛,其实不能听也不能看了,有个懵懂的东西第一次被惊动了——那也许就是灵魂吧。后来的事都记不大清了,好像那个大胡子的老头儿走过来摸了摸我的头,然后光线就暗下去，屋子里的孩子都没有了，再后来我和奶奶又走在那片树林里了，还有我的堂兄。堂兄把一个纸袋撕开，掏出一个彩蛋和几颗糖果，说是幼儿园给的圣诞礼物。

这时候，晚祷的钟声敲响了——唔，就是这声音，就是它！这就是我曾听到过的那种缥缥缈缈响在天空里的声音啊！

"它在哪儿呀，奶奶？"

"什么，你说什么？"

"这声音啊，奶奶，这声音我听见过。"

"钟声吗？啊，就在那钟楼的尖顶下面。"

这时我才知道，我一来到世上就听到的那种声音就是这教堂的钟声，就是从那尖顶下发出的。暮色浓重了，钟楼的尖顶上已经没有了阳光。风过树林，带走了麻雀和灰喜鹊的欢叫。钟声沉稳、悠扬、飘飘荡荡，连接起晚霞与初月，扩展到天的深处或地的尽头……

不知奶奶那天为什么要带我到那儿去，以及后来为什么再也没去过。

不知何时，天空中的钟声已经停止，并且在这块土地上长久地消逝了。

多年以后我才知道，那教堂和幼儿园在我们去过之后不久便都拆除。我想，奶奶当年带我到那儿去，必是想在那幼儿园也给我报个名，但未如愿。

再次听见那样的钟声是在四十年以后了。那年，我和妻子坐了八九个小时飞机，到了地球另一面，到了一座美丽的城市，一走进那座城市我就听见了它。在清洁的空气里，在透澈的阳光中和涌动的海浪上面,在安静的小街,在那座城市的所有地方,随时都听见它在自由地飘荡。我和妻子在那钟声中慢慢地走,认真地听它,我好像一下子回到了童年,整个世界都好像回到了童年。对于故乡,我忽然有了新的理解:人的故乡,并不止于一块特定的土地,而是一种辽阔无比的心情,不受空间和时间的限制;这心情一经唤起,就是你已经回到了故乡。

二 姥 姥

由于幼儿园里的那两个老太太，我总想起另一个女人。不不，她们之间从无来往，她与孙老师和苏老师素不相识。但是在我的印象里，她总是与她们一起出现，仿佛相互的影子。

这女人，我管她叫"二姥姥"。不知怎么，我一直想写写她。

可是，真要写了，才发现，关于二姥姥我其实知道的很少。她不过在我的童年中一闪而过。我甚至不知道她的名字，母亲在世时我应该问过，但早已忘记。母亲去世后，那个名字就永远地熄灭了；那个名字之下的历史，那个名字之下的愿望，都已消散得无影无踪，如同从不存在。我问过父亲："我叫二姥姥的那个人，叫什么名字？"父亲想了又想，眼睛盯在半空，总好像马上就要找到了，但终于还是没有。我又问过舅舅，舅舅忘得同样彻底。舅舅惟影影绰绰地听人说过，她死于"文革"期间。舅舅惊讶地看着我："你还能记得她？"

这确实有些奇怪。我与她见面，总共也不会超过十次。我甚至记不得她跟我说过什么，记不得她的声音。她是无声的，黑白的，像一道影子。她穿一件素色旗袍，从幽暗中走出来，迈过一道斜阳，走近我，然后摸摸我的头，理一理我的头发，纤细的手指在我的发间穿插，轻轻地颤抖。仅此而已，其余都已经模糊。直到现在，直到我真要写她了，其实我还不清楚为什么要写她，以及写她的什么。

她不会记得我。我是说，如果她还活着，她肯定也早就把我的名字忘了。但她一定会记得我的母亲。她还可能会记得，我的母亲那时已经有了一个男孩。

母亲带我去看二姥姥，肯定都是我六岁以前的事，或者更早，因为上幼儿园之后我就再没见过她。她很漂亮吗？算不上很，但还是漂亮，举止娴静，从头到脚一尘不染。她住在北京的哪儿我也记不得了，印象里是个简陋的小院，简陋但是清静，什么地方有棵石榴树，飘落着鲜红的花瓣，她住在院子拐角处的一间小屋。惟近傍晚，阳光才艰难地转进那间小屋，投下一道浅淡的斜阳。她就从那斜阳后面的幽暗中出来，迎着我们。母亲于是说："叫二姥姥，叫呀？"我叫："二姥姥。"她便走到我跟前，摸摸我的头。我看不到她的脸，但我知道她脸上是微笑，微笑后面是惶恐。那惶恐并不是因为我们的到来，从她手上冰凉而沉缓的颤抖中我明白，那惶恐是在更为深隐的地方，或是由于更为悠远的领域。那种颤抖，精致到不能用理智去分辨，惟凭孩子混沌的心可以洞察。

也许，就是这颤抖，让我记住她。也许，关于她，我能够写的也只有这颤抖。这颤抖是一种诉说，如同一个寓言可以伸展进所有幽深的地方，出其不意地令人震撼。这颤抖是一种最为辽阔的声音，譬如夜的流动，毫不停歇。这颤抖，随时间之流拓开着一个孩子混沌的心灵，连接起别人的故事，缠绕进丰富的历史，漫漶成种种可能的命运。恐怕就是这样。所以我记住她。未来，在很多令人颤抖的命运旁边，她的影像总是出现，仿佛由众多无声的灵魂所凝聚，由所有被湮灭的心愿所举荐。于是那纤细的手指历经沧桑总在我的发间穿插、颤动，问我这世间的故事都是什么，故事里面都有谁？

和刘小枫在一起

《务虚笔记》书影

二姥姥比母亲大不了几岁。她叫母亲时，叫名字。母亲从不叫她，什么也不叫，说话就说话，避开称谓。母亲不停地跟她说这说那，她简单地应答。母亲走来走去搅乱着那道斜阳，二姥姥仿佛静止在幽暗里，素色的旗袍与幽暗浑成一体，惟苍白的脸表明她在。一动一静，我以此来分辨她们俩。母亲或向她讨教裁剪的技巧，把一块布料在身上比来比去，或在许多彩色的丝线中挑拣，在她的指点下绣花，绣枕头和手帕。有时候她们像在讲什么秘密，目光警惕着我，我走近时母亲的声音就小下去。

好像只有这些。对于二姥姥，我能够描述的就只有这些。她的内心，除了母亲，不大可能还有另外的人知道。但母亲，曾经并不对谁说。

很多年中，我从未想过二姥姥是谁，是我们家的怎样一门亲戚。有一天，毫无缘由地（也可能是我想到，有好几年母亲没带我去看二姥姥了），我忽然问母亲："二姥姥，她是你的什么人？"母亲似乎猝不及防，一时嗫嚅。我和母亲的目光在离母亲更近的地方碰了一下，我于是看出，我问中了一件非同寻常的事。母亲于是也明白，有些事，不能再躲藏了。

"呵，她是……嗯……"

我不说话，不打断她。

"是你姥爷的……姨太太。你知道，过去……这样的事是有的。"

我和母亲的目光又轻轻地碰了一下，这一回是在离我更近的地方。唔，这就是母亲不再带我去看她的原因吧。

"现在，她呢？"我问。

"不知道。"母亲轻轻地摇头,叹气。

"也许她不愿意我们再去看她,"母亲说,"不过这也好。"

母亲又说:"她**应该**嫁人了。"

我听不出"应该"二字是指**必要**,还是指**可能**。我听不出母亲这句话是宽慰还是忧虑。

"文革"中的一天,母亲从外面回来,对父亲说她在公共汽车上好像看见了二姥姥。"你肯定没看错?"母亲不回答。母亲洗菜,做饭,不时停下来呆想,说:"是她,没错儿是她。她肯定也看见我了,可她躲开了。"父亲沉吟了一会儿,安慰母亲:"她是好意,怕连累咱们。"母亲叹息道:"唉,到底谁连累谁呢……"

那么就是说,这之后不久二姥姥就死了。

叛 逆 者

姥爷还在国民党中做官的时候,大舅已离家出走参加了解放军。不过我猜想,这父子俩除去主义不同,政见各异,彼此肯定是看重的。所以我从未听说过姥爷对大舅的叛逆有多么的愤怒。所以,解放前夕大舅也曾跑回老家,劝姥爷出去避一避风头。

姥爷死后,大舅再没回过老家。我记得姥姥坐在床上纳鞋底时常常念叨他,夸他聪明,英俊,性情仁义。母亲也是这样说。母亲说,她和大舅从小就最谈得来。

四五岁时我见过一次大舅。有一天我正在院子里玩,院门外大步流星走来了一个青年军官。他走到我跟前,弯下腰来仔细看我:"嘿,你是谁呀?"现在我可以说,他那样子真可谓光彩照人,但当时我找不出这样的形容,惟被他的勃勃英气惊呆在那儿。呆愣了一会儿,我往屋里跑,身后响起他爽朗的大笑。母亲迎出门来,母亲看着他也愣了一会儿,然后就被他搂进臂弯,我记得那一刻母亲忽然变得像个小姑娘了……然后他们一起走进屋里……然后他送给母亲一个漂亮的皮包,米色的,真皮的,母亲喜欢得不得了,以后的几十年里只在最庄重的场合母亲才背上它……再然后是一个星期天,我们一起到中山公园去,在老柏树摇动的浓荫里,大舅和母亲没完没了地走呀,走呀,没完没了地说。我追在他们身后跑,满头大汗,又累又无聊。午饭时我坐在他俩中间,我听见他们在说姥姥,说老家,说着一些往事。最后,母亲说:"你就不想回老家去看看?"母亲望着大舅,目光里有些严厉又有些凄哀。大舅不回答。大舅跟我说着笑话，对母亲的问题"哼哼咳咳"不置可否。我说过我记事早。我记得那天春风和煦，柳絮飞扬；我记得那顿午饭空前丰盛，从未见过的美味佳肴，我埋头大吃；我记得，我一直担心着那个空白的人形会闯进来危及这美妙时光，但还好，那天他们没有说起"他"。

那天以后大舅即告消失，几十年音信全无。

一年又一年，母亲越来越多地念起他："也不知道他现在在哪儿？"听得出，母亲已经不再那么怪他了。母亲说他做的是保密工作，研究武器的，身不由己。母亲偶尔回老家去从不带着我，想必也是怕我挨近那片危险——这不会不使她体谅了大舅。为了当年对大舅的严厉，想必母亲是有些后悔。"这么多年，他怎么也不给我来封信呢？"母亲为此黯然神伤。

大舅早年的离家出走，据说很有些逃婚的因素，他的婚姻也是由家里包办的。"我姥爷包办的？""不，是你太姥爷的意思。"大舅是长孙，他的婚事太姥爷要亲自安排，这关系到此一家族的辽阔土地能否有一个可靠的未来。这件事谁也别插嘴，姥爷也不行——别看你当着个破官；土地！懂吗？在太姥爷眼里那才是真东西。

太姥爷，一个典型的中国地主。中国的地主并非都像"黄世仁"。在我浅淡的记忆里，太姥爷须发全白，枯瘦，步履蹒跚，衣着破旧而且邋遢。因为那时他已是一无所有了吧？也不是。母亲说："他从来就那样，有几千亩地的时候也是那样。出门赶集，见路边的一脬牛粪他也要兜在衣襟里捡回来，抖落到自家地里。"他只看重一种东西：地。"周扒皮"那样的地主一定会让他笑话，你把长工都得罪了就不怕人家糟踏你的地？就不怕你的地里长不出好庄稼？太姥爷比"周扒皮"有远见，对长工们从不怠慢。既不敢怠慢，又舍不得给人家吃好的，于是长工们吃什么他也就跟着一起吃什么，甚至长工们剩下的东西他也要再利用一遍，以自家之肠胃将其酿成自家地里的肥。"同吃同住同劳动"一类的倡导看来并不是什么新发明。太姥爷守望着他的地，盼望年年都能收获很多粮食。很多粮食卖出很多钱，很多钱再买下很多地，很多地里再长出很多粮食……如此循环再循环，到底为了什么他不问。他梦想着有更多的土地姓他的姓，但是为什么呢？天经地义，他从未想过这里面还会有个"为什么"。而他自己呢？最风光的时候，也不过一个坐在自己的土地中央的邋里邋遢的瘦老头。

这才是中国地主的典型形象吧。我的爷爷，太爷，老太爷，乃至老老太爷都是地主，据说无一例外莫不如此，一脑袋高粱花子，中着土地的魔。但再往上数，到老老老太爷，到老老老老……太爷，总归有一站曾经是穷人，穷得叮当响，从什么什么地方逃荒到了此地，然后如何如何克勤克俭，慢慢富足起来——这也是中国地主所常有的、牢记于心的家史。

不过，在我的记忆里，这瘦老头对我倒是格外亲切，我的要求他一概满足，我的一切非分之想他都容忍，甚至我的一蹦一跳都让他牵心挂肚。每逢年节，他从老家来北京看我（母亲说过，他主要是想看看我），带来乡下的土产，带来一些小饰物给我挂在脖子上，带来特意在城里买的点心，一点一点地掰着给我吃……他双臂颤巍巍地围拢我，不敢抱紧又不敢放松，好像一不留神我就会化作一缕青烟飞散。料必是因为他的长子已然夭折，他的长孙又远走他乡，而他的晚辈中我是惟一还不懂得与他划清界限的男人。而这个小男人,以其孩子特有的敏锐早已觉察到,他可以对这个老头颐指气使为所欲为。我在他怀中又踢又打胡作非为,要是母亲来制止,我只需加倍喊叫,母亲就只好躲到一边去忍气吞声。我要是高兴捋捋这老头的胡须,或漫不经心地叫他一声"太姥爷",他便会眉开眼笑得到最大的满足。但是我不能满足他总想亲亲我的企图——他那么瘦,又那么邋遢。

大舅抗婚不成,便住到学校去不回家。暑假到了,不得不回家了,据说大舅回到家就一个人抱着铺盖睡到屋顶上去。我想姥爷一定是同情他的,但爱莫能助。我想大舅母一定只有悄然落泪,或许比她的婆婆多了一些觉醒,果真这样也就比她的婆婆更多了一层折磨。太姥爷呢,必定是大发雷霆。我想象不出那样一个瘦老头何以会有如此威严,竟至姥爷和大舅也都只好俯首听命。大舅必是忍无可忍,于是下决心离家出走,与这个封建之家一刀两断……

那大约已是四十年代中期的事,共产主义的烽火正以燎原之势遍及全国。

天下大同,那其实是人类最为悠久的梦想,惟于其时其地这梦想已不满足于仅仅是梦想,从祈祷变为实际(另一种说法是"由空想变成科学"),风展红旗如画,统一思想统一步伐奔向被许诺为必将实现的人间天堂。

四十多年过去,大舅回来了,出现在我面前的是一个白发驼背的老人。记得第一次见到他时他弯下腰来问我:"嘿,你是谁?"那时我刚来到人间不久。现在轮到我问他了:你是谁?我确实在心里这样问着:你就是那个光彩照人的青年军官吗?我慢慢看他,寻找当年的踪影。但是，那个大步流星的大舅已随时间走失，换成一个步履迟缓的陌生人回来了。我们互相通报了身份，然后一起吃饭，喝茶，在陌生中寻找往日的亲情。我说起那个春天，说起在中山公园的那顿午餐，他睁大眼睛问我："那时有你吗？"我说："我跟在你们后头跑，只记得到处飘着柳絮，是哪一年可记不清了。"终于，不可避免地我们说到了母亲，大舅的泪水夺眶而出，泣不成声。他要我把母亲的照片拿给他，这愿望想必已在他心里存了很久，只不敢轻易触动。他捧着母亲的照片，对我的表妹说："看看姑姑有多漂亮，我没瞎说吧？"

这么多年他都在哪儿，都是怎么过来的？母亲若在世，一定是要这样问的。我想还是不问吧。他也只说了一句，但这一句却是我怎么也没料到的——"这些年，在外边，我净受欺负了。"是呀是呀，真正是回家的感觉，但这里面必有很多为猜想所不及的、由分分秒秒所构筑的实际内容。

那四十多年，要是我愿意我是可以去问个究竟的，他现在住得离我并不太远。但我宁愿保留住猜想。这也许是因为，描摹实际并不是写作的根本期冀。

他早已退休，现在整天都在家里，从早到晚侍候着患老年痴呆症的舅母。还是当年的那个舅母，那个为他流泪多年的人。他离家时不过二十出头吧，走了很多年，走了很多地方，想必也走过了很多情感，很多的希望与失望都不知留在了哪儿，最后，就像命中注定，他还是回到了这个舅母身边。回来时两个人都已是暮年。回来时，舅母的神志已渐渐离开这个世界，执意越走越远，不再醒来。他守候在她身边，侍候她饮食起居，侍候她沐浴更衣，搀扶她去散步,但舅母呆滞的目光里再也没有春秋寒暑,再也没有忧喜悲欢,太阳在那儿升起又在那儿降落,那双眼睛看一切都是寻常,仿佛什么也不想再说。大舅昼夜伴其左右,寸步不离,她含混的言语只有他能听懂……

这或可写成一个感人泪下的浪漫故事。但只有在他们真确的心魂之外,才可能制作"感人"与"浪漫"。否则便不会浪漫。否则仍然没有浪漫,仍然是分分秒秒构筑的实际。而浪漫,或曾有过,但最终仍归于沉默。

我有一种希望,希望那四十多年中大舅曾经浪漫,曾经有过哪怕是暂短的浪漫时光。我希望那样的时光并未被时间磨尽,并未被现实湮灭,并未被"不可能"夺其美丽。我不知道是谁,曾使他夜不能寐,曾使他朝思暮想心醉神痴,使他接近过他离家出走时的向往,使那个风流倜傥的青年军官梦想成真,哪怕只在片刻之间……我希望他曾经这样,我希望不管现实如何或实际怎样,梦想,仍然还在这个人的心里,"不可能"惟消损着实际,并不能泯灭人的另一种存在。我愿意在舅母沉睡之时,他独自去拒马河寂静的长堤上漫步,心里不仅祈祷着现实,而因那美丽的浪漫并未死去,也祈祷着未来,祈祷着永远。

老　家

　　常要在各种表格上填写籍贯，有时候我写北京，有时候写河北涿州，完全即兴。写北京，因为我生在北京长在北京，大约死也不会死到别处去了。写涿州，则因为我从小被告知那是我的老家，我的父母及祖上若干辈人都曾在那儿生活。查词典，籍贯一词的解释是：祖居或个人出生地。——我的即兴碰巧不错。

　　可是这个被称为老家的地方，我是直到四十六岁的春天才第一次见到它。此前只是不断地听见它。从奶奶的叹息中，从父母对它的思念和恐惧中，从姥姥和一些亲戚偶尔带来的消息里面，以及从对一条梦幻般的河流——拒马河——的想象之中，听见它。但从未见过它，连照片也没有。奶奶说，曾有过几张在老家的照片，可惜都在我懂事之前就销毁了。

　　四十六岁的春天，我去亲眼证实了它的存在；我跟父亲、伯父和叔叔一起，坐了几小时汽车到了老家。涿州——我有点儿不敢这样叫它。涿州太具体，太实际，因而太陌生。而老家在我的印象里一向虚虚幻幻，更多的是一种情绪，一种声音，甚或一种光线一种气息，与一个实际的地点相距太远。我想我不妨就叫它 Z 州吧，一个非地理意义的所在更适合联接起一个延续了四十六年的传说。

　　然而它果真是一个实实在在的地方，有残断的城墙，有一对接近坍圮的古塔，市中心一堆蒿草丛生的黄土据说是当年钟鼓楼的遗址，当然也有崭新的酒店、餐馆、商厦，满街的人群，满街的阳光、尘土和叫卖。城区的格局与旧北京城近似,只是缩小些,简单些。中心大街的路口耸立着一座仿古牌楼(也许确凿是个古迹,惟因旅游事业而修葺一新),匾额上五个大字:天下第一州。中国的天下第一着实不少,这一回又不知是以什么为序。

我们几乎走遍了城中所有的街巷。父亲、伯父和叔叔一路指指点点感慨万千:这儿是什么,那儿是什么,此一家商号过去是什么样子,彼一座宅院曾经属于一户怎样的人家,某一座寺庙当年如何如何香火旺盛,庙会上卖风筝,卖兔爷,卖莲蓬,卖糖人儿、面茶、老豆腐……庙后那条小街曾经多么僻静呀,风传有鬼魅出没,天黑了一个人不敢去走……城北的大石桥呢?哦,还在还在,倒还是老样子,小时候上学放学他们天天都要从那桥上过,桥旁垂柳依依,桥下流水潺潺,当初可是 Z 州一处著名的景观啊……咱们的小学校呢?在哪儿?那座大楼吗?哎哎,真可是今非昔比啦……

我听见老家在慢慢地扩展,向着尘封的记忆深入,不断推新出陈。往日,像个昏睡的老人慢慢苏醒,唏嘘叹惋之间渐渐生气勃勃起来。历史因此令人怀疑。循着不同的情感,历史原来并不确定。

一路上我想,那么文学所求的真实是什么呢?历史难免是一部御制经典,文学要弥补它,所以看重的是那些沉默的心魂。历史惯以时间为序,勾画空间中的真实,艺术不满足这样的简化,所以去看这人间戏剧深处的复杂,在被**普遍**所遗漏的地方去询问独具的心流。我于是想起西川的诗:**我打开一本书,/一个灵魂就苏醒/……/我阅读一个家族的预言/我看到的痛苦并不比痛苦更多/历史仅记录少数人的丰功伟绩/其他人说话汇合为沉默**

我的老家便是这样。Z州，一向都在沉默中。但沉默的深处悲欢俱在，无比生动。那是因为，沉默着的并不就是普遍，而独具的心流恰是被一个普遍读本简化成了沉默。

汽车缓缓行驶，接近史家旧居时，父亲、伯父和叔叔一声不响，惟睁大眼睛望着窗外。史家的旧宅错错落落几乎铺开一条街，但都久失修整，残破不堪。"这儿是六叔家。""这儿是二姑家。""这儿是七爷爷和七奶奶。" "那边呢？噢，五舅曾在那儿住过。"……简短的低语，轻得像是怕惊动了什么，以致那一座座院落也似毫无生气，一片死寂。

汽车终于停下，停在了"我们家"的门口。

但他们都不下车，只坐在车里看，看斑驳的院门，看门两边的石墩，看屋檐上摇动的枯草，看屋脊上露出的树梢……伯父首先声明他不想进去："这样看看，我说就行了。"父亲于是附和："我说也是，看看就走吧。"我说："大老远来了，就为看看这房檐上的草吗？"伯父说："你知道这儿现在住的谁？""管他住的谁！""你知道人家会怎么想？人家要是问咱们来干嘛，咱们怎么说？""胡汉三又回来了呗！"我说。他们笑笑，笑得依然谨慎。伯父和父亲执意留在汽车上，叔叔推着我进了院门。院子里没人，屋门也都锁着，两棵枣树尚未发芽，疙疙瘩瘩的枝条与屋檐碰撞发出轻响。叔叔指着两间耳房对我说："你爸和你妈，当年就在这两间屋里结的婚。""你看见的？""当然我看见的。那天史家的人去接你妈，我跟着去了。那时我十三四岁，你妈坐上花轿，我就跟在后头一路跑，直跑回家……"我仔细打量那两间老屋，心想，说不定，我就是从这儿进入人间的。

从那院子里出来,见父亲和伯父在街上来来回回地走,向一个个院门里望,紧张,又似抱着期待。街上没人,处处都安静得近乎怪诞。"走吗?""走吧。"虽是这样说,但他们仍四处张望。"要不就再歇会儿?""不啦,走吧。"这时候街的那边出现一个人,慢慢朝这边走。他们便都往路旁靠一靠,看着那个人,看他一步步走近,看他走过面前,又看着他一步步走远。不认识。这个人他们不认识。这个人太年轻了他们不可能认识,也许这个人的父亲或者爷爷他们认识。起风了,风吹动屋檐上的荒草,吹动屋檐下的三顶白发。已经走远的那个人还在回头张望,他必是想:这几个老人站在那儿等什么?

离开Z州城,仿佛离开了一个牵魂索命的地方,父亲和伯父都似吐了一口气:想见它,又怕见它,哎,Z州啊!老家,只是为了这样的想念和这样的恐惧吗?

汽车断断续续地挨着拒马河走,气氛轻松些了。父亲说:"顺着这条河走,就到你母亲的家了。"叔叔说:"这条河也通着你奶奶的家。"伯父说:"哎,你奶奶呀,一辈子就是羡慕别人能出去上学、读书。不是你奶奶一再坚持,我们几个能上得了大学?"几个人都点头,又都沉默。似乎这老家,永远是要为她沉默的。我在《奶奶的星星》里写过,我小时候,奶奶每晚都在灯下念着一本扫盲课本,总是把《国歌》一课中的"吼声"错念成"孔声"。我记得,奶奶总是羡慕母亲,说她赶上了新时代,又上过学,又能到外面去工作……

拒马河在太阳下面闪闪发光。他们说这河以前要宽阔得多,水也比现在深,浪也比现在大。他们说,以前,这一块平原差不多都靠着这条河。他们说，那时候，在河湾水浅的地方，随时你都能摸上一条大鲤鱼来。他们说，那时候这河里有的是鱼虾、螃蟹、莲藕、鸡头米，苇子长得比人高，密不透风，五月节包粽子，米泡好了再去劈粽叶也来得及……

母亲的家在 Z 州城外的张村。那村子真是大，汽车从村东到村西开了差不多一刻钟。拒马河从村边流过，我们挨近一座石桥停下。这情景让我想起小时候读过的一课书：**拒马河，靠山坡，弯弯曲曲绕村过**……

父亲说：就是这桥。我们走上桥，父亲说：看看吧，那就是你母亲以前住过的房子。

高高的土坡上，一排陈旧的瓦房，围了一圈简陋的黄土矮墙，夕阳下尤其显得寂寞，黯然，甚至颓唐。那矮墙，父亲说原先没有，原先可不是这样，原先是一道青砖的围墙，原先还有一座漂亮的门楼，门前有两棵老槐树，母亲经常就坐在那槐树下读书……

这回我们一起走进那院子。院子里堆着柴草，堆着木料、灰沙，大约这老房是想换换模样了。主人不在家，只一群鸡"咯咯"地叫。

叔叔说："就是这间屋。你爸就是从这儿把你妈娶走的。"

"真的？"

"问他呀。"

父亲避开我的目光，不说话，满脸通红，转身走开。我不敢再说什么。我知道那不是因为别的，是因为不能忘记的痛苦。母亲去世十年后的那个清明节，我和妹妹曾跟随父亲一起去给母亲扫墓，但是母亲的墓已经不见，那时父亲就是这样的表情，满脸通红，一言不发,东一头西一头地疾走,满山遍野地找寻着一棵红枫树,母亲就葬在那棵树旁。我曾写过:母亲离开得太突然,且只有四十九岁,那时我们三个都被这突来的厄运吓傻了,十年中谁也不敢提起母亲一个字,不敢说她,不敢想她,连她的照片也收起来不敢看……直到十年后,那个清明节,我们不约而同地说起该去看看母亲的坟了;不约而同——可见谁也没有忘记,一刻都没有忘记……

我看着母亲出嫁前住的那间小屋,不由得有一个问题:那时候我在哪儿?那时候是不是已经注定,四十多年之后她的儿子才会来看望这间小屋,来这儿想象母亲当年出嫁的情景?一九四八年,母亲十九岁,未来其实都已经写好了,站在我四十六岁的地方看,母亲的一生已在那一阵喜庆的唢呐声中一字一句地写好了,不可更改。那唢呐声,沿着时间,沿着阳光和季节,一路风尘雨雪,传到今天才听出它的哀婉和苍凉。可是,十九岁的母亲听见了什么?十九岁的新娘有着怎样的梦想?十九岁的少女走出这个院子的时候历史与她何干?她提着婚礼服的裙裾,走出屋门,有没有再看看这个院落?她小心或者急切地走出这间小屋,走过这条甬道,转过这个墙角,迈过这道门槛,然后驻足,抬眼望去,她看见了什么?啊,拒马河!拒马河上绿柳如烟,雾霭飘荡,未来就藏在那一片浩渺的苍茫之中……我循着母亲出嫁的路,走出院子,走向河岸,拒马河悲喜不惊,必像四十多年前一样,翻动着浪花,平稳浩荡奔其前程……

我坐在河边,想着母亲曾经就在这儿玩耍,就在这儿长大,也许她就攀过那棵树,也许她就戏过那片水,也许她就躺在这片草丛中想象未来,然后,她离开了这儿,走进了那个喧嚣的北京城,走进了一团说不清的历史。我转动轮椅,在河边慢慢走,想着:从那个坐在老槐树下读书的少女,到她的儿子终于来看望这座残破的宅院,这中间发生了多少事呀。我望着这条两端不见头的河,想:那顶花轿顺着这河岸走,锣鼓声渐渐远了,唢呐声或许伴母亲一路,那一段漫长的时间里她是怎样的心情?一个人,离开故土,离开童年和少年的梦境,大约都是一样——就像我去串联、去插队的时候一样,顾不上别的,单被前途的神秘所吸引,在那神秘中描画幸福与浪漫……

如今我常猜想母亲的感情经历。父亲憨厚老实到完全缺乏浪漫,母亲可是天生的多情多梦,她有没有过另外的想法?从那绿柳如烟的河岸上走来的第一个男人,是不是父亲?在那雾霭苍茫的河岸上执意不去的最后一个男人,是不是父亲?甚至,在那绵长的唢呐声中,有没有一个立于河岸一直眺望着母亲的花轿渐行渐杳的男人?还有,随后的若干年中,她对她的爱情是否满意?我所能做的惟一见证是:母亲对父亲的缺乏浪漫常常哭笑不得,甚至叹气连声,但这个男人的诚实、厚道,让她信赖终生。

母亲去世时,我坐在轮椅里连一条谋生的路也还没找到,妹妹才十三岁,父亲一个人担起了这个家。二十年,这二十年母亲在天国一定什么都看见了。二十年后一切都好了,那个冬天,一夜之间,父亲就离开了我们。他仿佛终于完成了母亲的托付,终于熬过了他不能不熬的痛苦、操劳和孤独,然后急着去找母亲了——既然她在这尘世间连坟墓都没有留下。

老家,Z州,张村,拒马河……这一片传说或这一片梦境,常让我想：倘那河岸上第一个走来的男人，或那河岸上执意不去的最后一个男人，都不是我的父亲，倘那个立于河岸一直眺望着母亲的花轿渐行渐杳的男人成了我的父亲，我还是我吗？当然，我只能是我，但却是另一个我了。这样看，我的由来是否过于偶然？任何人的由来是否都太偶然？都偶然，还有什么偶然可言？**我必然是这一个**。每个人都必然是这一个。所有的人都是一样，从老家久远的历史中抽取一个点，一条线索，作为开端。这开端，就像那绵绵不断的唢呐，难免会引出母亲一样的坎坷与苦难，但必须到达父亲一样的煎熬与责任，这正是命运要你接受的"想念与恐惧"吧。

合 欢 树

十岁那年,我在一次作文比赛中得了第一。母亲那时候还年轻,急着跟我说她自己,说她小时候的作文作得还要好,老师甚至不相信那么好的文章会是她写的。"老师找到家来问,是不是家里的大人帮了忙。我那时可能还不到十岁呢。"我听得扫兴,故意笑:"可能?什么叫可能还不到?"她就解释。我装作根本不再注意她的话,对着墙打乒乓球,把她气得够呛。不过我承认她聪明,承认她是世界上长得最好看的女的。她正给自己做一条蓝地白花的裙子。

二十岁,我的两条腿残废了。除去给人家画彩蛋,我想我还应该再干点儿别的事,先后改变了几次主意,最后想学写作。母亲那时已不年轻,为了我的腿,她头上开始有了白发。医院已经明确表示,我的病目前没办法治。母亲的全副心思却还放在给我治病上,到处找大夫,打听偏方,花很多钱。她倒总能找来些稀奇古怪的药,让我吃,让我喝,或者是洗、敷、熏、灸。"别浪费时间啦!根本没用!"我说。我一心只想着写小说,仿佛那东西能把残疾人救出困境。"再试一回,不试你怎么知道有用没用?"她说每一回都虔诚地抱着希望。然而对我的腿,有多少回希望就有多少回失望。最后一回,我的胯上被熏成烫伤。医院的大夫说,这实在太悬了,对于瘫痪病人,这差不多是要命的事。我倒没太害怕,心想死了也好,死了倒痛快。母亲惊惶了几个月,昼夜守着我,一换药就说:"怎么会烫了呢?我还直留神呀?"幸亏伤口好起来,不然她非疯了不可。

后来她发现我在写小说。她跟我说："那就好好写吧。"我听出来，她对治好我的腿也终于绝望。"我年轻的时候也最喜欢文学。"她说。"跟你现在差不多大的时候，我也想过搞写作。"她说。"你小时候的作文不是得过第一？"她提醒我说。我们俩都尽力把我的腿忘掉。她到处去给我借书，顶着雨或冒了雪推我去看电影，像过去给我找大夫、打听偏方那样，抱了希望。

三十岁时，我的第一篇小说发表了，母亲却已不在人世。过了几年，我的另一篇小说又侥幸获奖，母亲已经离开我整整七年。

获奖之后，登门采访的记者就多。大家都好心好意，认为我不容易。但是我只准备了一套话，说来说去就觉得心烦。我摇着车躲出去。坐在小公园安静的树林里，我闭上眼睛，想：上帝为什么早早地召母亲回去呢？很久很久，迷迷糊糊地，我听见回答："她心里太苦了。上帝看她受不住了，就召她回去。"我似乎得到一点儿安慰，睁开眼睛，看见风正从树林里穿过。

我摇车离开那儿，在街上瞎逛，不想回家。

母亲去世后，我们搬了家。我很少再到母亲住过的那个小院儿去。小院儿在一个大院儿的尽里头，我偶尔摇车到大院儿去坐坐，但不愿意去那个小院儿，推说手摇车进去不方便。院儿里的老太太们还都把我当儿孙看，尤其想到我又没了母亲，但都不说，光扯些闲话，怪我不常去。我坐在院子当中，喝东家的茶，吃西家的瓜。有一年，人们终于又提到母亲："到小院儿去看看吧，你妈种的那棵合欢树今年开花了！"我心里一阵抖，还是推说手摇车进出太不易。大伙儿就不再说，忙扯些别的，说起我们原来住的房子里现在住了小两口，女的刚生了个儿子，孩子不哭不闹，光是瞪着眼睛看窗户上的树影儿。

老屋

蜻蜓

我没料到那棵树还活着。那年，母亲到劳动局去给我找工作，回来时在路边挖了一棵刚出土的"含羞草"，以为是含羞草，种在花盆里长，竟是一棵合欢树。母亲从来喜欢那些东西，但当时心思全在别处。第二年合欢树没有发芽，母亲叹息了一回，还不舍得扔掉，依然让它长在瓦盆里。第三年，合欢树却又长出叶子，而且茂盛了。母亲高兴了很多天，以为那是个好兆头，常去侍弄它，不敢再大意。又过一年，她把合欢树移出盆，栽在窗前的地上，有时念叨，不知道这种树几年才开花。再过一年，我们搬了家，悲痛弄得我们都把那棵小树忘记了。

与其在街上瞎逛，我想，不如就去看看那棵树吧。我也想再看看母亲住过的那间房。我老记着，那儿还有个刚来到世上的孩子，不哭不闹，瞪着眼睛看树影儿。是那棵合欢树的影子吗？小院儿里只有那棵树。

院儿里的老太太们还是那么欢迎我，东屋倒茶，西屋点烟，送到我眼前。大伙儿都不知道我获奖的事，也许知道，但不觉得那很重要；还是都问我的腿，问我是否有了正式工作。这回，想摇车进小院儿真是不能了。家家门前的小厨房都扩大，过道窄到一个人推自行车进出也要侧身。我问起那棵合欢树。大伙儿说，年年都开花，长到房高了。这么说，我再看不见它了。我要是求人背我去看，倒也不是不行。我挺后悔前两年没有自己摇车进去看看。

我摇着车在街上慢慢走，不急着回家。人有时候只想独自静静地待一会儿。悲伤也成享受。

有一天那个孩子长大了，会想起童年的事，会想起那些晃动的树影儿，会想起他自己的妈妈。他会跑去看看那棵树。但他不会知道那棵树是谁种的，是怎么种的。

我的幼儿园

五岁，或者六岁，我上了幼儿园。有一天母亲跟奶奶说："这孩子还是得上幼儿园，要不将来上小学会不适应。"说罢她就跑出去打听，看看哪个幼儿园还招生。用奶奶的话说，她从来就这样，想起一出是一出。很快母亲就打听到了一所幼儿园，刚开办不久，离家也近。母亲跟奶奶说时，有句话让我纳闷儿：那是两个老姑娘办的。

母亲带我去报名时天色已晚，幼儿园的大门已闭。母亲敲门时，我从门缝朝里望：一个安静的院子，某一处屋檐下放着两只崭新的木马。两只木马令我心花怒放。母亲问我："想不想来？"我坚定地点头。开门的是个老太太，她把我们引进一间小屋，小屋里还有一个老太太正在做晚饭。小屋里除两张床之外只放得下一张桌子和一个火炉。母亲让我管胖些并且戴眼镜的那个叫孙老师，管另一个瘦些的叫苏老师。

我很久都弄不懂，为什么单要把这两个老太太叫老姑娘？我问母亲："奶奶为什么不是老姑娘？"母亲说："没结过婚的女人才是老姑娘，奶奶结过婚。"可我心里并不接受这样的解释。结婚嘛，不过发几块糖给众人吃吃，就能有什么特别的作用吗？在我想来，女人年轻时都是姑娘，老了就都是老太太，怎么会有"老姑娘"这不伦不类的称呼？我又问母亲："你给大伙儿买过糖了吗？"母亲说："为什么？我为什么要给大伙儿买糖？""那你结过婚吗？"母亲大笑，揪揪我的耳朵："我没结过婚就敢有你了吗？"我越糊涂了，怎么又扯上我了呢？

　　这幼儿园远不如我的期待。四间北屋甚至还住着一户人家，是房东。南屋空着。只东西两面是教室，教室里除去一块黑板连桌椅也没有，孩子们每天来时都要自带小板凳。小板凳高高低低，二十几个孩子也是高高低低，大的七岁，小的三岁。上课时大的喊小的哭，老师呵斥了这个哄那个，基本乱套。上课则永远是讲故事。"上回讲到哪儿啦？"孩子们齐声回答："大——灰——狼——要——吃——小——山——羊——啦！"通常此刻必有人举手，憋不住尿了，或者其实已经尿完。一个故事断断续续要讲上好几天。"上回讲到哪儿啦？""不——听——话——的——小——山——羊——被——吃——掉——啦！"

　　下了课一窝蜂都去抢那两只木马，你推我搡，没有谁能真正骑上去。大些的孩子于是发明出另一种游戏，"骑马打仗"：一个背上一个，冲呀杀呀喊声震天，人仰马翻者为败。两个老太太——还是按我的理解叫她们吧——心惊胆战满院子里追着喊："不兴这样，可不兴这样啊，看摔坏了！看把刘奶奶的花踩了！"刘奶奶，即房东，想不懂她怎么能容忍在自家院子里办幼儿园。但"骑马打仗"正是热火朝天，这边战火方歇，那边烽烟又起。这本来很好玩，可不知怎么一来，又有了惩罚战俘的规则。落马者仅被视为败军之将岂不太便宜了？所以还要被敲脑蹦儿，或者连人带马归顺敌方。这样就又有了叛徒，以及对叛徒的更为严厉的惩罚。叛徒一旦被捉回，就由两个人押着，倒背双手"游街示众"，一路被人揪头发、拧耳朵。天知道为什么这惩罚竟至比"骑马打仗"本身更具诱惑了，到后来，无需"骑马打仗"，直接就玩起这惩罚的游戏。可谁是被惩罚者呢？便涌现出一两个头领，由他们说了算，他们说谁是叛徒谁就是叛徒，谁是叛徒谁当然就要受到惩罚。于是，人性，在那时就已暴露：为了免遭惩罚，大家纷纷去效忠那一两个头领，阿谀，谄媚，唯比成年人来得直率。可是！可是这游戏要玩下去总是得有被惩罚者呀。可怕的日子终于到了。可怕的日子就像增长着的年龄一样，必然来临。

做叛徒要比做俘虏可怕多了。俘虏尚可表现忠勇，希望未来；叛徒则是彻底无望，忽然间大家都把你抛弃了。五岁或者六岁，我已经见到了人间这一种最无助的处境。这时你唯一的祈祷就是那两个老太太快来吧，快来结束这荒唐的游戏吧。但你终会发现，这惩罚并不随着她们的制止而结束，这惩罚扩散进所有的时间，扩散到所有孩子的脸上和心里。轻轻的然而是严酷的拒斥，像一种季风，细密无声从白昼吹入夜梦，无从逃脱，无处诉告，且不知其由来，直到它忽然转向，如同莫测的天气，莫测的命运，忽然放开你，调头去捉弄另一个孩子。

我不再想去幼儿园。我害怕早晨，盼望傍晚。我开始装病，开始想尽办法留在家里跟着奶奶，想出种种理由不去幼儿园。直到现在，我一看见那些哭喊着不要去幼儿园的孩子，心里就发抖，设想他们的幼儿园里也有那样可怕的游戏，响晴白日也觉有鬼魅徘徊。

幼儿园实在没给我留下什么美好印象。倒是那两个老太太一直在我的记忆里，一个胖些，一个瘦些，都那么慈祥，都那么忙碌、慌张。她们怕哪个孩子摔了碰了，怕弄坏了房东刘奶奶的花，总是吊着一颗心。但除了这样的怕，我总觉得，在她们心底，在不易觉察的慌张后面，还有另外的怕。另外的怕是什么呢？说不清，但一定更沉重。

　　长大以后我有时猜想她们的身世。她们可能是表姐妹，也可能只是自幼的好友。她们一定都受过良好的教育——她们都弹得一手好风琴，似可证明。我刚到那幼儿园的时候，就总听她们向孩子们许愿："咱们就要买一架风琴了，幼儿园很快就会有一架风琴了，慢慢儿地幼儿园还会添置很多玩具呢，小朋友们高不高兴呀？""高——兴！"就在我离开那儿之前不久，风琴果然买回来了。两个老太太视之如珍宝，把它轻轻抬进院门，把它上上下下擦得锃亮，把它安放在教室中最醒目的地方，孩子们围在四周屏住呼吸，然后苏老师和孙老师互相推让，然后孩子们等不及了开始喊喊喳喳地乱说，然后孙老师在风琴前庄重地坐下，孩子们的包围圈越收越紧，然后琴声响了孩子们欢呼起来，苏老师微笑着举起一个手指："嘘——嘘——"满屋子里就又都静下来，孩子们忍住惊叹可是忍不住眼睛里的激动……那天不再讲故事，光是听苏老师和孙老师轮流着弹琴，唱歌。那时我才发觉她们与一般的老太太确有不同，脸上的每一条皱纹里都涌现着天真。那琴声我现在还能听见。现在，每遇天真纯洁的事物，那琴声便似一缕缕飘来，在我眼前，在我心里，幻现出一片阳光，像那琴键一样的跳动。我想她们必是生长在一个很有文化的家庭。我想她们的父母一定温文尔雅善解人意。她们就在那样的琴声中长大，虽偶有轻风细雨，但总归晴天朗照。这样的女人，年轻时不可能不对爱情抱着神圣的期待，甚至难免极端，不入时俗。她们窃窃描画未来，相互说些脸红心跳的话。所谓未来，主要是一个即将不知从哪儿向她们走来的男人。这个人已在书中显露端倪，在装帧精良的文学名著里面若隐若现。不会是言情小说中的公子哥。可能会是，比如说托尔斯泰笔下的人物，但绝不是渥伦斯基或卡列宁一类。然而,对未来的描画总不能清晰,不断地描画年复一年耗损着她们的青春。用"革命人民"的话说:她们真正是"小布尔乔亚"之极,在那风起云涌的年代里做着与世隔绝的小资产阶级温情梦。大概会是这样。也许就是这样。假定是这样吧,但是忽然!忽然间社会天翻地覆地变化了。那变化具体是怎样侵扰到她们的生活的,很难想象,但估计也不会有什么过于特别的地方,像所有衰败的中产阶级家庭一样,小姐们唯惊恐万状、睁大了眼睛发现必须要过另一种日子了。颠沛流离,投亲靠友,节衣缩食,随波逐流,像在失去了方向的大海上体会着沉浮与炎凉……然后,有一天时局似乎稳定了,不过未来明显已不能再像以往那样任性地描画。以往的描画如同一叠精心保存的旧钞,虽已无用,但一时还舍不得扔掉,独身主义大约就是在那时从无奈走向了坚定。她们都还收藏着一点儿值钱的东西,但全部集中起来也并不很多,算来算去也算不出什么万全之策,唯知未来的生活全系于此。就这样,现实的严峻联合起往日的浪漫,终于灵机一动:办一所幼儿园吧。天真烂漫的孩子就是鼓舞,就是信心和欢乐。幼儿园吗?对,幼儿园!与世无争,安贫乐命,倾余生之全力浇灌并不属于我们的未来,是吗?两个老姑娘仿佛终于找回了家园,云遮雾障半个多世纪,她们终于听见了命运慷慨的应许。然后她们租了一处房子,简单粉刷一下,买了两块黑板和一对木马,其余的东西都等以后再说吧,当然是钱的问题……

小学快毕业的时候,我回那幼儿园去看过一回。果然,转椅、滑梯、攀登架都有了,教室里桌椅齐备,孩子也比以前多出几倍。房东刘奶奶家已经迁走。一个年轻女老师在北屋的廊下弹着风琴,孩子们在院子里随着琴声排练节目。一间南屋改作厨房，孩子们可以在幼儿园用餐了。那个年轻女老师问我："你找谁？"我说："苏老师和孙老师呢？""她们呀？已经退休了。"我回家告诉母亲，母亲说哪是什么退休呀，是她们的出身和阶级成分不适合教育工作。后来"文革"开始了，又听说她们都被遣送回原籍。

"文革"进行到无可奈何之时，有一天我在街上碰见孙老师。她的头发有些乱，直着眼睛走路，仍然匆忙、慌张。我叫了她一声，她站住，茫然地看我。我说出我的名字，"您不记得我了？"她脸上死了一样，好半天，忽然活过来："啊，是你呀，哎呀哎呀，那回可真是把你给冤枉了呀。"我故作惊讶状："冤枉了？我？"其实我已经知道她指的是什么。"可事后你就不来了。苏老师跟我说，这可真是把那孩子的心伤重了吧？"

那是我临上小学前不久的事。在东屋教室门前，一群孩子往里冲，另一群孩子顶住门不让进，并不为什么，只是一种游戏。我在要冲进来的一群中，使劲推门，忽然门缝把我的手指压住了，疼极之下我用力一脚把门踹开，不料把一个女孩儿撞得仰面朝天。女孩儿鼻子流血，头上起了个包，不停地哭。苏老师过来哄她，同时罚我的站。我站在窗前看别的孩子们上课，心里委屈，就用蜡笔在糊了白纸的窗棂上乱画，画一个老太太，在旁边注明一个"苏"字。待苏老师发现时，雪白的窗棂已布满一个个老太太和一个个"苏"。苏老师颤抖着嘴唇，只说得出一句话："那可是我和孙老师俩糊了好几天的呀……"此后我就告别了幼儿园，理由是马上就要上小学了，其实呢，我是不敢再见那窗棂。

孙老师并没有太大变化，唯头发白了些，往日的慈祥也都并入慌张。我问:"苏老师呢,她好吗?"孙老师抬眼看我的头顶,揣测我的年龄,然后以对一个成年人的语气轻声对我说:"我们都结了婚,各人忙各人的家呢。"我以为以我的年龄不合适再问下去,但从此心里常想,那会是怎样的男人和怎样的家呢?譬如说,与她们早年的期待是否相符?与那阳光似的琴声能否和谐?

我二十一岁那年

友谊医院神经内科病房有十二间病室,除去1号2号,其余十间我都住过。当然,绝不为此骄傲。即便多么骄傲的人,据我所见,一躺上病床也都谦恭。1号和2号是病危室,是一步登天的地方,上帝认为我住那儿为时尚早。

十九年前,父亲搀扶着我第一次走进那病房。那时我还能走,走得艰难,走得让人伤心就是了。当时我有过一个决心:要么好,要么死,一定不再这样走出来。

正是响午,病房里除了病人的微鼾,便是护士们轻极了的脚步,满目洁白,阳光中飘浮着药水的味道,如同信徒走进了庙宇,我感觉到了希望。一位女大夫把我引进10号病室。她贴近我的耳朵轻轻柔柔地问:"午饭吃了没?"我说:"您说我的病还能好吗?"她笑了笑。记不得她怎样回答了,单记得她说了一句什么之后,父亲的愁眉也略略地舒展。女大夫步履轻盈地走后,我永远留住了一个偏见:女人是最应该当大夫的,白大褂是她们最优雅的服装。

那天恰是我二十一岁生日的第二天。我对医学对命运都还未及了解,不知道病出在脊髓上将是一件多么麻烦的事。我舒心地躺下来睡了个好觉。心想:十天,一个月,好吧就算是三个月,然后我就又能是原来的样子了。和我一起插队的同学来看我时,也都这样想,他们给我带来很多书。

10号有六个床位。我是6床。5床是个农民,他天天都盼着出院。"光房钱一天一块一毛五,你算算得啦,"5床说,"'死病'

值得了这么些?" 3 床就说:"得了嘿,你有完没完!死死死,数你悲观。" 4 床是个老头,说:"别介别介,咱毛主席有话啦——既来之,则安之。"农民便带笑地把目光转向我,却是对他们说:"敢情你们都有公费医疗。"他知道我还在与贫下中农相结合。1 床不说话,1 床一旦说话即可出院。2 床像是个有些来头的人,举手投足之间便赢得大伙儿的敬畏。2 床幸福地把一切名词都忘了,包括忘了自己的姓名。2 床讲话时,所有名词都以"这个""那个"代替,因而讲到一些轰轰烈烈的事迹却听不出是谁人所为。4 床说:"这多好,不得罪人。"

我不搭茬儿。刚有的一点儿舒心顷刻全光。一天一块多房钱都要从父母的工资里出,一天好几块的药钱、饭钱都要从父母的工资里出,何况为了给我治病家中早已是负债累累了。我马上就想那农民之所想了:什么时候才能出院呢?我赶紧松开拳头让自己放明白点儿:这是在医院不是在家里,这儿没人会容忍我发脾气,而且砸坏了什么还不是得用父母的工资去赔?所幸身边有书,想来想去只好一头埋进书里去,好吧好吧,就算是三个月!我平白地相信这样一个期限。

可是三个月后我不仅没能出院,病反而更厉害了。

那时我和 2 床一起住到了 7 号。2 床果然不同寻常,是位局长,十一级干部,但还是多了一级,非十级以上者无缘去住高干病房的单间。7 号是这普通病房中唯一仅设两张病床的房间,最接近单间,故一向由最接近十级的人去住。据说刚有个十三级从这儿出去。2 床搬来名正言顺。我呢?护士长说是"这孩子爱读书",让我帮助 2 床把名词重新记起来。"你看他连自己是谁都闹不清了。"

护士长说。但2床却因此越来越让人喜欢。因为"局长"也是名词也在被忘之列,我们之间的关系日益平等、融洽。有一天他问我:"你是干什么的?"我说:"插队的。"2床说他的"那个"也是,两个"那个"都是,他在高出他半个头的地方比划一下:"就是那两个,我自己养的。""您是说您的两个儿子?"他说对,儿子。他说好哇,革命嘛就不能怕苦,就是要去结合。他说:"我们当初也是从那儿出来的嘛。"我说:"农村?""对对对。什么?""农村。""对对对农村。别忘本呀!"我说是。我说:"您的家乡是哪儿?"他于是抱着头想好久。这一回我也没办法提醒他。最后他骂一句,不想了,说:"我也放过那玩意儿。"他在头顶上伸直两个手指。"是牛吗?"他摇摇头,手往低处一压。"羊?""对了,羊。我放过羊。"他躺下,双手垫在脑后,甜甜蜜蜜地望着天花板老半天不言语。大夫说他这病叫做"角回综合征,命名性失语",并不影响其他记忆,尤其是遥远的往事更都记得清楚。我想局长到底是局长,比我会得病。他忽然又坐起来:"我的那个,喂,小什么来?""小儿子?""对!"他怒气冲冲地跳到地上,说:"那个小玩意儿,娘个!"说:"他要去结合,我说好嘛我支持。"说:"他来信要钱,说要办个这个。"他指了指周围,我想"那个小玩意儿"可能是要办个医疗站。他说:"好嘛,要多少?我给。可那个小玩意儿!"他背着手气哼哼地来回走,然后停住,两手一摊,"可他又要在那儿结婚!""在农村?""对。农村。""跟农民?""跟农民。"无论是根据我当时的思想觉悟,还是根据报纸电台当时的宣传倡导,这都是值得肃然起敬的。"扎根派。"我钦佩地说。"娘了个派!"他说,"可你还要不要回来嘛!"这下我有点儿发蒙。见我愣着,他又一跺脚,补充道:"可你还要不要革命?"这下我懂了，先不管革命是什么，2床的坦诚却令人欣慰。

不必去操心那些玄妙的逻辑了。整个冬天就快过去，我反倒拄着拐杖都走不到院子里去了，双腿日甚一日地麻木，肌肉无可遏止地萎缩，这才是需要发愁的。

我能住到7号来，事实上是因为大夫护士们都同情我。因为我还这么年轻，因为我是自费医疗，因为大夫护士都已经明白我这病的前景极为不妙，还因为我爱读书——在那个"知识越多越反动"的年代，大夫护士们尤为喜爱一个爱读书的孩子。他们还把我当孩子。他们的孩子有不少也在插队。护士长好几次在我母亲面前夸我，最后总是说："唉，这孩子……"这一声叹，暴露了当代医学的爱莫能助。他们没有别的办法帮助我，只能让我住得好一点儿，安静些，读读书吧——他们可能是想，说不定书中能有"这孩子"一条路。

可我已经没了读书的兴致。整日躺在床上，听各种脚步从门外走过；希望他们停下来，推门进来，又希望他们千万别停，走过去走他们的路去别来烦我。心里荒荒凉凉地祈祷：上帝如果你不收我回去，就把能走路的腿也给我留下！我确曾在没人的时候双手合十，出声地向神灵许过愿。多年以后才听一位无名的哲人说过：危卧病榻，难有无神论者。如今来想，有神无神并不值得争论，但在命运的混沌之点，人自然会忽略着科学，向虚暝之中寄托一份虔敬的祈盼。正如迄今人类最美好的向往也都没有实际的验证，但那向往并不因此消灭。

主管大夫每天来查房，每天都在我的床前停留得最久："好吧，别急。"按规矩主任每星期查一次房，可是几位主任时常都来看看我："感觉怎么样？嗯，一定别着急。"有那么些天全科的大夫都来看我，八小时以内或以外，单独来或结队来，检查一番各抒主张，然后都对我说："别着急，好吗？千万别急。"从他们谨慎的言谈中我渐渐明白了一件事：我这病要是因为一个肿瘤的捣鬼，把它打出来切下去随便扔到一个垃圾桶里，我就还能直立行走，否则我多半就是把祖先数百万年进化而来的这一优势给弄丢了。

窗外的小花园里已是桃红柳绿，二十二个春天没有哪一个像这样让人心抖。我已经不敢去羡慕那些在花丛树行间漫步的健康人和在小路上打羽毛球的年轻人。我记得我久久地看过一个身着病服的老人，在草地上踱着方步晒太阳；只要这样我想只要这样！只要能这样就行了就够了！我回忆脚踩在软软的草地上是什么感觉？想走到哪儿就走到哪儿是什么感觉？踢一颗路边的石子，踢着它走是什么感觉？没这样回忆过的人不会相信，那竟是回忆不出来的！老人走后我仍呆望着那块草地，阳光在那儿慢慢地淡薄，脱离，凝作一缕孤哀凄寂的红光一步步爬上墙，爬上楼顶……我写下一句歪诗：轻拨小窗看春色，漏入人间一斜阳。日后我摇着轮椅特意去看过那块草地，并从那儿张望7号窗口，猜想那玻璃后面现在住的谁？上帝打算为他挑选什么前程？当然，上帝用不着征求他的意见。

我乞求上帝不过是在和我开着一个临时的玩笑——在我的脊椎里装进了一个良性的瘤子。对对，它可以长在椎管内，但必须要长在软膜外，那样才能把它剥离而不损坏那条珍贵的脊髓。"对不对，大夫？""谁告诉你的？""对不对吧？"大夫说："不过，看来不太像肿瘤。"我用目光在所有的地方写下"上帝保佑"，我想，或许把这四个字写到千遍万遍就会赢得上帝的怜悯，让它是个瘤子，一个善意的瘤子。要么干脆是个恶毒的瘤子，能要命的那一种，那也行。总归得是瘤子，上帝！

朋友送了我一包莲子，无聊时我捡几颗泡在瓶子里，想，赌不赌一个愿？——要是它们能发芽，我的病就不过是个瘤子。但我战战兢兢地一直没敢赌。谁料几天后莲子竟都发芽。我想好吧我赌！我想其实我压根儿是倾向于赌的。我想倾向于赌事实上就等于是赌了。我想现在我还敢赌——它们一定能长出叶子！（这是明摆着的。）我每天给它们换水，早晨把它们移到窗台西边，下午再把它们挪到东边，让它们总在阳光里；为此我抓住床栏走，扶住窗台走，几米路我走得大汗淋漓。这事我不说，没人知道。不久，它们长出一片片圆圆的叶子来。"圆"，又是好兆。我更加周到地伺候它们，坐回到床上气喘吁吁地望着它们，夜里醒来在月光中也看看它们：好了，我要转运了。并且忽然注意到"莲"与"怜"谐意，毕恭毕敬地想：上帝终于要对我发发慈悲了吧？这些事我不说没人知道。叶子长出了瓶口，闲人要去摸，我不让，他们硬是摸了呢，我便在心里加倍地祈祷几回。这些事我不说，现在也没人知道。然而科学胜利了，它三番五次地说那儿没有瘤子，没有没有。果然，上帝直接在那条娇嫩的脊髓上做了手脚！定案之日，我像个冤判的屈鬼那样疯狂地作乱，挣扎着站起来，心想干吗不能跑一回给那个没良心的上帝瞧瞧？后果很简单，如果你没摔死你必会明白：确实，你干不过上帝。

我终日躺在床上一言不发，心里先是完全的空白，随后由着一个死字去填满。王主任来了。（那个老太太，我永远忘不了她。还有张护士长。八年以后和十七年以后，我两次真的病到了死神门口，全靠这两位老太太又把我抢下来。）我面向墙躺着，王主任坐在我身后许久不说什么，然后说了，话并不多，大意是：还是看看书吧,你不是爱看书吗?人活一天就不要白活。将来你工作了,忙得一点儿时间都没有,你会后悔这段时光就让它这么白白地过去了。这些话当然并不能打消我的死念,但这些话我将受用终生,在以后的若干年里我频繁地对死神抱有过热情,但在未死之前我一直记得王主任这些话,因而还是去做些事。使我没有去死的原因很多(我在另外的文章里写过),"人活一天就不要白活"亦为其一,慢慢地去做些事于是慢慢地有了活的兴致和价值感。有一年我去医院看她,把我写的书送给她,她已是满头白发了,退休了,但照常在医院里从早忙到晚。我看着她想,这老太太当年必是心里有数,知道我还不至于去死,所以她单给我指一条活着的路。可是我不知道当年我搬离7号后,是谁最先在那儿发现过一团电线?并对此做过什么推想?那是个秘密,现在也不必说。假定我那时真的去死了呢?我想找一天去问问王主任。我想,她可能会说"真要去死那谁也管不了";可能会说"要是你找不到活着的价值,迟早还是想死";可能会说"想一想死倒也不是坏事,想明白了倒活得更自由";可能会说"不,我看得出来,你那时离死神还远着呢,因为你有那么多好朋友"。

友谊医院——这名字叫得好。"同仁""协和""博爱""济慈",这样的名字也不错,但或稍嫌冷静,或略显张扬,都不如"友谊"听着那么平易、亲近。也许是我的偏见。二十一岁末尾,双腿彻底背叛了我,我没死,全靠着友谊。还在乡下插队的同学不断写信来。软硬兼施劝骂并举,以期激起我活下去的勇气;已转回北京的同学每逢探视日必来看我,甚至非探视日他们也能进来。"怎进来的你们?""咳,闭上一只眼睛想一会儿就进来了。"这群插过队的，当年可以凭一张站台票走南闯北，甭担心还有他们走不通的路。那时我搬到了加号。加号原来不是病房，里面有个小楼梯间，楼梯间弃置不用了，余下的地方仅够放一张床，虽然窄小得像一节烟筒，但毕竟是单间，光景固不可比十级，却又非十一级可比。这又是大夫护士们的一番苦心，见我的朋友太多，都是少男少女难免说笑得不管不顾，既不能影响了别人又不可剥夺了我的快乐，于是给了我十点五级的待遇。加号的窗口朝向大街，我的床紧挨着窗，在那儿我度过了二十一岁中最惬意的时光。每天上午我就坐在窗前清清静静地读书，很多名著我都是在那时读到的，也开始像模像样地学着外语。一过中午，我便直着眼睛朝大街上眺望，尤其注目骑车的年轻人和5路汽车的车站，盼着朋友们来。有那么一阵子我暂时忽略了死神。朋友们来了，带书来，带外面的消息来，带安慰和欢乐来，带新朋友来，新朋友又带新的朋友来，然后都成了老朋友。以后的多少年里，友谊一直就这样在我身边扩展，在我心里深厚。把加号的门关紧，我们自由地嬉笑怒骂，毫无顾忌地议论世界上所有的事，高兴了还可以轻声地唱点儿什么——陕北民歌，或插队知青自己的歌。晚上朋友们走了，在小台灯幽寂而又喧嚣的光线里，我开始想写点儿什么，那便是我创作欲望最初的萌生。我一时忘记了死，还因为什么？还因为爱情的影子在隐约地晃动。那影子将长久地在我心里晃动，给未来的日子带来幸福也带来痛苦，尤其带来激情，把一个绝望的生命引领出死谷；无论是幸福还是痛苦，都会成为永远的珍藏和神圣的纪念。

二十一岁、二十九岁、三十八岁，我三进三出友谊医院，我没死，全靠了友谊。后两次不是我想去勾结死神，而是死神对我有了兴趣；我高烧到四十多度，朋友们把我抬到友谊医院，内科说没有护理截瘫病人的经验，柏大夫就去找来王主任，找来张护士长，于是我又住进神内病房。尤其是二十九岁那次，高烧不退，整天昏睡、呕吐，差不多三个月不敢闻饭味，光用血管去喝葡萄糖，血压也不安定，先是低压升到一百二接着高压又降到六十，大夫们一度担心我活不过那年冬天了——肾，好像是接近完蛋的模样，治疗手段又像是接近于无了。我的同学找柏大夫商量，他们又一起去找唐大夫；要不要把这事告诉我父亲？他们决定：不。告诉他，他还不是白着急？然后他们分了工：死的事由我那同学和柏大夫管，等我死了由他们去向我父亲解释；活着的我由唐大夫多多关照。唐大夫说："好，我可以以教学的理由留他在这儿，他活一天就还要想一天办法。"当然，这些事都是我后来听说的。真是人不当死鬼神奈何其不得，冬天一过我又活了，看样子极可能活到下一个世纪去。唐大夫就是当年把我接进10号的那个大夫，就是那个步履轻盈温文尔雅的女大夫，但八年过去她已是两鬓如霜了。又过了九年，我第三次住院时唐大夫已经不在。听说我又来了，科里的老大夫、老护士们都来看我，问候我，夸我的小说写得还不错，跟我叙叙家常，唯唐大夫不能来了。我知道她不能来了，她不在了。我曾摇着轮椅去给她送过一个小花圈，大家都说："她是累死的，她肯定是累死的！"我永远记得她把我迎进病房的那个中午，她贴近我的耳边轻轻柔柔地问："午饭吃了没？"倏忽之间，怎么，她已经不在了？她不过才五十岁出头。这事真让人哑口无言，总觉得不大说得通，肯定是谁把逻辑摆弄错了。

但愿柏大夫这一代的命运会好些。实际只是当着众多病人时我才叫她柏大夫。平时我叫她"小柏"她叫我"小史"。她开玩笑时自称是我的"私人保健医",不过这不像玩笑这很近实情。近两年我叫她"老柏"她叫我"老史"了。十九年前的深秋,病房里新来个卫生员,梳着短辫儿,戴一条长围巾穿一双黑灯芯绒鞋,虽是一口地道的北京城里话,却满身满脸的乡土气尚未退尽。"你也是插队的?"我问她。"你也是?"听得出来,她早已知道了。"你哪届?""老初二。你呢?""我六八,老初一。你哪儿?""陕北。你哪儿?""我内蒙。"这就行了,全明白了,这样的招呼是我们这代人的专利,这样的问答立刻把我们拉近。我料定,几十年后这样的对话仍会在一些白发苍苍的人中间流行,仍是他们之间最亲切的问候和最有效的沟通方式;后世的语言学者会煞费苦心地对此做一番考证,正儿八经地写一篇论文去得一个学位。而我们这代人是怎样得一个学位的呢?十四五岁停学,十七八岁下乡,若干年后回城,得一个最被轻视的工作,但在农村待过了还有什么工作不能干的呢,同时学心不死业余苦读,好不容易上了个大学,毕业之后又被轻视——因为真不巧你是个"工农兵学员",你又得设法摘掉这个帽子,考试考试考试这代人可真没少考试,然后用你加倍的努力让老的少的都服气,用你的实际水平和能力让人们相信你配得上那个学位——比如说,这就是我们这代人得一个学位的典型途径。这还不是最坎坷的途径。"小柏"变成"老柏",那个卫生员成为柏大夫,大致就是这么个途径,我知道,因为我们已是多年的朋友。她的丈夫大体上也是这么走过来的,我们都是朋友了;连她的儿子也叫我"老史"。闲下来细细去品,这个"老史"最令人羡慕的地方,便是一向活在友谊中。真说不定,这与我二十一岁那年恰恰住进了"友谊"医院有关。

因此偶尔有人说我是活在世外桃源,语气中不免流露了一点儿讥讽,仿佛这全是出于我的自娱甚至自欺。我颇不以为然。我既非活在世外桃源,也从不相信有什么世外桃源。但我相信世间桃源,世间确有此源,如果没有恐怕谁也就不想再活;倘此源有时弱小下去,依我看,至少讥讽并不能使其强大。千万年来它作为现实,更作为信念,这才不断。它源于心中再流入心中,它施于心又由于心,这才不断。欲其强大,舍心之虔诚又向何求呢?

也有人说我是不是一直活在童话里?语气中既有赞许又有告诫。赞许并且告诫,这很让我信服。赞许既在,告诫并不意指人们之间应该加固一条防线,而只是提醒我:童话的缺憾不在于它太美,而在于它必要走进一个更为纷繁而且严酷的世界,那时只怕它太娇嫩。

事实上在二十一岁那年,上帝已经这样提醒我了,他早已把他的超级童话和永恒的谜语向我略露端倪。

住在4号时,我见过一个男孩。他那年七岁,家住偏僻的山村,有一天传说公路要修到他家门前了,孩子们都翘首以待好梦联翩。公路终于修到,汽车终于开来,乍见汽车,孩子们惊讶兼着胆怯,远远地看。日子一长孩子便有奇想,发现扒住卡车的尾巴可以威风凛凛地兜风,他们背着父母玩得好快活。可是有一次,只一次,这七岁的男孩失手从车上摔了下来。他住进医院时已经不能跑,四肢肌肉都在萎缩。病房里很寂寞,孩子一瘸一瘸地到处串;淘得过分了,病友们就说他:"你说说你是怎么伤的?"孩子立刻低了头,老老实实地一动不动。"说呀?""说,因为什么?"孩子嗫嚅着。"喂,怎么不说呀?给忘啦?""因为扒汽车。"孩子低声说。"因为淘气。"孩子补充道。他在诚心诚意地承认错误。大家都沉默,除了他自己谁都知道:这孩子伤在脊髓上,那样的伤是不可逆的。孩子仍不敢动,规规矩矩地站着用一双正在萎缩的小手擦眼泪。终于会有人先开口,语调变得哀柔:"下次还淘不淘了?"孩子很熟悉这样的宽容或原谅,马上使劲摇头:"不,不,不了!"同时松一口气了。但这一回不同以往,怎么没有人接着向他允诺"好啦,只要改了就还是好孩子"呢?他睁大眼睛去看每一个大人,那意思是:还不行么?再不淘气了还不行么?他不知道,他还不懂,命运中有一种错误是只能犯一次的,并没有改正的机会,命运中有一种并非是错误的错误(比如淘气,是什么错误呢),但这却是不被原谅的。那孩子小名叫"五蛋",我记得他,那时他才七岁,他不知道,他还不懂。未来,他势必有一天会知道,可他势必有一天就会懂吗?但无论如何,那一天就是一个童话的结尾。在所有童话的结尾处,让我们这样理解吧:上帝为锤炼生命,将布设下一个残酷的谜语。

住在6号时,我见过有一对恋人。那时他们正是我现在的年纪,四十岁。他们是大学同学。男的二十四岁时本来就要出国留学,日期已定,行装都备好,可命运无常,不知因为什么屁大的一点儿事不得不拖延一个月,偏就在这一个月里因为一次医疗事故他瘫痪了。女的对他一往情深,等着他,先是等着他病好,没等到;然后还等着他,等着他同意跟她结婚,还是没等到。外界的和内心的阻力重重,一年一年,男的既盼着她来又说服着她走。但一年一年,病也难逃爱也难逃,女的就这么一直等着。有一次她狠了狠心,调离北京到外地去工作了,但是斩断感情却不这么简单,而且再想调回北京也不这么简单,女的只要有三天假期也迢迢千里地往北京跑。男的那时病更重了,全身都不能动了,和我同住一个病室。女的走后,男的对我说过:"你要是爱她,你就不能害她,除非你不爱她,可是你又为什么要结婚呢?"男的睡着了,女的对我说过:我知道他这是爱我,可他不明白其实这是害我,我真想一走了事,我试过,不行,我知道我没法不爱他。女的走了男的又对我说过:不不,她还年轻,她还有机会,她得结婚,她这人不能没有爱。男的睡了女的又对我说过:可什么是机会呢?机会不在外面在心里,结婚的机会有可能在外边,可爱情的机会只能在心里。女的不在时,我把她的话告诉男的,男的默然垂泪。我问他:"你干吗不能跟她结婚呢?"他说:"这你还不懂。"他说:"这很难说得清,因为你活在整个这个世界上。"他说:"所以,有时候这不是光由两个人就能决定的。"我那时确实还不懂。我找到机会又问女的:"为什么不是两个人就能决定的?"她说:"不,我不这么认为。"她说:"不过确实,有时候这确实很难。"她沉吟良久,说:"真的,跟你说你现在也不懂。"十九年过去了,那对恋人现在该已经都是老人。我不知道现在他们各自在哪儿,我只听说他们后来还是分手了。十九年中,我自己也有过爱情的经历了,现在要是有个二十一岁的人问我爱情都是什么?大概我也只能回答:真的,这可能从来就不是能说得清的。无论她是什么,她都很少属于语言,而是全部属于心的。还是那位台湾作家三毛说得对:爱如禅,不能说不能说,一说就错。那也是在一个童话的结尾处,上帝为我们能够永远地追寻着活下去,而设置的一个残酷却诱人的谜语。

二十一岁过去,我被朋友们抬着出了医院,这是我走进医院时怎么也没料到的。我没有死,也再不能走,对未来怀着希望也怀着恐惧。在以后的年月里,还将有很多我料想不到的事发生,我仍旧有时候默念着"上帝保佑"而陷入茫然。但是有一天我认识了神,他有一个更为具体的名字——精神。在科学的迷茫之处,在命运的混沌之点,人唯有乞灵于自己的精神。不管我们信仰什么,都是我们自己的精神的描述和引导。

故乡的胡同

北京很大,不敢说就是我的故乡。我的故乡很小,仅北京城之一角,方圆大约二里,东和北曾经是城墙现在是二环路。其余的北京和其余的地球我都陌生。

二里方圆,上百条胡同密如罗网,我在其中活到四十岁。编辑约我写写那些胡同,以为简单,答应了,之后发现这岂非是要写我的全部生命?办不到。但我的心神便又走进那些胡同,看它们一条一条怎样延伸怎样连接,怎样枝枝杈杈地漫展,以及怎样曲曲弯弯地隐没。我才醒悟,不是我曾居于其间,是它们构成了我。密如罗网,每一条胡同都是我的一段历史、一种心绪。

四十年前,一个男孩艰难地越过一道大门槛,惊讶着四下张望,对我来说胡同就在那一刻诞生。很长很长的一条土路,两侧一座座院门排向东西,红而且安静的太阳悬挂西端。男孩看太阳,直看得眼前发黑,闭一会儿眼,然后顽固地再看太阳。因为我问过奶奶:"妈妈是不是就从那太阳里回来?"

奶奶带我走出那条胡同,可能是在另一年。奶奶带我去看病,走过一条又一条胡同,天上地上都是风、被风吹淡的阳光、被风吹得断续的鸽哨声。那家医院就是我的出生地。打完针,嚎啕之际,奶奶买一串糖葫芦慰劳我,指着医院的一座西洋式小楼说,她就是从那儿听见我来了,我来的那天下着罕见的大雪。

是我不断长大所以胡同不断地漫展呢,还是胡同不断地漫展所以我不断长大?可能是一回事。

有一天母亲领我拐进一条更长更窄的胡同，把我送进一个大门，一眨眼母亲不见了，我正要往门外跑时被一个老太太拉住，她很和蔼但是我哭着使劲挣脱她，屋里跑出来一群孩子，笑闹声把我的哭喊淹没。我头一回离家在外，那一天很长，墙外磨刀人的喇叭声尤其漫漫。这幼儿园就是那老太太办的，都说她信教。

几乎每条胡同都有庙。僧人在胡同里静静地走，回到庙去沉沉地唱，那诵经声总让我看见夏夜的星光。睡梦中我还常常被一种清朗的钟声唤醒，以为是午后阳光落地的震响，多年以后我才找到它的来源。现在俄国使馆的位置，曾是一座东正教堂，我把那钟声和它联系起来时，它已被推倒。那时，寺庙多也消失或改作它用。

我的第一个校园就是往日的寺庙，庙院里松柏森森。那儿有个可怕的孩子，他有一种至今令我惊诧不解的能力，同学们都怕他，他说他第一跟谁好谁就会受宠若惊，说他最后跟谁好谁就会忧心忡忡，说他不跟谁好了谁就像被判离群的鸟儿。因为他，我学会了谄媚和防备，看见了孤独。成年以后，我仍能处处见出他的影子。

十八岁去插队，离开故乡三年。回来双腿残废了，找不到工作，我常独自摇了轮椅一条条再去走那些胡同。它们几乎没变，只是往日都到哪儿去了很费猜解。在一条胡同里我碰见一群老太太，她们用油漆涂抹着美丽的图画，我说我能参加吗？我便在那儿拿到平生第一份工资，我们整日涂抹说笑，对未来抱着过分的希望。

母亲对未来的祈祷，可能比我对未来的希望还要多，她在我们住的院子里种下一棵合欢树。那时我开始写作，开始恋爱，爱情使我的心魂从轮椅里站起来。可是合欢树长大了，母亲却永远离开了我，几年爱过我的那个姑娘也远去他乡，但那时她们已经把我培育得可以让人放心了。然后我的妻子来了，我把珍贵的以往说给她听,她说因此她也爱恋着我的这块故土。

我单不知,像鸟儿那样飞在不高的空中俯瞰那片密如罗网的胡同,会是怎样的景象?飞在空中而且不惊动下面的人类,看一条条胡同的延伸、连接、枝枝杈杈地漫展以及曲曲弯弯地隐没,是否就可以看见了命运的构造?

1994 年

庙的回忆

据说,过去北京城内的每一条胡同都有庙,或大或小总有一座。这或许有夸张成份。但慢慢回想,我住过以及我熟悉的胡同里,确实都有庙或庙的遗迹。

在我出生的那条胡同里,与我家院门斜对着,曾经就是一座小庙。我见到它时它已改作油坊,庙门、庙院尚无大变,惟走了僧人,常有马车运来大包大包的花生、芝麻,院子里终日磨声隆隆,呛人的油脂味经久不散。推磨的驴们轮换着在门前的空地上休息,打滚儿,大惊小怪地喊叫。

从那条胡同一直往东的另一条胡同中,有一座大些的庙,香火犹存。或者是庵,记不得名字了,只记得奶奶说过那里面没有男人。那是奶奶常领我去的地方,庙院很大,松柏森然。夏天的傍晚不管多么燠热难熬,一走进那庙院立刻就觉清凉,我和奶奶并排坐在庙堂的石阶上,享受晚风和月光,看星星一个一个亮起来。僧尼们并不驱赶俗众,更不收门票,见了我们惟颔首微笑,然后静静地不知走到哪里去了,有如晚风掀动松柏的脂香似有若无。庙堂中常有法事,钟鼓声、铙钹声、木鱼声,嚐嚐呓呓,那音乐让人心中犹豫。诵经声如无字的伴歌,好像黑夜的愁叹,好像被灼烤了一白天的土地终于得以舒展便油然飘缭起的雾霭。奶奶一动不动地听,但鼓励我去看看。我迟疑着走近门边,只向门缝中望了一眼,立刻跑开。那一眼印象极为深刻。现在想,大约任何声音、光线、形状、姿态,乃至温度和气息,都在人的心底有着先天的响应,因而很多事可以不懂但能够知道，说不清楚，却永远记住。那大约就是形式的力量。气氛或者情绪，整体地袭来，它们大于言说，它们进入了言不可及之域，以致一个五六岁的孩子本能地审视而不单是看见。我跑回到奶奶身旁，出于本能我知道了那是另一种地方，或是通向着另一种地方。比如说树林中穿流的雾霭，全是游魂。奶奶听得入神，摇撼她她也不觉，她正从那音乐和诵唱中回想生命，眺望那另一种地方吧。我的年龄无可回想，无以眺望，另一种地方对一个初来的生命是严重的威胁。我钻进奶奶的怀里不敢看，不敢听也不敢想，惟觉幽冥之气弥漫，月光也似冷暗了。这个孩子生而怯懦，禀性愚顽，想必正是他要来这人间的缘由。

上小学的那一年，我们搬了家，原因是若干条街道联合起来成立了人民公社，公社机关看中了我们原来住的那个院子以及相邻的两个院子，于是他们搬进来我们搬出去。我记得这件事进行得十分匆忙，上午一通知下午就搬，街道干部打电话把各家的主要劳力都从单位里叫回家，从中午一直搬到深夜。这事很让我兴奋，所有要搬走的孩子都很兴奋，不用去上学了，很可能明天和后天也不用上学了，而且我们一齐搬走，搬走之后仍然住在一起。我们跳上运家具的卡车奔赴新家，觉得正有一些动人的事情在发生，有些新鲜的东西正等着我们。可惜路程不远，完全谈不上什么经历新家就到了。不过微微的失望转瞬即逝，我们冲进院子，在所有的屋子里都风似的刮一遍，以主人的身份接管了它们。从未来的角度看，这院子远不如我们原来的院子，但新鲜是主要的，新鲜与孩子天生有缘，新鲜在那样的季节里统统都被推崇，我们才不管院子是否比原来的小或房子是否比原来的破，立刻在横倒竖歪的家具中间捉迷藏，疯跑疯叫，把所有的房门都打开然后关上，把所有的电灯都关上然后打开，爬到树上去然后跳下来，被忙乱的人群撞倒然后自己爬起来，为每一个新发现激动不已，然后看看其实也没什么……最后集体在某一个角落里睡熟，睡得不省人事，叫也叫不应。那时母亲正在外地出差，来不及通知她，几天后她回来时发现家已经变成了公社机关，她在那门前站了很久才有人来向她解释，大意是：不要紧放心吧，搬走的都是好同志，住在哪儿和不住在哪儿都一样是革命需要。

新家所在之地叫"观音寺胡同"，顾名思义那儿也有一座庙。那庙不能算小，但早已破败，久失看管。庙门不翼而飞，院子里枯藤老树荒草藏人。侧殿空空。正殿里尚存几尊泥像，彩饰斑驳，站立两旁的护法天神怒目圆睁但已赤手空拳，兵器早不知被谁夺下扔在地上。我和几个同龄的孩子便捡起那兵器，挥舞着，在大殿中跳上跳下杀进杀出，模仿俗世的战争，朝残圮的泥胎劈砍，向草丛中冲锋，披荆斩棘草叶横飞，大有堂·吉诃德之神采，然后给寂寞的老树"施肥"，擦屁股纸贴在墙上……做尽亵渎神灵的恶事然后鸟儿一样在夕光中回家。很长一段时期那儿都是我们的乐园，放了学不回家先要到那儿去，那儿有发现不完的秘密，草丛中有死猫，老树上有鸟窝，幽暗的殿顶上据说有蛇和黄鼬，但始终未得一见。有时是为了一本小人书，租期紧，大家轮不过来，就一齐跑到那庙里去看，一个人捧着大家围在四周，大家都说看好了才翻页。谁看得慢了，大家就骂他笨，其实都还识不得几个字，主要是看画，看画自然也有笨与不笨之分。或者是为了抄作业，有几个笨主儿作业老是不会，就抄别人的，庙里安全，老师和家长都看不见。佛嘛，心中无佛什么事都敢干。抄者撅着屁股在菩萨眼皮底下紧抄,被抄者则乘机大肆炫耀其优越感,说一句"我的时间不多你要抄就快点儿",然后故意放大轻松与快乐,去捉蚂蚱、逮蜻蜓,大喊大叫地弹球儿、扇三角,急得抄者流汗,撅起的屁股有节奏地颤,嘴中念念有词,不时扭起头来喊一句:"等我会儿嘿!"其实谁也知道,没法等。还有一回专门是为了比赛胆儿大。"晚上谁敢到那庙里去?""这有什么,喊!""有什么?有鬼,你敢去吗?""费话!我早都去过了。""牛×!""嘿,你要不信嘿……今儿晚上就去你敢不敢?""去就去有什么呀,喊!""行,谁不去谁孙子敢不敢?""行,几点?""九点。""就怕那会儿我妈不让我出来。""哎哟喂,不敢就说不敢!""行,九点就九点!"那天晚上我们真的到那庙里去了一回,有人拿了个手电筒,还有人带了把水果刀好歹算一件武器。我们走进庙门时还是满天星斗,不一会儿天却阴上来,而且起了风。我们在侧殿的台阶上蹲着,挤成一堆儿,不敢动也不敢大声说话,荒草摇摇,老树沙沙,月亮在云中一跳一跳地走。有人说想回家去撒泡尿。有人说撒尿你就到那边撒去呗。有人说别的倒也不怕,就怕是要下雨了。有人说下雨也不怕,就怕一下雨家里人该着急了。有人说一下雨蛇先出来,然后指不定还有什么呢。那个想撒尿的开始发抖,说不光想撒尿这会儿又想屙屎,可惜没带纸。这样,大家渐渐都有了便意,说憋屎憋尿是要生病的,有个人老是憋屎憋尿后来就变成了罗锅儿。大家惊诧道:是嘛?那就不如都回家上厕所吧。可是第二天,那个最先要上厕所的成了惟一要上厕所的,大家都埋怨他,说要不是他我们还会在那儿呆很久,说不定就能捉到蛇,甚至可能看看鬼。

有一天,那庙院里忽然出现了很多暗红色的粉末,一堆堆像小山似的,不知道是什么,也想不通到底何用。那粉末又干又轻,一脚踩上去"噗"的一声到处飞扬,而且从此鞋就变成暗红色再也别想洗干净。又过了几天,庙里来了一些人,整天在那暗红色的粉末里折腾,于是一个个都变成暗红色不说,庙墙和台阶也都变成暗红色,荒草和老树也都变成暗红色,那粉末随风而走或顺水而流,不久,半条胡同都变成了暗红色。随后,庙门前挂出了一块招牌:有色金属加工厂。从此游戏的地方没有了,蛇和鬼不知迁徙何方,荒草被锄净,老树被伐倒,只剩下一团暗红色满天满地逐日壮大。再后来,庙堂也拆了,庙墙也拆了,盖起了一座轰轰烈烈的大厂房。那条胡同也改了名字,以后出生的人会以为那儿从来就没有过庙。

我的小学,校园本也是一座庙,准确说是一座大庙的一部分。大庙叫柏林寺,里面有很多合抱粗的柏树。有风的时候,老柏树浓密而深沉的响声一浪一浪,传遍校园,传进教室,使吵闹的孩子也不由得安静下来,使朗朗的读书声时而飞扬时而沉落,使得上课和下课的铃声飘忽而悠扬。

摇铃的老头,据说曾经就是这庙中的和尚,庙既改作学校,他便还俗做了这儿的看门人,看门兼而摇铃。老头极和蔼,随你怎样摸他的红鼻头和光脑袋他都不恼,看见你不快活他甚至会低下头来给你,说:想摸摸吗?孩子们都愿意到传达室去玩,挤在他的床上,挤得密不透风,没大没小地跟他说笑。上课或下课的时间到了,他摇起铜铃,不紧不慢地在所有的窗廊下走过,目不旁顾,一路都不改变姿势。丁当丁当——丁当丁当——,铃声在风中飘摇,在校园里回荡,在阳光里漫散开去,在所有孩子的心中留下难以磨灭的记忆。那铃声,上课时摇得紧张,下课时摇得舒畅,但无论紧张还是舒畅都比后来的电铃有味道、浪漫、多情,仿佛知道你的惧怕和盼望。

但有一天那铃声忽然消失,摇铃的老人也不见了,听说是回他的农村老家去了。为什么呢?据说是因为他仍在悄悄地烧香念佛,而一个崭新的时代应该是无神论的时代。孩子们再走进校门时,看见那铜铃还在窗前,但物是人非,传达室里端坐着一名严厉的老太太,老太太可不让孩子们在她的办公重地胡闹。上课和下课,老太太只在按钮上轻轻一点,电铃于是哇——哇——地叫,不分青红皂白,把整个校园都吓得要昏过去。在那近乎残酷的声音里,孩子们懂得了怀念:以往的铃声,它到哪儿去了?惟有一点是确定的,它随着记忆走进了未来。在它飘逝多年之后,在梦中,我常常又听见它,听见它的飘忽与悠扬,看见那摇铃老人沉着的步伐,在他一无改变的面容中惊醒。那铃声中是否早已埋藏下未来,早已知道了以后的事情呢?

多年以后,我二十一岁,插队回来,找不到工作,等了很久还是找不到,就进了一个街道生产组。我在另外的文章里写过,几间老屋尘灰满面,我在那儿一干七年,在仿古的家具上画些花鸟鱼虫、山水人物,每月所得可以糊口。那生产组就在柏林寺的南墙外。其时,柏林寺已改作北京图书馆的一处书库。我和几个同是待业的小兄弟常常就在那面红墙下干活儿。老屋里昏暗而且无聊,我们就到外面去,一边干活一边观望街景,看来来往往的各色人等,时间似乎就轻快了许多。早晨,上班去的人们骑着车,车后架上夹着饭盒,一路吹着口哨,按响车铃,单那姿态就令人羡慕。上班的人流过后，零零散散地有一些人向柏林寺的大门走来，多半提个皮包，进门时亮一亮证件，也不管守门人看不看得清楚便大步朝里面去，那气派更是让人不由得仰望了。并非什么人都可以到那儿去借书和查阅资料的，小D说得是教授或者局级才行。"你知道？""费话！"小D重感觉不重证据。小D比我小几岁，因为小儿麻痹一条腿比另一条腿短了三公分，中学一毕业就到了这个生产组。很多招工单位也是重感觉不重证据，小D其实什么都能干。我们从早到晚坐在那面庙墙下，眼观六路耳听八方，不用看表也不用看太阳便知此刻何时。一辆串街的杂货车，"油盐酱醋花椒大料洗衣粉"一路喊过来，是上午九点。收买废品的三轮车来时，大约十点。磨剪子磨刀的老头总是星期三到，瞄准生产组旁边的一家小饭馆，"磨剪子来嘿——抢菜刀——！"声音十分洪亮，大家都说他真是糟蹋了，干嘛不去唱戏？下午三点，必有一群幼儿园的孩子出现，一个牵定一个的衣襟，咿咿呀呀地唱着，以为不经意走进的这个人间将会多么美好，鲜艳的衣裳彩虹一样地闪烁，再彩虹一样地消失。四五点钟，常有一辆囚车从我们面前开过，离柏林寺不远有一座著名的监狱，据说专门收容小偷。有个叫小德子的，十七八岁没爹没妈，跟我们一起在生产组干过。这小子能吃，有一回生产组不知惹了什么麻烦要请人吃饭，吃客们走后，折箩足足一脸盆，小德子买了一瓶啤酒，坐在火炉前稀里呼噜只用了半小时脸盆就见了底。但是有一天小德子忽然失踪，生产组的大妈大婶们四处打听，才知那小子在外面行窃被逮住了。以后的很多天，我们加倍地注意天黑前那辆囚车，看看里面有没有他；囚车呼啸而过，大家一齐喊"小德子！小德子！"小德子还有一个月工资未及领取。

那时，我仍然没头没脑地相信，最好还是要有一份正式工作，倘能进一家全民所有制单位，一生便有了倚靠。母亲陪我一起去劳动局申请。我记得那地方廊回路转的，庭院深深，大约曾经也是一座庙。什么申请呀简直就像去赔礼道歉，一进门母亲先就满脸堆笑，战战兢兢，然后不管抓住一个什么人，就把她的儿子介绍一遍，保证说这一个坐在轮椅上的孩子其实仍可胜任很多种工作。那些人自然是满口官腔，母亲跑了前院跑后院，从这屋被支使到那屋。我那时年轻气盛，没那么多好听的话献给他们。最后出来一位负责同志，有理有据地给了我们回答："慢慢再等一等吧，全须儿全尾儿的我们这还分配不过来呢！"此后我不再去找他们了。再也不去。但是母亲，直到她去世之前还在一趟一趟地往那儿跑，去之前什么都不说，疲惫地回来时再向她愤怒的儿子赔不是。我便也不再说什么，但我知道她还会去的，她会在两个星期内重新积累起足够的希望。

我在一篇名为《合欢树》的散文中写过，母亲就是在去为我找工作的路上，在一棵大树下，挖回了一棵含羞草。以为是含羞草，越长越大，其实是一棵合欢树。

大约一九七九年夏天，某一日，我们正坐在那庙墙下吃午饭，不知从哪儿忽然走来了两个缁衣落发的和尚，一老一少仿佛飘然而至。"哟？"大家停止吞咽，目光一齐追随他们。他们边走边谈，眉目清朗，步履轻捷，謦笑之间好像周围的一切都变得空阔甚至是虚拟了。或许是我们的紧张被他们发现，走过我们面前时他们特意地颔首微笑。这一下，让我想起了久违的童年。然后，仍然是那样，他们悄然地走远，像多年以前一样不知走到哪里去了。

"不是柏林寺要恢复了吧?"

"没听说呀?"

"不会。那得多大动静呀咱能不知道?"

"八成是北边的净土寺,那儿的房子早就翻修呢。"

"没错儿,净土寺!"小D说,"前天我瞧见那儿的庙门油漆一新我还说这是要干嘛呢。"

大家愣愣地朝北边望。侧耳听时,也并没有什么特殊的声音传来。这时我才忽然想到,庙,已经消失了这么多年了。消失了,或者封闭了,连同那可以眺望的另一种地方。

在我的印象里,就是从那一刻起,一个时代结束了。

傍晚,我独自摇着轮椅去找那小庙。我并不明确为什么要去找它,也许只是为了找回童年的某种感觉?总之,我忽然想念起庙,想念起庙堂的屋檐、石阶、门廊,月夜下庙院的幽静与空荒,香缕细细地飘升,然后破碎。我想念起庙的形式。我由衷地想念那令人犹豫的音乐,也许是那样的犹豫,终于符合了我的已经不太年轻的生命。然而,其实,我并不是多么喜欢那样的音乐。那音乐,想一想也依然令人压抑、惶恐、胆战心惊。但以我已经走过的岁月,我不由得回想,不由得眺望,不由得从那音乐的压力之中听见另一种存在了。我并不喜欢它,譬如不能像喜欢生一样地喜欢死。但是要有它。人的心中,先天就埋藏了对它的响应。响应,什么样的响应呢?在我(这个生性愚顽的孩子!),那永远不会是成就圆满的欣喜,恰恰相反,是残缺明确地显露。眺望越是美好,越是看见自己的丑弱,越是无边,越看到限制。神在何处?以我的愚顽,怎么也想象不出一个无苦无忧的极乐之地。设若确有那样的极乐之地,设若有福的人果真到了那里，然后呢？我总是这样想：然后再往哪儿去呢？心如死水还是再有什么心愿？无论再往哪儿去吧，都说明此地并非圆满。丑弱的人和圆满的神，之间，是信者永远的路。这样，我听见，那犹豫的音乐是提醒着一件事：此岸永远是残缺的，否则彼岸就要坍塌。这大约就是佛之慈悲的那一个悲字吧。慈呢，便是在这一条无尽无休的路上行走，所要有的持念。

没有了庙的时代结束了。紧跟着，另一个时代到来了，风风火火。北京城内外的一些有名的寺庙相继修葺一新，重新开放。但那更像是寺庙变成公园的开始，人们到那儿去多是游览，于是要收门票，票价不菲。香火重新旺盛起来，但是有些异样。人们大把大把地烧香，整簇整簇的香投入香炉，火光熊熊，烟气熏蒸，人们衷心地跪拜，祈求升迁，祈求福寿，消灾避难，财运亨通……倘今生难为，可于来世兑现，总之祈求佛祖全面的优待。庙，消失多年，回来时已经是一个极为现实的地方了，再没有什么犹豫。

一九九六年春天，我坐了八九个小时飞机，到了很远的地方，地球另一面，一座美丽的城市。一天傍晚，会议结束，我和妻子在街上走，一阵钟声把我们引进了一座小教堂（庙）。那儿有很多教堂，清澈的阳光里总能听见飘扬的钟声。那钟声让我想起小时候我家附近有一座教堂，我站在院子里，最多两岁，刚刚从虚无中睁开眼睛，尚未见到外面的世界先就听见了它的声音，清朗、悠远、沉稳，仿佛响自天上。此钟声是否彼钟声？当然，我知道，中间隔了八千公里并四十几年。我和妻子走进那小教堂，在那儿拍照，大声说笑，东张西望，毫不吝惜地按动快门……这时，我看见一个中年女人独自坐在一个角落,默默地望着前方耶稣的雕像。(后来,在洗印出来的照片中,在我和妻子身后,我又看见了她。)她的眉间似有些愁苦,但双手放松地摊开在膝头,心情又似非常宁静,对我们的喧哗一无觉察,或者是我们的喧哗一点也不能搅扰她吧。我心里忽然颤抖——那一瞬间,我以为我看见了我的母亲。

我一直有着一个凄苦的梦,隔一段时间就会在我的黑夜里重复一回:母亲,她并没有死,她只是深深地失望了,对我,或者尤其对这个世界,完全地失望了,困苦的灵魂无处诉告,无以支持,因而她走了,离开我们到很远的地方去了,不再回来。在梦中,我绝望地哭喊,心里怨她:"我理解你的失望,我理解你的离开,但你总要捎个信儿来呀,你不知道我们会牵挂你不知道我们是多么想念你吗?"但就连这样的话也无从说给她,只知道她在很远的地方,并不知道她到底在哪儿。这个梦一再地走进我的黑夜,驱之不去,我便在醒来时、在白日的梦里为它做一个续:母亲,她的灵魂并未消散,她在幽冥之中注视我并保佑了我多年,直等到我的眺望已在幽冥中与她汇合,她才放了心,重新投生别处,投生在一个灵魂有所诉告的地方了。

我希望,我把这个梦写出来,我的黑夜从此也有了皈依了。

(选自《记忆与印象1》)

八 子

童年的伙伴，最让我不能忘怀的是八子。

几十年来，不止一次，我在梦中又穿过那条细长的小巷去找八子。巷子窄到两个人不能并行，两侧高墙绵延，巷中只一户人家。过了那户人家，出了小巷东口，眼前豁然开朗，一片宽阔的空地上有一棵枯死了半边的老槐树，有一处公用的自来水，有一座山似的煤堆。八子家就在那儿。梦中我看见八子还在那片空地上疯跑，领一群孩子呐喊着向那山似的煤堆上冲锋，再从煤堆爬上院墙，爬上房顶，偷摘邻居院子里的桑椹。八子穿的还是他姐姐穿剩下的那条碎花裤子。

八子兄弟姐妹一共十个。一般情况，新衣裳总是一、三、五、七、九先穿，穿小了，由排双数的继承。老七是个姐，故继承一事常让八子烦恼。好在那时无论男女，衣装多是灰、蓝二色，八子所以还能坦然。只那一条碎花裤子让他备感羞辱。那裤子紫地白花，七子一向珍爱还有点舍不得给，八子心说谢天谢地最好还是你自个儿留着穿。可是母亲不依，冲七子喊："你穿着小了，不八子穿谁穿？"七、八于是齐声叹气。八子把那裤子穿到学校，同学们都笑他，笑那是女人穿的，是娘们儿穿的，是"臭美妞才穿的呢！"八子羞愧得无地自容，以至蹲在地上用肥大的衣襟盖住双腿，半天不敢起来，光是笑。八子的笑毫无杂质，完全是承认的表情，完全是接受的态度，意思是：没错儿，换了别人我也会笑他的，可惜这回是我。

　　大伙儿笑一回也就完了，惟一个可怕的孩子不依不饶。(这孩子，姑且叫他 k 吧；我在《务虚笔记》里写过，他矮小枯瘦但所有的孩子都怕他。他有一种天赋本领，能够准确区分孩子们的性格强弱，并据此经常地给他们排一排座次——我第一跟谁好，第二跟谁好……以及我不跟谁好——于是，孩子们便都屈服在他的威势之下。) k 平时最怵八子，八子身后有四个如狼似虎的哥；k 因此常把八子排在"我第一跟你好"的位置。然而八子独立独行，对 k 的威势从不在意，对 k 的拉拢也不领情。如今想来，k 一定是对八子记恨在心，但苦于无计可施。这下机会来了——因为那条花裤子，k 敏觉到降服八子的时机到了。k 最具这方面才能，看见谁的弱点立刻即知怎样利用。拉拢不成就要打击，k 生来就懂。比如上体育课时，老师说："男生站左排，女生站右排。" k 就喊："八子也站右排吧？"引得哄堂大笑，所有的目光一齐射向八子。再比如一群孩子正跟八子玩得火热，k 蹩步旁观，冷不丁捡其中最懦弱的一个说："你干吗不也穿条花裤子呀？"最懦弱的一个发一下蒙，便困窘地退到一旁。k 再转向次懦弱的一个："嘿，你早就想跟臭美妞儿一块玩儿了是不是？"次懦弱的一个便也犹犹豫豫地离开了八子。我说过我生性懦弱，我不是那个最，就是那个次。我惶惶然离开八子，向 k 靠拢，心中竟跳出一个卑鄙的希望：也许 k 因此可以把"跟我好"的位置往前排一排。

　　k 就是这样孤立对手的，拉拢或打击，天生的本事，八子身后再有多少哥也是白搭。你甚至说不清道不白就已败在 k 的手下。八子所以不曾请他的哥哥们来帮忙，我想，未必是他没有过这念头，而是因为 k 的手段高超，甚至让你都不知何以申诉。你不得不佩服

k。你不得不承认那也是一种天才。那个矮小枯瘦的 k，当时才只有十一二岁！他如今在哪儿？这个我童年的惧怕，这个我一生的迷惑，如今在哪儿？时至今日我也还是弄不大懂，他那恶毒的能力是从哪儿来的？如今我已年过半百，所经之处仍然常能见到 k 的影子，所以我在《务虚笔记》中说过：那个可怕的孩子已经长大，长大得到处都在。

我投靠在 k 一边，心却追随着八子。所有的孩子也都一样，向 k 靠拢，但目光却羡慕地投向八子——八子仍在树上快乐地攀爬，在房顶上自由地蹦跳，在那片开阔的空地上风似的飞跑，独自玩得投入。我记得，这时 k 的脸上全是忌恨，转而恼怒。终于他又喊了："花裤子！臭美妞！"怯懦的孩子们（我也是一个）于是跟着喊："花裤子！臭美妞！花裤子！臭美妞！"八子站在高高的煤堆上，脸上的羞惭已不那么纯粹，似乎也有了畏怯、疑虑，或是忧哀。

因为那条花裤子，我记得，八子也几乎被那个可怕的孩子打倒。

八子要求母亲把那条裤子染蓝。母亲说："染什么染？再穿一季，我就拿它做鞋底儿了。"八子说："这裤子还是让我姐穿吧。"母亲说："那你呢，光眼子？"八子说："我穿我六哥那条黑的。"母亲说："那你六哥呢？"八子说："您给他做条新的。"母亲说："嘿，这孩子，什么时候挑起穿戴来了？边儿去！"

一个礼拜日，我避开 k，避开所有别的孩子，去找八子。我觉着有愧于八子。穿过那条细长的小巷，绕过那座山似的煤堆，站在那片空地上我喊："八子！八子——！""谁呀？"不知八子在哪儿答应。"是我！八子，你在哪儿呢？""抬头，这儿！"八子悠然地坐在房顶上，随即扔下来一把桑椹："吃吧，不算甜，好的这会儿都没了。"我暗自庆幸，看来他早把那些不愉快的事给忘了。

我说："你下来。"

八子说："干吗？"

是呀，干吗呢？灵机一动我说："看电影，去不去？"

八子回答得干脆："看个屁，没钱！"

我心里忽然一片光明。我想起我兜里正好有一毛钱。

"我有，够咱俩的。"

八子立刻猫似的从树上下来。我把一毛钱展开给他看。

"就一毛呀？"八子有些失望。

我说："今天礼拜日，说不定有儿童专场，五分一张。"

八子高兴起来："那得找张报纸瞅瞅。"

我说："那你想看什么？"

"我？随便。"但他忽然又有点犹豫："这行吗？"意思是：花你的钱？

我说："这钱是我自己攒的，没人知道。"

走进他家院门时，八子又拽住我："可别跟我妈说，听见没有？"

"那你妈要是问呢？"

八子想了想："你就说是学校有事。"

"什么事？"

"你丫编一个不得了？你是中队长，我妈信你。"

好在他妈什么也没问。他妈和他哥、他姐都在案前埋头印花（即在空白的床单、桌布或枕套上印出各种花卉的轮廓，以便随后由别人补上花朵和枝叶)。我记得,除了八子和他的两个弟弟——九儿和石头,当然还有他父亲,他们全家都干这活儿,没早没晚地干,油彩染绿了每个人的手指,染绿了条案,甚至墙和地。

报纸也找到了,场次也选定了,可意外的事发生了。九儿首先看穿了我们的秘密。八子冲他挥挥拳头:"滚!"可随后石头也明白了:"什么,你们看电影去?我也去!"八子再向石头挥拳头,但已无力。石头说:"我告妈去!"八子说:"你告什么?""你花人家的钱!"八子垂头丧气。石头不好惹,石头是爹妈的心尖子,石头一哭,从一到九全有罪。

"可总共就一毛钱!"八子冲石头嚷。

"那不管,反正你去我也去。"石头抱住八子的腰。

"行,那就都甭去!"八子拉着我走开。

但是九儿和石头寸步不离。

八子说:"我们上学校!"

九儿和石头说:"我们也上学校。"

八子笑石头:"你?是我们学校的吗你?"

石头说:"是!妈说明年我也上你们学校。"

八子拉着我坐在路边。九儿拉着石头跟我们面对面坐下。

八子几乎是央求了:"我们上学校真是有事!"

九儿说:"谁知道你们有什么事?"

石头说:"没事怎么了,就不能上学校?"

八子焦急地看着太阳。九儿和石头耐心地盯着八子。

看看时候不早了,八子说:"行,一块儿去!"

我说:"可我真的就一毛钱呀!"

"到那儿再说。"八子冲我使眼色,意思是:瞅机会把他们甩了还不容易?

横一条胡同,竖一条胡同,八子领着我们曲里拐弯地走。九儿说:"别蒙我们八子,咱这是上哪儿呀?"八子说:"去不去?不去你回家。"石头问我:"你到底有几毛钱?"八子说:"少废话,要不你甭去。"曲里拐弯,曲里拐弯,我看出我们绕了个圈子差不多又回来了。九儿站住了:"我看不对,咱八成真是走错了。"八子不吭声,拉着石头一个劲儿往前走。石头说:"咱抄近道走,是不是八子?"九儿说:"近个屁,没准儿更远了。"八子忽然和蔼起来:"九儿,知道这是哪儿吗?"九儿说:"这不还是北新桥吗?"八子说:"石头,从这儿,你知道怎么回家吗?"石头说:"再往那边不就是你们学校了吗?我都去过好几回了。""行!"八子夸石头,并且胡噜胡噜他的头发。九儿说:"八子,你想干吗?"八子吓了一跳,赶紧说:"不干嘛,考考你们。"这下八子放心了,若无其事地再往前走。

变化只在一瞬间。在一个拐弯处,说时迟那时快,八子一把拽起我钻进了路边的一家院门。我们藏在门背后,紧贴墙,大气不出,听着九儿和石头的脚步声走过门前,听着他们在那儿徘徊了一会儿,然后向前追去。八子探出头瞧瞧,说一声"快",我们跳出那院门,转身向电影院飞跑。

但还是晚了,那个儿童专场已经开演半天了。下一场呢?下一场是成人场,最便宜的也得两毛一位了。我和八子站在售票口前发呆,真想把时钟倒拨,真想把价目牌上的两角改成五分,真想忽然从兜里又摸出几毛钱。

"要不，就看这场？"

"那多亏呀？都演过一半了。"

"那，买明天的？"

我和八子再到价目牌前仰望：明天，上午没有儿童场，下午呢？还是没有。"干脆就看这场吧？""行，半场就半场。"但是卖票的老头说："钱烧的呀你们俩？这场说话就散啦！"

八子沮丧地倒在电影院前的台阶上，不知从哪儿捡了张报纸，盖住脸。

我说："嘿八子，你怎么了？"

八子说："没劲！"

我说："这一毛钱我肯定不花，留着咱俩看电影。"

八子说："九儿和石头这会儿肯定告我妈了。"

"告什么？"

"花别人的钱看电影呗。"

"咱不是没看吗？"

八子不说话，惟呼吸使脸上的报纸起伏掀动。

我说："过几天，没准儿我还能再攒一毛呢，让九儿和石头也看。"

有那么一会儿，八子脸上的报纸也不动了，一丝都不动。

我推推他："嘿，八子？"

八子掀开报纸说："就这么不出气儿，你能憋多会儿？"我便也就地躺下。八子说"开始"，我们就一齐憋气。憋了一回，八子比我憋得长。又憋了一回，还是八子憋得长。憋了好几回，就一回我比八子憋得长。八子高兴了，坐起来。

我说:"八成是你那张报纸管用。"

"报纸?那行,我也不用。"八子把报纸甩掉。

我说:"甭了,我都快憋死了。"

八子看看太阳,站起来:"走,回家。"

我坐着没动。

八子说:"走哇?"

我还是没动。

八子说:"怎么了你?"

我说:"八子你真的怕 k 吗?"

八子说:"操,我还想问你呢。"

我说:"你怕他吗?"

八子说:"你呢?"

我不知怎样回答,或者是不敢。

八子说:"我瞧那小子,顶他妈不是东西!"

"没错儿,丫老说你的裤子。"

"真要是打架,我怕他?"

"那你怕他什么?"

"不知道。你呢?"

"我也不知道。"

现在想来,那天我和八子真有点儿当年张学良和杨虎城的意思。

终于八子挑明了。八子说:"都赖你们,一个个全怕他。"

我赶紧说:"其实,我一点儿都不想跟他好。"

八子说:"操,那小子有什么可怕的?"

"可是,那么多人,都想跟他好。"

"你管他们干吗?"

"反正,反正他要是再说你的裤子,我肯定不说。"

"他不就是不跟咱玩吗?咱自己玩,你敢吗?"

"咱俩?行!"

"到时候你又不敢。"

"敢,这回我敢了。可那得,咱俩谁也不能不跟谁好。"

"那当然。"

"拉钩,你干不干?"

"拉钩上吊,一百年不许变——!拉钩上吊,一百年不许变——!"

"他要不跟你好,我跟你好。"

"我也是,我老跟你好。"

"拉钩上吊,一百年不许变——!拉钩上吊,一百年不许变——!"

"轰"的一声,电影院的门开了,人流如涌,鱼贯而出,大人喊孩子叫。

我和八子拉起手,随着熙攘的人流回家。现在想起来,我那天的行为是否有点狡猾?甚至丑恶?那算不算是拉拢,像 k 一样?不过,那肯定算得上是一次阴谋造反!但是那一天,那一天和这件事,忽然让我不再觉得孤单,想起明天也不再觉得惶恐、忧哀,想起小学校的那座庙院也不再觉得那么阴郁和荒凉。

我和八子手拉着手,过大街,走小巷,又到了北新桥。忽然,一阵炸灌肠的香味儿飘来。我说:"嘿,真香!"八子也说:"嗯,香!"四顾之时,见一家小吃摊就在近前。我们不由得走过去,站在摊前看。大铁铛上滋啦滋啦地冒着油烟，一盘盘粉红色的灌肠盛上来，再浇上蒜汁，晶莹剔透煞是诱人。摊主不失时机地吆喝："热灌肠啊！不贵啦！一毛钱一盘的热灌肠呀！"我想那时我一定是两眼发直，唾液盈口，不由得便去兜里摸那一毛钱了。

"八子，要不咱先吃了灌肠再说吧？"

八子不示赞成，也不反对，意思是：钱是你的。

一盘灌肠我们俩人吃，面对面，鼻子几乎碰着鼻子。八子脸上又是愧然的笑了，笑得毫无杂质，意思是：等我有了钱吧，现在可让我说什么呢？

那灌肠真是香啊，人一生很少有机会吃到那么香的东西。

看 电 影

我和八子一起去的那家影院,叫"交道口影院"。小时候,我家附近,方圆五六里内,只这一家影院。此生我看过的电影,多半是在那儿看的。

"上哪儿呀您?""交道口。"或者:"您这是干吗去?""交道口。"在我家那一带,这样的问答已经足够了,不单问者已经明白,听见的人便都知道,被问者是去看电影的。所以,在我童年一度的印象里,交道口和电影院是同义的。记得有一回在街上,一个人问我:"小孩儿,交道口怎么走?"我指给他:"往前再往右,一座灰楼。""灰楼?"那人不解。我说:"写着呢,老远就能看见——交道口影院。"那人笑了:"影院干吗?我去交道口!交道口,知道不?"这下轮到我发蒙了。那人着急:"好吧好吧,交道口影院,怎么走?"我再给他指一遍,心说这不结了,你知道还是我知道?但也就在这时,我忽然醒悟:那电影院是因地处交道口而得名。

八十年代末这家电影院拆了。这差不多能算一个时代的结束,从此我很少看电影了,一是票价忽然昂贵,二是有了录像和光盘,动听的说法是"家庭影院"。

但我还是怀念"交道口",那是我的电影启蒙地。我平生看过的第一部电影是《神秘的旅伴》,片名是后来母亲告诉我的。我只记得一个漂亮的女人总在银幕上颠簸,神色慌张,其身型时而非常之大,以至大出银幕,时而又非常之小,小到看不清她的脸。此外就只是些破碎的光影,几张晃动的、丑陋的脸。我仰头看得劳累,大约是太近银幕之故。散场时母亲见我还睁着眼,抱起我,竟有骄傲的表情流露。回到家,她跟奶奶说:"这孩子会看电影了,一点儿都没睡。"我却深以为憾:那儿也能睡吗,怎不早说?奶奶问我:"都看见什么了?"我转而问母亲:"有人要抓那女的?"母亲大喜过望:"对呀!坏人要害小黎英。"我说:"小黎英长得真好看。"奶奶抚掌大笑道:"就怕这孩子长大了没别的出息。"

通往交道口的路,永远是一条快乐的路。那时的北京蓝天白云,细长的小街上一半是灰暗错落的屋影,一半是安闲明澈的阳光。一票在手有如节日,几个伙伴相约一路,可以玩弹球儿,可以玩"骑马打仗",还可在沿途的老墙和院门上用粉笔画一条连续的波浪,碰上院门开着,便站到门旁的石墩上去,踮着脚尖让那波浪越过门楣,务使其毫不间断。倘若敞开的院门里均无怒吼和随后的追捕,这波浪便可一直能画到影院的台阶上。

坐在台阶上,等候影院开门,钱多的更可以买一根冰棍骄傲地嘬。大家瞪着眼看他和他的冰棍,看那冰棍迅速地小下去,必有人忍无可忍,说:"喂,开咱一口。"开者嘬也,你就要给他嘬上一口。继续又有人说了:"也开咱一口。"你当然还要给,快乐的日子里做人不能太小气。大家在灿烂的阳光下坐成一排,舒心地等候,小心地嘬——这样的时刻似乎人人都有责任感,谁也不忍一口嘬去太多。

有部反特片,《徐秋影案件》,甚是难忘。那是我头一回看露天电影，就在我们小学的操场上。票价二分，故所有的孩子都得到了家长的赞助。晚霞未落，孩子们便一群一伙地出发了，扛个小板凳，或沿途捡两块砖头，希望早早去占个好位置。天黑时，白色的银幕升起来，就挂在操场中央，月亮下面。幕前幕后都坐满了人。有一首流行歌曲怀念过这样的情景，其中一句大意是：如今再也看不到银幕背后的电影了。

那个电影着实阴森可怖，音乐一惊一乍地令人毛骨悚然，黑白的光影里总好像暗伏杀机。尤其是一个漂亮女人（后来才知是特务），举止温文尔雅，却怎么一颦一笑总显得犹疑，警惕？影片演到一半，夜风忽起，银幕飘飘抖抖更让人难料凶吉。我身上一阵阵地冷，想看又怕看，怕看但还是看着。四周树影婆娑，幕边云移月走，剧中的危惧融入夜空，仿佛满天都是凶险，风中处处阴谋。

好不容易挨到散场，八子又有建议："咱玩抓特务吧。"我想回家。八子说不行，人少了怎么玩？月光清清亮亮，操场上只剩了几个放电影的人在收起银幕。谁当特务呢？白天会抢着当的，这会儿没人争取。特务必须独往独来，天黑得透，一个人还是怕。耗子最先有了主意："瞧，那老头！"八子顺着她的手指看："那老头？行，就是他！"小不点说："没错儿，我早注意他了，电影完了他干吗还不走？"那无辜的老头蹲在小树林边的暗影里抽烟，面目不清，烟火时明时暗。虎子说："老东西正发暗号呢！"八子压低声音："瞧瞧去，接暗号的是什么人？"一队人马便潜入小树林。八子说："这哪儿行？散开！"于是散开，有的贴着墙根走，有的在地上匍匐，有的隐蔽在树后；吹一声口哨或学一声蛐蛐叫，保持联络。四处灯光不少，难说哪一盏与老头有关，如此看来就先包围了他再说吧。四面合围，一齐收紧，逼近那"老东西"。小不点眼尖,最先嗤嗤地笑起来:"虎子,那是你爷爷!"

几十年后我偶然在报纸上读到,《徐秋影案件》是根据了一个真实故事,但"徐秋影"跟虎子他爷爷那夜的遭遇一样,是个冤案。

模仿电影里的行动,是一切童年必有的乐事。比如现在的电影,多有拳争武斗,孩子们一招一式地学来,个个都像一方帮主。几十年前的电影呢,无非是打仗的,反特的,潜入敌营去侦察的;枪林弹雨,出生入死,严刑拷打,宁死不屈,最后必是胜利大反攻,咱的炮火愤怒而且猛烈,歼敌无数。因而,曾有一代少年由衷地向往那样的烽火硝烟。("首长,让我们上前线吧,都快把人憋死了!""怎么,着急了?放心,有你们的仗打。")是呀,打死敌人你就是英雄,被敌人打死你就还是英雄,这可是多么值得!故而冲锋号一响,银幕上炮火横飞——一批年轻人撂倒了另一批年轻人,一些被怀念的恋人消灭了另一些被怀念的恋人——场内立刻一片欢腾。是嘛,少男少女们花钱买票是为什么来的?开心,兴奋,自由欢叫,激情涌泄。这让我想通了如今的"追星族"。少年狂热古今无异,给他个偶像他就发烧,终于烧到哪儿去就不好说。比如我们这一代,忽然间就烧进了"文化大革命"。

"文化革命"了,造反了,大批判了,电影是没的看了,电影院全关张了,电影统统地有问题了。电影厂也不再神秘,敞开大门,有请各位帮忙造反。有一回去北影看大字报,发现昔日的偶像都成了"黑帮",看来看去心里怪怪的。"黄世仁"和"穆仁智"一类倒也罢了,可"洪常青"和"许云峰"等等怎么回事?一旦弯在台上挨斗,可还是那般大义凛然?明白明白,要把演员和角色择开,但是明白归明白,心里还是怪怪的。

电影院关张了几年,忽有好消息传来:要演《列宁在十月》了,要演《列宁在一九一八》了。阿芙乐尔号的炮声又响了,这一回给咱送来了什么?人们一遍遍地看(否则看啥),一遍遍复习里面的台词(久疏幽默),一遍遍欣赏其中的芭蕾舞片断(多短的裙子和多美的其他),一遍遍凝神屏气看瓦西里夫妇亲吻(这两口子胆儿可真大)。在我的印象里,就从这时,国人的审美立场发生着动摇,竭力在炮火狼烟中拾捡温情,在一个执意不肯忘记仇恨的年代里思慕着爱恋。

《艳阳天》是停顿了若干年后中国的第一部国产片。该片上演时我已坐上轮椅,而且正打算写点什么。票很难买,电影院门前彻夜有人排队。托了人,总算买到一张票,我记得清楚,是早场5点多的,其他场次要有更强大的"后门"。

还是交道口,还是那条路,沿途的老墙上仍有粉笔画的波浪,真可谓代代相传。一夜大雪未停,事先已探知手摇车不准入场,母亲便推着那辆自制的轮椅送我去。那是我的第一辆轮椅,是父亲淘换了几根钢管回来求人给焊的,结构不很合理,前轮总不大灵活。雪花纷纷地还在飞舞,在昏黄的路灯下仿佛一群飞蛾。路上的雪冻成了一道道冰棱子,母亲推得沉重,但母亲心里快乐。(因为那是一条永远快乐的路吗?)母亲知道我正打算写点什么,又知道我跟长影的一位导演有着通信,所以她觉得推我去看这电影是非常必要的,是一件大事。怎样的大事呢?我们一起在那条快乐的雪路上跋涉时,谁也没有把握,惟朦胧地都怀着希望。她把我推进电影院,安顿好,然后回家。谢天谢地她不必在外面等我,命运总算有怜恤她的时候——交道口离我家不远,她只需送我来,只需再接我回去。

再过几年,有了所谓"内部电影"。据说这类电影"四人帮"时就有,惟内部得更为严格。现在略有松动。初时百姓不知,见夜色中开来些大、小轿车,纷纷在剧场前就位,跳出来的人们神态庄重,黑压压地步入剧场,百姓还以为是开什么要紧的会。内部者,即级别够高、立场够稳、批判能力够强、为各种颜色都难毒倒的一类。再就是内部的内部,比如老婆,又比如好友。影片嘛,东洋西洋的都有,据说运气好还能撞上半裸或全裸的女人。据说又有节版和全版之分,这要视内部的级别高低而定。然而没有不透风的墙呀——检票员不得已而是外部,放映员没办法也得是外部,可外部难免也有其内部,比如老婆,又比如好友。如此一算,全国人民就都有机会当一两回内部,消息于是不胫而走。再有这类影片放映时,剧场前就比较沸腾,比较火爆,也不知从哪儿涌出来这么多的内部和外部!广大青年们尤其想:裸体!难道不是我们看了比你们看了更有作用?有那么一段不太长久的时期,一张内部电影票,便是身份或者本领的证明。

"内部电影"风风火火了一阵子之后,有人也送了我一张票。"啥名儿?""没准儿,反正是内部的。"无风的夏夜,树叶不动,我摇了轮椅去看平生的第一回内部电影。从雍和宫到那个内部礼堂,摇了一个多钟头,沿街都是乘凉的人群。那时我身体真好,再摇个把钟头也行。然而那礼堂的台阶却高,十好几层,我喘吁吁地停车阶下，仰望阶上，心知凶多吉少。但既然来了，便硬着头皮喊那个检票人——请他从台阶上下来，求他帮忙想想办法让我进去。检票人听了半天，跑回去叫来一个领导。领导看看我："下不来？"我说是。领导转身就走，甩下一句话："公安局有规定，任何车辆不准入内。"倒是那个检票人不时向我投来抱歉的目光。我没做太多争取。我不想多做争辩。这样的事已不止十回，智力正常如我者早有预料。只不过碰碰运气。若非内部电影，我也不会跑这么远来碰运气。不过呢，来一趟也好，家里更是闷热难熬。况且还能看看内部电影之盛况，以往只是听说。这算不算体验生活？算不算深入实际？我退到路边，买根冰棍坐在树影里瞧。于是想念起交道口，那儿的人都认识我了，见我来了就打开太平门任我驱车直入——太平门前没有台阶。可惜那儿也没有内部电影，那儿是外部。那儿新来了个小伙子，姓项，那儿的人都叫他小项。奇怪小项怎么头一回见我就说："嘿，哥们儿，也写部电影吧，咱们瞧瞧。"

　　小项不知现在何方。

　　小项猜对了。小项那样说的时候，我正在写一个电影剧本。那完全是因为柳青的鼓励。柳青，就是长影那个导演。第一次她来看我就对我说："干吗你不写点什么？"她说中了我的心思，但是电影，谁都能写吗？以后柳青常来看我，三番五次地总对我说："小说，或者电影，我看你真的应该写点什么。"既然一位专业人士对我有如此信心，我便悄悄地开始写了。既然对我有如此信心的是一位导演，我便从电影剧本开始。尤其那时，我正在一场不可能成功的恋爱中投注着全部热情，我想我必得做一个有为的青年。尤其我曾爱恋着的人，也对我抱着同样的信心——"真的，你一定行"——我便没日没夜地满脑子都是剧本了。那时母亲已经不在,通往交道口的路上,经常就有一对**暂时**的恋人并步而行(其实是脚步与车轮)。暂时,是明确的,而暂时的原因,有必要深藏不露——不告诉别人,也避免告诉自己。但是暂时,只说明时间,不说明品质,在阳光灿烂的那条快乐的路上,在雨雪之中的那家影院的门廊下,爱恋,因其暂时而更珍贵。在幽暗的剧场里他们挨得很紧,看那辉煌的银幕时,他们复习着一致的梦想:有一天,在那儿,银幕上,编剧二字之后,"是你的名字"——她说;"是呀但愿"——我想。

然而,终于这一天到来之时,时间已经远远地超过了暂时。我独自看那"编剧"后面的三个字,早已懂得:有为,与爱情,原是风马牛不相及的两个领域。但暂时,亦可在心中长久,而写作,却永远地不能与爱情无关。

比如摇滚与写作

如今的年轻人不会再像六庄那样,渴慕的仅仅是一件军装,一条米黄色的哔叽裤子。如今的年轻人要的是名牌,比如鞋,得是"耐克"、"锐步"、"阿迪达斯"。大人们多半舍不得。家长们把"耐克"一类颠来倒去地看,说:"啥东西,值得这么贵?"他们不懂,春天是不能这样计算的。

我的小外甥没上中学时给什么穿什么,一上中学不行了,在"耐克"专卖店里流连不去。春风初动,我看他快到时候了。那就挑一双吧。他妈说:"捡便宜的啊!"可便宜的都那么暗淡、呆板,小外甥不便表达的意思是:怎么都像死人穿的?他挑了一双色彩最为张扬、造型最奇诡的,这儿一道斜杠,那儿一条曲线,对了,他说"这双我看还行"。大人们说:"这可哪儿好?多闹得慌!"他们又不懂了,春天要的就是这个,要的就是张扬。

大人们其实忘了,春天莫不如此,各位年轻时也是一样。曾经,军装就是名牌。六十年代没有"耐克",但是有"回力"。"回力"鞋,忘了吗?商标是一个张弓搭箭的裸汉;买得起和买不起它的人想必都渴慕过它。我还记得我为能有一双"回力",曾是怎样地费尽心机。有一天母亲给我五块钱,说:"脚上的鞋坏了,买双新的去吧。"我没买,五块钱存起来,把那双破的又穿了好久。好久之后母亲看我脚上的鞋怎么又坏了?"穿鞋呀还是吃鞋呀你?再买一双去吧。"母亲又给我五块钱。两个五块加起来我买回一双"回力"。母亲也觉出这一双与众不同,问:"多少钱?"我不说,只提醒她:"可是上回我没买。"母亲愣一下:"我问的是这回。"我再提醒她:"可这一双能顶两双穿,真的。"母亲瞥我一眼,但比通常的一瞥要延长些。现在我想,当时她心里必也是那句话:这孩子快到时候了。母亲把那双"回力"颠来倒去地看,再不问它的价格。料必母亲是懂得,世上有一种东西,其价值远远超过它的价格。这儿的价值,并不止于"物化劳动",还物化着春天整整一个季节的能量。

能量要释放,呼喊期待着回应,故而春天的张扬务须选取一种形式。这形式你别担心它会没有,没有"耐克"有"回力",没有"回力"还会有别的。比如,没有"摇滚乐"就会有"语录歌",没有"追星族"就会有"红卫兵",没有耕耘就有荒草丛生,没有春风化雨就有了沙尘暴。一个意思。春天按时到来,保证这颗星球不会死去。春风肆意呼啸,鼓动起狂妄的情绪,传扬着甚至是极端的消息,似乎,否则,冬天就不解冻,生命便难以从中苏醒。

你听那"摇滚乐"和"语录歌"都唱的什么?没有什么不同,你要忽略那些歌词直接去听春天的骚动,听它的不可压抑,不可一世,听它的雄心勃勃但还盲目。你看那摇滚歌手和语录歌群,同样的声嘶力竭,什么意思?春光迷乱!春光迷乱但决不是胡闹,别用鄙薄的目光和嘴角把春天一笔勾销。想想亚当和夏娃走出伊甸园时的惊讶与好奇吧。想想那条魔魔道道的蛇,它的逸言,它的诱惑,在这繁华人世的应验吧。想想春风若非强劲,夏天的暴雨可怎样来临?想想最初的生命之火若非猛烈,如何能走过未来秋风萧瑟的旷野(譬如一头极地的熊,或一匹荒原的狼)?因而想想吧,灵魂一到人间便被囚入有限的躯体,那灵魂原本就是多少梦想的埋藏,那躯体原本就是多少欲望的贮备!

因而年轻的歌手没日没夜地叫喊,求救般地呼号。灵魂尚在幼年,而春天,生命力已如洪水般暴涨;那是幼小的灵魂被强大的躯体所胁迫的时节,是简陋的灵魂被豪华的躯体所蒙蔽的时节,是喑哑的灵魂被喧腾的躯体所埋没的时节。

万物生长,到处都是一样,大地披上了盛装。一度枯寂的时空,突然间被赋予了一股巨大的能量,灵魂被压抑得喘不过气来,欲望被刺激得不能安宁。我猜那震耳欲聋的摇滚并不是要你听,而是要你看。灵魂的谛听牵系得深远那要等到秋天,年轻的歌手目不暇接,现在是要你看。看这美丽的有形多么辉煌,看这无形的本能多么不可阻挡,看这天赋的才华是如何表达这一派灿烂春光。年轻的歌手把自己涂抹得标新立异,把自己照耀得光怪陆离,他是在说:看呀——我!

我?可我是谁?

我怎样了?我还将怎样?

我终于又能怎样呢?

先别这样问吧,这是春天的忌讳。虽不过是弱小的灵魂在角落里的暗自呢喃,但在春天,这是一种威胁,甚至侵犯。春天不理睬这样的问题,而秋天还远着呢!秋天尚远,这是春天的佳音,春天的鼓舞,是春风中最为受用的恭维。

所以你看那年轻的歌手吧,在河边,在路旁,在沸反盈天的广场,在烛光寂暗的酒吧,从夜晚一直唱到天明。歌声由惆怅到高亢,由枯疏到丰盈,由孤单而至张狂(但是得真诚)⋯⋯终至于捶胸顿足,呼天抢地,扯断琴弦,击打麦克风(装出来的不算),熬红了眼睛,眼睛里是火焰,喊哑了喉咙,喉咙里是风暴,用五彩缤纷的羽毛模仿远古,然后用裸露的肉体标明现代(倘是装出来的,春风一眼就能识别),用傲慢然后用匍匐,用嚣叫然后用乞求,甚至用污秽和丑陋以示不甘寂寞,与众不同……直让你认出那是无奈,是一匹牢笼里的困兽(这肯定是装不出来的)!——但,是什么,到底是什么被困在了牢笼?其实春天已有察觉,已经感到:我,和我的孤独。

我,将怎样?

我将投奔何方?

怎样,你才能看见我?我才能走进你?

那无奈,让人不忍袖手一旁。但只有袖手一旁。不过慢慢地听吧,你能听懂,其实是那弱小的灵魂正在成长,在渴望,在寻求,年轻的歌手一直都在呼唤着爱情。从夜晚到天明一直呼唤着的都是:爱情。自古而今一切流传的歌都是这样:呼唤爱情。自古而今的春天莫不如此。被有形的躯体,被无形的本能,被天赋的才华困在牢笼里的,正是那呢喃着的灵魂,呢喃着,但还没有足够的力量。

于是,年轻的恋人四处流浪。

心在流浪。

春天,所有的心都在流浪,不管人在何处。

都在挣扎。

在河边。在桥上。在烦闷的家里,不知所云的字行间。在寂寞的画廊,画框中的故作优雅。阴云中有隐隐的雷声,或太阳里是无依无靠的寂静。在熙熙攘攘的街头,目光最为迷茫的那一个。

空空洞洞的午后。满怀希望的傍晚。在万家灯火之间脚步匆匆,在星光满天之下翘首四顾。目光洒遍所有的车站,看尽中年人漠然的脸——这帮中年人怎都那样儿?走过一盏盏街灯。数过十二个钟点。踩着自己的影子,影子伸长然后缩短,伸长然后缩短……一家家店铺相继打烊。到哪儿去了呀你?你这个混蛋!

(你这个冤家——自古的情歌早都这样唱过。)

细雨迷蒙的小街。细雨迷蒙的窗口。细雨迷蒙中的琴声。

直至深夜。

春风从不入睡。

一个日趋丰满的女孩。一个正在成形的男子。

但力量凶猛,精力旺盛,才华横溢一天二十四小时都是早晨八九点钟的太阳。

跟警察逗闷子。对父母撒谎。给老师提些没有答案的问题。在街上看人打架,公平地为双方数点算分。或混迹于球场,道具齐备,地地道道的"足球流氓"。

也把迷路的儿童送回家,但对那些家长没好气:"我叫什么?哥们儿这事可归你管?"或搀起摔倒在路边的老人,背他回家,但对那些儿女也没好气:"钱?那就一百万吧,哥们儿我也算发回财。"

不知道中年人怎都那样儿?

不知道中年人是不是都那样儿?

剩下的他们都知道。

一群鸽子,雪白,悠扬。一群男孩和女孩疯疯癫癫五光十色。

鸽子在阳光下的楼群里吟咏,徘徊。男孩和女孩在公路上骑车飞跑。

年年如此，天上地下。

太阳地里的老人闭目养神，男孩和女孩的事他了如指掌——除了不知道还要在这太阳底下坐多久，剩下的他都知道。

一个日趋丰满的女孩，一个正在成形的男子——流浪的歌手，抑或流浪的恋人——在瓢泼大雨里依偎伫立，在漫天大雪中相拥无语。

大雨和大雪中的春风，抑或大雨和大雪中的火焰。

老人躲进屋里。老人坐在窗前。老人看得怦然心动，看得怅然若失：我们过去多么规矩，现在的年轻人呀！

曾经的禁区，现在已经没有。

但，现在真的没有了吗？

亲吻，依偎，抚慰，阳光下由衷的袒露，月光中油然地嘶喊，一次又一次，呻吟和颤抖，鲁莽与温存，心荡神驰但终至，束手无策……

肉体已无禁区。但禁果也已不在那里。

倘禁果已因自由而失——"我拿什么献给你，我的爱人？"

春风强劲，春风无所不至，但肉体是一条边界——你还能走进哪里，还能走进哪里？肉体是一条边界因而，一次次心荡神驰，一次次束手无策。一次又一次，那一条边界更其昭彰。

无奈的春天，肉体是一条边界，你我是两座囚笼。

倘禁果已被肉体保释——"我拿什么献给你，我的爱人？"

所有的词汇都已苍白。所有的动作都已枯槁。所有的进入，无不进入荒茫。

一个日趋丰满的女孩，一个正在成形的男子，互相近在眼前但是：你在哪儿？

你在哪儿呀——

群山响遍回声。

群山响彻疯狂的摇滚，春风中遍布沙哑的歌喉。

整个春天，直至夏天，都是生命力独享风流的季节。长风沛雨，艳阳明月，那时田野被喜悦铺满，天地间充斥着生的豪情，风里梦里也全是不屈不挠的欲望。那时百花都在交媾，万物都在放纵，蜂飞蝶舞、月移影动也都似浪言浪语。那时候灵魂被置于一旁，就像秋天尚且遥远，思念还未成熟。那时候视觉呈一条直线，无暇旁顾。

不过你要记得，春天的美丽也正在于此。在于纯真和勇敢，在于未通世故。

设若枝桠折断，春天惟努力生长。设若花朵凋残，春天惟含苞再放。设若暴雪狂风，但只要春天来了，天地间总会飘荡起焦渴的呼喊。我还记得一个伤残的青年，是怎样在习俗的忽略中，摇了轮椅去看望他的所爱之人。

也许是勇敢，也许不过是草率，是鲁莽或无暇旁顾，他在一个早春的礼拜日起程。摇着轮椅，走过融雪的残冬，走过翻浆的土路，走过滴水的屋檐，走过一路上正常的眼睛，那时，伤残的春天并未感觉到伤残，只感觉到春天。摇着轮椅，走过解冻的河流，走过湿润的木桥，走过满天摇荡的杨花，走过幢幢喜悦的楼房，那时，伤残的春天并未有什么卑怯，只有春风中正常的渴望。走过喧嚷的街市，走过一声高过一声的叫卖，走过灿烂的尘埃，那时，伤残的春天毫无防备，只是越走越怕那即将到来的见面太过俗常……

就这样，他摇着轮椅走进一处安静的宅区——安静的绿柳，安静的桃花，安静的阳光下安静的楼房，以及楼房投下的安静的阴影。

但是台阶！你应该料到但是你忘了，轮椅上不去。

自然就无法敲门。真是莫大的遗憾。

屡屡设想过她开门时的惊喜，一路上也还在设想。

便只好在安静的阳光和安静的阴影里徘徊，等有人来传话。

但是没人。半天都没有一个人来。只有安静的绿柳和安静的桃花。

那就喊她吧。喊吧，只好这样。真是大煞风景，亏待了一路的好心情。

喊声惊动了好几个安静的楼窗。转动的玻璃搅乱了阳光。你们这些幸运的人哪，竟朝夕与她为邻！

她出来了。

可是怎么回事？她脸上没有惊喜，倒像是惊慌："你怎么来了？"

"呵老天，你家可真难找。"

她明显心神不定："有什么事吗？"

"什么事？没有哇？"

她频频四顾："那你……？"

"没想到走了这么久……"

她打断你："跑这么远干吗，以后还是我去看你。"

"咳，这点路算什么？"

她把声音压得不能再低："嘘——，今天不行，**他们**都在家呢。"

不行？什么不行？**他们**？他们怎么了？噢……是了，就像那台阶一样你应该料到**他们**！但是忘了。春天给忘了。尤其是伤残，给忘了。

她身后的那个落地窗，里边，窗帷旁，有个紧张的脸，中年人的脸，身体埋在沉垂的窗帷里半隐半现。你一看他，他就埋进窗帷，你不看他，他又探身出现——目光严肃，或是忧虑，甚至警惕。继而又多了几道同样的目光，在玻璃后面晃动。一会儿，窗帷缓缓地合拢，玻璃上只剩下安静的阳光和安静的桃花。

你看出她面有难色。

"哦，我路过这儿，顺便看看你。"

你听出她应接得急切："那好吧，我送送你。"

"不用了，我摇起轮椅来，很快。"

"你还要去哪儿？"

"不。回家。"

但他没有回家。他沿着一条大路走下去，一直走到傍晚，走到了城市的边缘，听见旷野上的春风更加肆无忌惮。那时候他知道了什么？那个遥远的春天，他懂得了什么？那个伤残的春天，一个伤残的青年终于看见了伤残。

看见了伤残，却摆脱不了春天。春风强劲也是一座牢笼，一副枷锁，一处炼狱，一条命定的路途。

盼望与祈祷。彷徨与等待。以至漫漫长夏，如火如荼。

必要等到秋天。

秋风起时，疯狂的摇滚才能聚敛成爱的语言。

在《我与地坛》里有这样一段话："要是有些事我没说，地坛，你别以为是我忘了，我什么也没忘，但是有些事只适合收藏。不能说,也不能想,却又不能忘。它们不能变成语言,它们无法变成语言,一旦变成语言就不再是它们了。它们是一片朦胧的温馨与寂寥,是一片成熟的希望与绝望,它们的领地只有两处:心与坟墓。比如说邮票,有些是用于寄信的,有些仅仅是为了收藏。"

终于一天,有人听懂了这些话,问我:"这里面像是有个爱情故事,干吗不写下去?"

"这就是那个爱情故事的全部。"

在那座废弃的古园里你去听吧,到处都是爱情故事。到那座荒芜的祭坛上你去想吧,把自古而今的爱情故事都放到那儿去,就是这一个爱情故事的全部。

"这个爱情故事,好像是个悲剧?"

"你说的是婚姻,爱情没有悲剧。"

对爱者而言,爱情怎么会是悲剧?对春天而言,秋天是它的悲剧吗?

"结尾是什么?"

"等待。"

"之后呢?"

"没有之后。"

"或者说,等待的结果呢?"

"等待就是结果。"

"那,不是悲剧吗?"

"不,是秋天。"

夏日将尽,阳光悄然走进屋里,所有随它移动的影子都似陷入了回忆。那时在远处,在北方的天边,远得近乎抽象的地方,仔细听,会有些极细微的骚动正仿佛站成一排,拉开一线,嗡嗡嘤嘤跃跃欲试，那就是最初的秋风，是秋风正在起程。

近处的一切都还没有什么变化。人们都还穿着短衫，摇着蒲扇，暑气未消草木也还是一片葱茏。惟昆虫们似有觉察，迫于秋天的临近，低吟高唱不舍昼夜。

在随后的日子里，你继续听，远方的声音逐日地将有所不同：像在跳跃，或是谈笑，舒然坦荡阔步而行，仿佛歧路相遇时的寒暄问候，然后同赴一个约会。秋风，绝非肃杀之气，那是一群成长着的魂灵，成长着，由远而近一路壮大。

秋风的行进不可阻挡，逼迫得太阳也收敛了它的宠溺，于是乎草枯叶败落木萧萧，所有的躯体都随之枯弱了，所有的肉身都遇到了麻烦。强大的本能，天赋的才华，旺盛的精力，张狂的欲望和意志，都不得不放弃了以往的自负，以往的自负顷刻间都有了疑问。心魂从而被凸显出来。

秋天，是写作的季节。

一直到冬天。

呢喃的絮语代替了疯狂的摇滚，流浪的人从哪儿出发又回到了哪儿。

天与地，山和水，以至人的心里，都在秋风凛然的脚步下变得空阔、安闲。

落叶飘零。

或有绵绵秋雨。

成熟的恋人抑或年老的歌手，望断天涯。

望穿秋水。

望穿了那一条肉体的界线。

那时心魂在肉体之外相遇,目光漫漶得遥远。

万物萧疏,满目凋敝。强悍的肉身落满历史的印迹,天赋的才华闻到了死亡的气息,因而灵魂脱颖而出,欲望皈依了梦想。

本能,锤炼成爱的祭典——性,得禀天意。

细雨唏嘘如歌。

落叶曼妙如舞。

衰老的恋人抑或垂死的歌手,随心所欲。

相互摸索,颤抖的双手仿佛核对遗忘的秘语。

相互抚慰,枯槁的身形如同清点丢失的凭据。

这一向你都在哪儿呀——!

群山再度响遍回声,春天的呼喊终于有了应答:

我,就是你遗忘的秘语。

你,便是我丢失的凭据。

今夕何年?

生死无忌。

秋天,一直到冬天,都是写作的季节。

一直到死亡。

一直到尘埃埋没了时间,时间封存了往日的波澜。

那时有一个老人走来喧嚣的歌厅,走到沸腾的广场,坐进角落,坐在一个老人应该坐的地方,感动于春风又至,又一代人到了时候。不管他们以什么形式,以什么姿态,以怎样的狂妄与极端,老人都已了如指掌。不管是怎样地嘶喊,怎样地奔突和无奈,老人知道那不是错误。你要春天也去谛听秋风吗?你要少男少女也去看望死亡吗?不,他们刚刚从那儿醒来。上帝要他们涉过忘川,为的是重塑一个四季，重申一条旅程。他们如期而至。他们务必要搅动起春天，以其狂热，以其嚣张，风情万种放浪不羁，而后去经历无数夏天中的一个，经历生命的张扬，本能的怂恿，爱情的折磨，以及才华横溢却因那一条肉体的界线而束手无策！以期在漫长夏天的末尾，能够听见秋风。而这老人，走向他必然的墓地。披一身秋风，走向原野，看稻谷金黄，听熟透的果实嘭然落地，闻浩瀚的葵林掀动起浪浪香风。祭拜四季；多少生命已在春天夭折，已在漫漫长夏耗尽才华，或因伤残而熄灭于习见的忽略。祭拜星空；生者和死者都将在那儿汇聚，浩然而成万古消息。写作的季节老人听见：灵魂不死——毫无疑问。

给小水的三封信

孤　独

孤独不好,孤独意味着自我封闭和满足。孤独感却非坏事,它意味着希望敞开与沟通,是向往他者的动能。以我的经验看,想象力更强、艺术感觉更敏锐的人,青春期的孤独感尤其会强烈;原因是他对未来有着更丰富的描绘与期待。

记得我在中学期间,孤独感也很强烈,但自己不知其名,社会与家人也多漠视,便只有忍耐。其实连忍耐也不意识,但确乎是有些惶然的心情无以诉说。但随着年龄增长,不知自何日始,却已不再恐慌。很可能是因为,渐渐了解了社会的本来面目,并有了应对经验——但这是次要的,根本是在于逐渐建立起了信念——无论是对自己所做之事,还是对生活本身。

那时我还不像你,对学习有着足够的兴趣,只是被动地完成着功课。所以,课余常就不知该干什么。有时去去阅览室,胡乱翻翻而已。美术老师倒挺看重我,去了几回美术组,还得到夸奖,却不知为什么后来也就不去。见别人兴致勃勃地去了田径队、军乐队、话剧队……心中颇有向往,但也不主动参加。申请参加,似乎是件不大好意思的事,但也不愿承认是不好意思,可到底是因为什么也不深问。然而心里的烦恼还在,于是,更多时候便只在清华园里转转。若有几个同学一块儿转还好,只是自己时,便觉心中、周围,乃至阴云下或阳光里都是空空落落，于是很想回家。可真要回到家，又觉无聊，家人也不懂你，反为家人的无辜又添歉意。其实自己也弄不懂自己，虽终日似有所盼，但具体是什么也不清楚。

到了"文革"，先是害怕（因为出身），后是逍遥（实为无所事事），心情依旧。同学都在读闲书，并津津乐道，我便也跟着读一些，但对经典还不理解，对历史或单纯的故事又没兴趣，觉得生活好生地没头没脑。

那时我家住在林学院，见院里一些跟我差不多大的孩子在打篮球，很想参加进去，但就是不敢跟人家说"也算我一个"，深恐自己技不如人（其实也未必），便只旁观。人家以为我不会，也就没人邀请我。没人邀请，看一会儿我就回家了。时间一长，就更加不敢申请加入。甚至到食堂去买饭我都发憷。我妈让我先去买好，等她下班来一起吃，我却捏着饭票在食堂门前转，等她来了再一块去买。真不知是为什么，现在也不知道，完全是一种莫名的恐惧。

十六到十八岁，此状尤甚。记得我妈带着你妈——那时她才三四岁——到邻居家玩去了，喊我去，我也不去——可能是因为，觉得跟些妇女一块混很不体面。她们都以为我在读书，其实我是独自闲待；在一间十几平方米的屋子里，一会坐，一会卧，一会想入非非，一会茫然张望窗外；仍不知这是怎么回事。烦恼，不过是后来的总结，当时也就那么稀里糊涂地过。

现在回想，我的第一本能是好胡思乱想，常独自想些浪漫且缥缈的事，想罢，现实还是现实，按部就班地过着。对这状态最恰当的形容是：心性尚属蒙昧未开——既觉无聊，又不知那就叫无聊；既觉烦恼，又不知烦恼何由；既觉想象之事物的美好，又不知如何实现，甚至不知那是可能实现的。至于未来，则想也没想过。现在才懂，那就叫"成长的烦恼"。身体在长大，情感在长大，想象与思考的能力都在长大，但还没能大到——比如说像弈棋高手那样——一眼看出许多步去，所以就会觉得眼前迷茫，心中躁动。就好比一个问题出现了，却还不能解答；就好像种子发芽了，但还不知能长成什么树；或就像刚刚走出家门，不知外界的条条道路都是通向哪儿，以及跟陌生的人群怎样相处；烦恼就是必然。如果只是棵树，也就容易，随遇而安呗。如果压根是块石头，大约也就无从烦恼，宇宙原本就是无边的寂寞。但是人，尤其还是个注重精神、富于想象的人，这世间便有了烦恼。人即烦恼——人出现了，才谈得上烦恼。佛家说"烦恼即菩提"，意思是：倘无烦恼，一切美好事物也就无从诞生。

想象力越是丰富、理想越是远大的人，烦恼必定越要深重。这便证明了理想与现实的冲突。现实注定是残缺的，理想注定是趋向完美。现实是常数，理想是变数。因而，没有冲突只能意味着没有理想，冲突越小意味着理想越低、越弱，冲突越强，说明理想越趋丰富、完美。善思考，多想象，是你的强项；问题是要摆清楚务虚与务实的位置，尤其要分清楚什么是你想做也能做的，什么是你想做却没有条件做的，什么是你不想做但必须得做的。只要处理得当，这——现实与理想的——冲突超强，创造力就超强。

所以，我看你从事艺术或思想方面的工作也许更合适。但不急，自始至终都是一条笔直而无废步的路是没有的。路是蹚出来的，得敢于去蹚。但话说回来，对每一步都认真、努力的人来说，是没有废步的，一时看不出作用，积累起来则指不定什么时候就有用，甚至有大用。况且，一切学习与思考的目的，并不都是为了可用，更是为了心灵的自我完善。

我能给你的建议只是：直面烦恼，认清孤独，而不是躲避它、拖延它。内心丰富的人，一生都要与之打交道；而对之过多的恐惧，只是青春期的特有现象。就像你，考试之前紧张，一进考场反倒镇静下来了。就像亚当、夏娃，刚出伊甸园，恐惧尤甚，一旦上路则别有洞天。要紧的是果敢地迈出第一步，对与错先都不管，自古就没有把一切都设计好再开步的事。记得有位大学问家说过这样的意思：别想把一切都弄清楚，再去走路；比如路上有很多障碍，将其清理到你能走过去就好，无须全部清除干净。鲁莽者要学会思考，善思者要克服的是犹豫。目的可求完美，举步之际则无须周全。就像潘多拉盒子，每一答案都包含更多疑问；走路也如是，一步之后方见更多条路。更多条路，又只能选其一条，又是不可能先把每条都探清后再决定走哪一条。永远都是这样，所以过程重于目的。当然，目的不可没有，但真正的目的在于人自身的完善。而完善，唯可于过程中求得。譬如《命若琴弦》。

舅舅
2007年10月18日

恐　惧

孤独源于恐惧，还是恐惧源于孤独？从现实中看好像是互为因果，但从根上说，应该是恐惧源于孤独。就是说，人最初的处境是孤独，因为人都是以个体身份来到群体之中。你只能知道自己的愿望，却不知别人都在想什么，所以恐惧。恐惧，即因对他者的不知，比如一条从未走过的路，一座从未上过的山，一个或一群不相识的人。这恐惧的必然在于，无论是谁，都必然是以自己而面对他人，以知而面对不知，以有限而面对无限。可以断定，无此恐惧的倒是傻瓜。反过来说，这样的恐惧越深，说明想象越是丰富，关切越趋全面。比如说，把路想象得越是坎坷就越是害怕，把山想象得越是险峻就越会胆怯，把别人想象得越是优秀就越是不敢去接近。惯于这样想象的人，是天生谦卑的人。

谦卑，其实是一种美德。有位大哲说过：信仰的天赋是谦卑。谦卑而又善思的人，一定会想到"压根"和"终于"这两个词——我们压根是从哪儿来，我们终于能到哪儿去？换句话说：人生原本是为了什么？人又最终能够得到什么？——只有谦卑的人才可能这样问，自以为是的人只重眼前，通常是想不起这类问题的。甚至可以说，谦卑是一切美德的根本。唯有谦卑，可让人清醒地看待这个世界；唯有谦卑可通向信仰；唯有谦卑能够让人懂得，为什么尼采说爱命运者才是伟大的人。（关于"爱命运"的问题，以后再慢慢说。）

电视剧《士兵突击》你看了吗？士兵许三多总是说"人要做有意义的事"。人们问他什么是有意义？他说"有意义就是要好好活"。人们又问他，怎样才算是好好活呢？他说"好好活就是要做有意义的事"。看似可笑，循环论证，但他绝对是说出了一个根本真理——人最初的愿望一定是"要好好活"，而最终所能实现的，一定是由自己所确认的"有意义"。为什么？因为，以人之有限的智能，是不可能把世间一切都安排得尽善尽美的，而只可能向着尽善尽美的方向走。所以，只要是在走向你认为的"有意义"，就是"好好活"了，就是活好了；反过来说，为了活好，就要做自己确认是"有意义"的事。此外，还能怎样好好活呢？

不妨把许三多的话翻译得再仔细一点儿：事实上，没有谁不想好好活，然而，却非人人都能为自己树立一种意义，确信它，并不屈不挠地走向它。原因是，人常把外在的成功——比如名利——视为"有意义"。可是，首先，面对无限的外在，走到哪一步才算是成功了呢？其次，外在的成功，也可以靠不良手段去获取，但这还能算是"好好活"吗？

其实，从根本上说，什么是好，什么是善、是美，乃是一个自明的真理，不用教，谁心里都清楚。否则也就不能教，不能讨论，因为，倘无一个共同的坐标系——即善与恶、好与坏、美与丑的基本标准，人与人之间是根本没法儿说话的。有人以此来证明神的存在。

所以，只有内在的成功，才真正是"有意义"。何为内在的成功？我想，只要人确信自己是在努力地"好好活"，不断地完善自己，就是内在的成功。至于外在的成就有多大都无所谓，至于跟别人比是高还是低都可以忽略。你发现没有，一跟别人比，你就跑到外在去了？一怕外在，恐惧就来了，意义就值得怀疑了，脚下就乱了，不知道怎样才算是"好好活"了。

《士》中那个班长，让许三多做一个单杠动作，许三多总是数着数儿做，三十个已觉不易，便掉下杠来。班长说你数个屁数儿呀，只想着做动作！结果他做了三百三十三个。

佛家和道家都讲，要心无旁骛——即不受他人、他物，总之是一切外在因素的影响。啥意思？说的也就是：要抱紧自己心中的"好好活"，那本身就是"有意义"；要一心走向自己确认的"有意义"，这本身就是"好好活"。所以，许三多的话绝非循环论证，而是一个完美的自恰系统——你只有靠内在成功来确保意义，你只有在自己确认的意义中才能获取成功。

但是，谦卑的敌人是胆怯。不过呢，谦卑与胆怯常又是双胞胎。如何能够既保持住谦卑，又克服掉胆怯呢？真是挺难。但只要细想，你就会发现，谦卑又是内在的，从不跟别人比，而胆怯必定是因为又跑到外在去了——惧怕他者。爬山怕山高，走路恨路长，而面对他人则害怕被看不起——岂不是又跑到外在去了？所以，千万要保持住自我——这并非是说称王称霸或轻视他人，而是说，一切事，都以完善自我为目的。帮助他人也是为了完善自己，向别人讨教也是为了完善自己，爬山、行路、做题、交友，一切事都是为了完善自己，即便是遭人嘲笑，也一样能够从中完善自己。一旦太要面子，就又跑到外在去了——是以别人的目光在看自己。很多应该做的事，不想做，不敢做，这时只要想想我是为了完善自己，事情就好办多了。完善自己，当然不是为了满足虚荣，而是就像老财迷敛钱那样，一点一滴地壮大自己的心灵、品德——如此，何怕之有？

其实，你的一切问题，都在于胆怯。其实我也是，一上讲台，看台下黑压压的全是人，脑袋里立刻一片空白。细究其因，还是因为跑到外在去了，生怕讲不好，落个名不符实的名声。有几次坐在台上，我忽然想到了这一点，心说去他妈的，只要讲的是我真心所想就行，于是立刻回归内在，便也滔滔不绝起来。交友也是一样，一怕，准就是想到了别人的目光和评价。我知道这事改起来难。本性总是比理性强大。但这不说明不应该去试试。为什么要试呢？为了自我完善：看看我能不能放下虚荣，不怕嘲笑（也未必就会遭到嘲笑），看看我的胆量，看看在我通常的弱项上能否有所改善。是呀，完全不怕几乎是不可能的；但是，怕着，也要去试试，视之为历练自己的一个步骤、完善自己的一步行动——我的经验，只要一这样想，就不那么害怕了，就什么都是可能的了。事后，果然有人嘲笑你的话，是自己错了自己长见识（又完善一步），是别人错了却还嘲笑你——你慢慢体会吧，这其实并不太难过。

舅舅

2007年11月8日

最有用的事

以我的经验看，不管对什么人来说，也无论在什么局面下，有三件事是最重要的。第一是分析处境，做到"知己知彼"。所谓知己，即清楚自己想干什么，能干什么；知彼呢，就是要弄清楚外部条件允许你干什么，和要求你必须干什么。前者是估计了你的能力，而后设定的理想或愿望。后者则包括：你想干，或者也能干，但阻碍巨大到希望非常渺茫的事；以及你不想干，但必须干的事。也可以说，前者是目标，后者是为达到目标而铺路。

想干什么，直接就能干什么，世界上几乎没有这样的事；除非是在极偶然的情况下，运气又是出奇地好。好运气来了，当然要抓住它，但任何时候都不要指望它。任何时候都要立足于自己的清醒、决断和行动。

这就说到了第二件最重要的事：决断。即在"知己知彼"之后，要为自己做出决定。决定的要点在于，一旦确认方向，就不要再犹豫。正所谓"用人不疑，疑人不用"，决定也是这样，做决定时要谨慎、周全，一旦决定就不再怀疑，做到心无旁骛，切勿浅尝辄止。人们常说：成功就在"再坚持一下"之中。

第三件事叫作：开始。前两件事完成之后，就要立刻开始，万万不可拖延。拖延的最大坏处还不是耽误，而是会使自己变得犹豫，甚至丧失信心。不管什么事，决定了，就立刻去做，这本身就能使人生气勃勃，保持一种主动和快乐的心情。

总而言之是三件事，或三个步骤：知己知彼→做出决定→立即行动。这三件事或三个步骤，不单对一时一事是最有用的，在人的一生中都是最有用的。

舅舅
2007 年 11 月 22 日

想念地坛

想念地坛，主要是想念它的安静。

坐在那园子里，坐在不管它的哪一个角落，任何地方，喧嚣都在远处。近旁只有荒藤老树，只有栖居了鸟儿的废殿颓檐、长满了野草的残墙断壁，暮鸦吵闹着归来，雨燕盘桓吟唱，风过檐铃，雨落空林，蜂飞蝶舞，草动虫鸣……四季的歌咏此起彼伏从不间断。地坛的安静并非无声。

有一天大雾迷漫，世界缩小到只剩了园中的一棵老树。有一天春光浩荡，草地上的野花铺铺展展开得让人心惊。有一天漫天飞雪，园中堆银砌玉，有如一座晶莹的迷宫。有一天大雨滂沱，忽而云开，太阳轰轰烈烈，满天满地都是它的威光。数不尽的那些日子里，那些年月，地坛应该记得，有一个人，摇了轮椅，一次次走来，逃也似的投靠这一处静地。

一进园门，心便安稳。有一条界线似的，迈过它，只要一迈过它便有清纯之气扑来，悠远、浑厚。于是时间也似放慢了速度，就好比电影中的慢镜头，人便不那么慌张了，可以放下心来把你的每一个动作都看看清楚，每一丝风飞叶动，每一缕愤懑和妄想，盼念与惶茫，总之把你所有的心绪都看看明白。

因而地坛的安静，也不是与世隔离。

那安静，如今想来，是由于四周和心中的荒旷。一个无措的灵魂,不期而至竟仿佛走回到生命的起点。

记得我在那园中成年累月地走,在那儿呆坐,张望,暗自地祈求或怨叹,在那儿睡了又醒,醒了看几页书……然后在那儿想:"好吧好吧,我看你还能怎样!"这念头不觉出声,如空谷回音。

谁?谁还能怎样?我,我自己。

我常看那个轮椅上的人,和轮椅下他的影子,心说我怎么会是他呢?怎么会和他一块儿坐在了这儿?我仔细看他,看他究竟有什么倒霉的特点,或还将有什么不幸的征兆,想看看他终于怎样去死,赴死之途莫非还有绝路?那日何日?我记得忽然我有了一种放弃的心情,仿佛我已经消失,已经不在,惟一缕轻魂在园中游荡,刹那间清风朗月,如沐慈悲。于是乎我听见了那恒久而辽阔的安静。恒久,辽阔,但非死寂,那中间确有如林语堂所说的,一种"温柔的声音,同时也是强迫的声音"。

我记得于是我铺开一张纸,觉得确乎有些什么东西最好是写下来。那日何日?但我一直记得那份忽临的轻松和快慰,也不考虑词句,也不过问技巧,也不以为能拿它去派什么用场,只是写,只是看有些路单靠腿(轮椅)去走明显是不够。写,真是个办法,是条条绝路之后的一条路。

只是多年以后我才在书上读到了一种说法:写作的零度。

《写作的零度》,其汉译本实在是有些磕磕绊绊,一些段落只好猜读,或难免还有误解。我不是学者,读不了罗兰·巴特的法文原著应当不算是玩忽职守。是这题目先就吸引了我，这五个字，已经契合了我的心意。在我想，写作的零度即生命的起点，写作由之出发的地方即生命之固有的疑难，写作之终于的寻求，即灵魂最初的眺望。譬如那一条蛇的诱惑，以及生命自古而今对意义不息的询问。譬如那两片无花果叶的遮蔽，以及人类以爱情的名义、自古而今的相互寻找。譬如上帝对亚当和夏娃的惩罚，以及万千心魂自古而今所祈盼着的团圆。

"写作的零度"，当然不是说清高到不必理睬纷繁的实际生活，洁癖到把变迁的历史虚无得干净，只在形而上寻求生命的解答。不是的。但生活的谜面变化多端，谜底却似亘古不变，缤纷错乱的现实之网终难免编织进四顾迷茫，从而编织到形而上的询问。人太容易在实际中走失，驻足于路上的奇观美景而忘了原本是要去哪儿，倘此时灵机一闪，笑遇荒诞，恍然间记起了比如说罗伯-格里叶的"去年在马里昂巴"，比如说贝克特的"等待戈多"，那便是回归了"零度"，重新过问生命的意义。零度，这个词真用得好，我愿意它不期然地还有着如下两种意思：一是说生命本无意义，零嘛，本来什么都没有；二是说，可平白无故地生命他来了，是何用意？虚位以待，来向你要求意义。一个生命的诞生，便是一次对意义的要求。荒诞感，正就是这样地要求。所以要看重荒诞，要善待它。不信等着瞧，无论何时何地，必都是荒诞领你回到最初的眺望，逼迫你去看那生命固有的疑难。

否则，写作，你寻的是什么根？倘只是炫耀祖宗的光荣，弃心魂一向的困惑于不问，岂不还是阿Q的传统？倘写作变成潇洒，变成了身份或地位的投资，它就不要嘲笑喧嚣，它已经加入喧嚣。

尤其，写作要是爱上了比赛、擂台和排名榜，它就更何必谴责什么"霸权"？它自己已经是了。我大致看懂了排名的用意：时不时地抛出一份名单，把大家排比得就像是梁山泊的一百零八，被排者争风吃醋，排者乘机拿走的是权力。可以玩味的是，这排名之妙，商界倒比文坛还要醒悟得晚些。

这又让我想起我曾经写过的那个可怕的孩子。那个矮小瘦弱的孩子，他凭什么让人害怕？他有一种天赋的诡诈——只要把周围的孩子经常地排一排座次，他凭空地就有了权力。"我第一跟谁好，第二跟谁好……第十跟谁好"和"我不跟谁好"，于是，欢欣者欢欣地追随他，苦闷者苦闷着还是去追随他。我记得，那是我很长一段童年时光中恐惧的来源，是我的**一次**写作的零度。生命的恐惧或疑难，在原本干干净净的眺望中忽而向我要求着计谋。我记得我的第一个计谋，是阿谀。但恐惧并未因此消散，疑难却因此更加疑难。我还记得我抱着那只用于阿谀的破足球，抱着我破碎的计谋，在夕阳和晚风中回家的情景……那**又是一次**写作的零度。零度，并不只有一次。每当你立于生命固有的疑难，立于灵魂一向的祈盼，你就回到了零度。一次次回到那儿正如一次次走进地坛，一次次投靠安静，走回到生命的起点，重新看看，你到底是要去哪儿？是否已经偏离亚当和夏娃相互寻找的方向？

想念地坛，就是不断地回望零度。放弃强力，当然还有阿谀。现在可真是反了！——面要面霸，居要豪居，海鲜称帝，狗肉称王，人呢？名人、强人、人物。可你看地坛，它早已放弃昔日荣华，一天天在风雨中放弃，五百年，安静了；安静得草木葳蕤，生气盎然。土地，要你气熏烟蒸地去恭维它吗？万物，是你雕栏玉砌就可以挟持的？疯话。再看那些老柏树，历无数春秋寒暑依旧镇定自若，不为流光掠影所迷。我曾注意过它们的坚强，但在想念里，我看见万物的美德更在于柔弱。"坚强"，你想吧，希特勒也会赞成。世间的语汇，可有什么会是强梁所拒？只有"柔弱"。柔弱是爱者的独信。柔弱不是软弱，软弱通常都装扮得强大，走到台前骂人，退回幕后出汗。柔弱，是信者仰慕神恩的心情，静聆神命的姿态。想想看，倘那老柏树无风自摇岂不可怕？要是野草长得比树还高，八成是发生了核泄漏——听说切尔诺贝利附近有这现象。

我曾写过"设若有一位园神"这样的话，现在想，就是那些老柏树吧。千百年中，它们看风看雨，看日行月走人世更迭，浓荫中惟供奉了所有的记忆，随时提醒着你悠远的梦想。

但要是"爱"也喧嚣，"美"也招摇，"真诚"沦为一句时髦的广告，那怎么办？惟柔弱是爱愿的识别，正如放弃是喧嚣的解剂。人一活脱便要嚣张，天生的这么一种动物。这动物适合在地坛放养些时日——我是说当年的地坛。

回望地坛，回望它的安静，想念中坐在不管它的哪一个角落，重新铺开一张纸吧。写，真是个办法，油然地通向着安静。写，这形式，注定是个人的，容易撞见诚实，容易被诚实揪住不放，容易在市场之外遭遇心中的阴暗，在自以为是时回归零度。把一切污浊、畸形、歧路，重新放回到那儿去检查，勿使伪劣的心魂流布。

有人跟我说，曾去地坛找我，或看了那一篇《我与地坛》去那儿寻找安静。可一来呢,我搬家搬得离地坛远了,不常去了。二来我偶尔请朋友开车送我去看它,发现它早已面目全非。我想,那就不必再去地坛寻找安静,莫如在安静中寻找地坛。恰如庄生梦蝶,当年我在地坛里挥霍光阴,曾屡屡地有过怀疑:我在地坛吗?还是地坛在我?现在我看虚空中也有一条界线,靠想念去迈过它,只要一迈过它便有清纯之气扑面而来。我已不在地坛,地坛在我。

2002 年 5 月 13 日写

2002 年 11 月修改定稿

(选自《记忆与印象 2》)

归 去 来

我知道,北玲有一桩未了的心愿:回陕北,再看看那片黄土连天的高原。她曾对我说过,当她躺在美国的医院里,刚从那次濒死的大手术中活过来,见窗台上友人们送来很多鲜花,其中有一束很像黄土高原上的山丹丹,想必也是百合类。她说,她熬着伤痛,昏睡,偶尔醒来就看见那束花在阳光里或者月色中开得朴素又鲜活。她知道她患了肝癌。她说,有十几天,也许更久,别的花慢慢凋谢,唯独那束山丹丹一样的花一直不败,她相信此非偶然,必是远方那片黄土地上的精神又来给她信心和帮助。

她说:"等我的病见好一点儿,立哲要带我回一趟陕北。"

立哲,北玲的丈夫。就是那个孙立哲——当年的知识青年模范,在窑洞里为农民做手术的赤脚医生。立哲当年的事迹颇具传奇色彩:只上过初中二年级,却在土窑洞里做了上千例手术,小至切除阑尾,大至从腹腔里摘出几十斤重的肿瘤。我可以作证这既非讹传也无夸张。我与立哲中学同学,在陕北插队同住一眼窑洞。他第一次操刀手术,我就在他身旁,是给村里的一个男孩割去包皮。此后他的医道日益精深,十年中,在陕北那座小山村里,他内外妇儿各科一身兼顾,治好的病人以数万计。那小山村真名叫关家庄,我曾在一篇小说中叫它做"清平湾"。

最早听说北玲,大约是一九七四年,听说陕北知青中有几个师大女附中的才女正写一部知青题材的小说,才女中就有吴北玲这名字;那时我也正动了写小说的念头,这名字于是记得深刻。第一次见她是在一九七八年，初秋，下着小雨，一个身材颀长的女子跟在立哲身后走进我家。立哲说，她叫吴北玲，也是陕北插队的。我说，噢——我知道。立哲说你怎么知道？我说，早就知道，行么？立哲笑道：行。北玲脱去粉红色的雨披，给我的印象是生气勃勃。其时她已在北大读中文系。立哲说一句"你们俩有的聊"，就去忙着包饺子（他拌的饺子馅天下一流，这一点，几年后在芝加哥得到验证）。我便像模像样地跟北玲谈文学。饺子熟时雨停了。那晚月色极好，我们坐在小院儿里吃饺子，唱辽阔的陕北民歌，又唱久远的少年时的歌，直唱到古今中外。北玲唱的一首古曲至今还在耳边：明月几时有，把酒问青天……立哲说北玲的手风琴也拉得好，北玲说等哪天她要带着琴来为我演奏。我常常不能相信，一个灵魂就会消失，尤其那样一个生气勃勃的灵魂。

此后立哲住在我家养病，陕北十年给了他终生受益的磨炼，同时送给他一份肝炎。北玲在北大待不住，几乎天天往我家跑，当然是因为立哲。那时我初学写作，写了拿给北玲看，不知深浅地占去这痴情人的很多时间；北玲的文学鉴赏力值得信赖。她常常是下午下了课来，很晚才走，每次进得门来，脸上都藏不住一句迫切的话：立哲呢？如果立哲不在，她脸上那句话便不断地响，然后不管立哲在哪儿她就骑上车去找。立哲正在身体上和政治上经历着双重逆境，北玲对他的爱情，唯更深更重。

半年后，立哲以第一名的成绩考取了北二医的研究生，北玲迂回着表露她的骄傲："真不知这小子什么时候念的书，考试前三天还又钓鱼又跳舞呢。"有一天一伙同在陕北插队的朋友碰在一起，有人提醒他们："什么时候结婚呀你们？"立哲算了算，很多插队的朋友碰巧都在北京，便打电话回家："妈，你准备准备，我明天结婚。""精神病！这哪儿来得及？""有什么来不及？陕北这帮人一块儿吃顿饭就得。"

婚后不久，立哲和北玲相继去了美国，一个学医，一个学比较文学，一去又是十年。他们从美国寄来照片，照片上的北玲依然年轻，朝气蓬勃；立哲却胖起来，激素的作用，听说他又添了糖尿病。信却少，他们太忙。听说立哲对实验动物过敏，几次因窒息被送进医院，他的导师惋惜再三，也只得同意他转行；之后听说他们开办了"北方饺子公司"，"孙太太的饺子"声誉极好；之后又听说他们创建了"万国图文"和"万通科技"公司，在美国每年注册的这类公司有上万家，三年后仍然存在的只有百分之七，立哲和北玲的公司不仅存在下来，而且还有了三四个子公司。从美国回来的朋友向我描述立哲：一天只睡三四个小时觉，常是一手抓一个电话，脖子上再夹一个，旁边另外的电话铃又响起来。我能看见他令人眼花目眩的匆匆脚步。在我的印象里，他除了下棋和钓鱼，没有坐下来的时候，看着他，就像看一场乒乓球赛，忽此忽彼弄得你脖子酸疼。北玲呢，她的稳重、精细、知人善任，恰恰是立哲的好搭档。令人惊佩的是，与此同时，北玲获取了硕士学位，通过了博士资格考试，并在美国西北大学任教，还担任比较文学学会副会长和《中国比较文学家》杂志主编。

一九八九年，北玲回国探亲，带着出生仅四个月的小女儿，说是想让女儿早些看到中国。小女儿长得很漂亮，睁开眼睛东张西望，不知她对故乡的第一印象如何。我问北玲，把女儿留在中国吗？她说："不，儿子小时候不得不跟我分开，这回我不能再离开女儿，我得做个像样的母亲了。"天色渐晚，我请北玲吃炸酱面，一边听她讲在美国的创业史。先是一边读书一边在饭馆里打工，干最低等的活,一个人负责收拾三四十张餐桌的餐具,一秒钟都不停地跑,可竟连其他国家的打工者都歧视他们,小费都被别人敛去不给他们留一文。立哲还在搬家公司干过,一二百斤的硬木家具扛起来两腿打颤,有一次电梯坏了,但不能违背合同,就一趟趟扛上几层楼,钱却不多挣。后来他们自己办起"饺子公司",开始时食客们尚不识"孙太太的饺子",全靠电话征订:"要饺子吗?孙太太的饺子物美价廉。"孙先生下了课先去四处采购,回到家熬上排骨汤,抡圆了膀子拌肉馅,配料极有讲究不容半点儿含糊。芝加哥亮起万家灯火,是孙先生和孙太太开始包饺子的时候了,正是不夜城歌舞喧喧之际,他们熬着瞌睡把饺子包得满屋子没地方搁。几百个饺子在凌晨前包好,先生和太太才都躺下睡一会儿。天很快亮了,饺子冻好,包装整齐,孙先生开着破汽车一家一户地送。立哲那辆汽车破到了全芝加哥第一,底盘锈烂了,坐在车里往起一站,身体忽然矮下去,鞋底竟与路面直接摩擦。随后办起了"万国图文公司",先做名片。"阿拉伯文,贵公司能做吗?"孙先生泰然答道:"当然。"北玲便笑。其时他们尚不知阿拉伯文有几个字母呢。但既是"万国图文"就得是"当然能做",否则信誉何在?两口子埋头一宿,居然摸出门道,一份漂亮的阿拉伯文名片按期交货。业务范围逐渐扩大,设备不够,北玲便于周末在其打工的公司藏下,用人家的设备工作,周六周日昼夜苦干,睡在地板上,立哲探监似的按时来送饭。就这样创业。真难,真苦。北玲说:"插队过来的人,什么苦没受过?不怕。"可图的什么呢?北玲半晌不语,笑笑。很可能这是命,是性格,性格就是命运,不能放弃理想的命运。"其实也简单,"她说,"中国人不能总让人瞧不起。"此前立哲已回国一趟,筹备在中国投资办高技术企业。立哲和北玲都屡屡说起美国先进的科学技术，盼望中国不能再落后。我见北玲的脸上有明显的疲倦。她说一年前胃上刚刚切除了一个瘤子，"良性的，没事了。"

可那瘤子半年后竟发展成癌，扩散到肝，已是晚期。立哲痛哭失声，做了多年医生他曾治好过多少病人，如今他知道很可能救不了自己的妻子了。北玲却无比镇定，把一切向立哲做了嘱咐，平静地上了手术台。肝脏切去五分之三，有四十分钟她是处于心跳循环停止的冰冻状态，立哲在手术室外等候，非常可能北玲就此不能醒来。北玲命真硬，又挺过来了，睁开眼，躺在病房里，见那束山丹丹一样的花开得简单、自在、潇洒，阳光下和月光里都仿佛带着遥远的那片故土的声音。

一九九一年秋天，立哲带北玲回国治病。到北京的第二天他们来看我。北玲并不显出多少病容，啃着一根玉米跟在立哲身后走进来，"嘿铁生，我吃了一路煮老玉米，还有烤白薯。"坐下，依旧谈笑风生。那个细雨的早秋初见她时的情景，恍如昨日。她摘去头巾，笑说："瞧瞧我，没样儿啦。"放疗化疗把她的旧发脱光，但又已长出了短短的新发。我不大相信她真的患了绝症，不信她会死，虽然知道谁都会死。那样一个乐观潇洒的灵魂，怎么可能就消失？

北玲住进医院。立哲一面照顾她，四处寻医问药，一面着手在中国创办公司。立哲心里苦，解忧之法是和老同学们聊聊，他有时喟叹人这一生真是短暂，多少事想做还都未及做。但他的喟叹并不导致颓丧，而是推出这样的结论：干吧，得赶紧干了，一辈子其实没多少时间。他说：为自己的祖国干事，感觉到底是不一样，心里有了根。他说：这十年，我是洋累也受了洋福也享了，可是根这东西，离了它心里总是没着落。他说：十年陕北，十年美国，至少我又要回来干十年了。他说：要是干得好，最终我还是要把关家庄的医院重新建起来，建成真正的现代化医院。谈话间，立哲掀开衣襟给自己打一针，是胰岛素，糖尿病还在作怪。我偷问立哲："看样子北玲的病应该还有办法吧？"立哲叹气摇头："除非奇迹。我现在是求签烧香的事都干过了，只要她的病能好。"

解忧的另一个办法是工作。立哲先后建立起"美国万通科技有限公司驻北京总代表处""北京万国电脑图文有限公司""金华快印公司"等三四家公司，投资几百万元。那是他和北玲在美国十年拼命挣来的钱呀，真正的血汗钱！我说，你得谨慎，别全赔进去。他说不会。他说刚到美国时还不是身无分文，大不了还那样。我说你的年纪不比当初啦，又有病。他说，守着钱过平安日子，我更得病，不干事本身就是病。常使立哲苦恼的是，"大锅饭"意识已经在很多国人身上成了习惯，处处的办事效率慢得让人不能理解。"知道在美国申办一个公司，要多久批准吗？""三天？""猜。""一天？""再猜。""多久？""吓死你，十分钟！中国的事坏就坏在你怎么都有饭吃。这要是不改，最后大家都饿着。"有一次我问立哲的司机："跟立哲干活累吧？"司机撇撇嘴点点头："不过孙老板比谁都累。"我记起老同学们早就给立哲的评语：此人走到哪儿哪儿不能安闲，总搅起一群人跟着他转。

今年春节我们一起过的。爆竹声中，北玲兴致很高，一定也要动手包饺子。那时她必定想着就在北京的父母。但是她不能回家，父亲有心脏病，她患癌症的事还一直没敢告诉父亲。回国后只跟父亲通过两次电话，说自己还在美国，一切都好。父亲出差离京时，她回去住过两天，看看想念已久的家。她希望自己好起来，那时再看父亲。她当然也会想起远在大洋彼岸的一双小儿女。北玲的病床前贴着他们的照片,想他们,天天看。癌变已扩散到全身,最后那段时光她整日整夜地呻吟不止,疼极了有时真觉得熬不住了,但想起孩子,她"真是不想死呀"。把孩子接到身边来吧?她又说:"不!"怕给儿女幼小的心灵留下创伤。最后的时刻可能不太久了,立哲还是把孩子接来。女儿三岁,北玲见了她几次就不让她再来,但经常要从电话里听听她的声音。北玲对立哲说:"婕妮还不大懂事,别让她对我有太多的印象吧。"儿子捷声八岁,不让他来他会疑心的,他来时北玲戴上假发强作欢颜,问他的琴弹得怎样了,懵懵的八岁的男孩儿便像往日那样弹琴给母亲听,请母亲指导。琴声响起来,十分钟,半小时,一小时……北玲静静地听竟一次也没有呻吟,不知是强忍着,还是儿子的琴声一时驱走了病魔。后来我献给北玲的挽联,上句是:盼见儿女,怕见儿女,捷声婕妮当解慈母意。还有丈夫,北玲知道自己一旦离开,立哲在事业上生活上都会碰到更多的艰难,我几次见她躺在病床上还在为丈夫的身体操心,提醒他按时吃药、打针。听说立哲在国内投资遇到的诸多困阻,看着立哲累死累活地工作,她真有心劝立哲不要干了,好好把儿女带大就行了,但几个公司是她与立哲多年的心血,为吾土吾民做一份贡献是他们一生的共同理想,因此她又不再说什么,很可能是想自己离去时把一切困苦也都带走。我那挽联的下句是:彼岸创业,此岸创业,万国万通凝聚爱国情。我与北玲无话不谈,几次同她说起死,她毫无惧色,说她在那次大手术的四十分钟冰冷状态时已经死过一回了,她说那时她感到自己飘飘然飞进宇宙,"自由自在地飞呀飞呀",飞过很多很多星球,心神清朗宏阔极了,并且看见了她曾住过的这颗星球……我真的不相信一颗如此博大的爱心会化为乌有，我真是不信北玲的心魂可以消失。我知道她还有一桩未了的心愿：回陕北，再看看那连天的黄土高原，看热烈的山丹丹花在那块古老的土地上蓬勃开放。

立哲和我们几个一起在陕北插队的同学屡次说起，要一块儿回陕北一趟，坐汽车去，慢慢走，把那青天黄土都看遍。那时北玲的心魂一定也和我们在一起，在我们左右，在我们头顶上，给我们指点，给我们鼓舞，给我们拉着琴唱那深情豪放的民歌……